Susanne Falk

Schöne Tage in Weimar

Roman

Kindler

1. Auflage März 2013

Satz aus der Baskerville Book, PostScript,
bei Pinkuin Satz und Datentechnik, Berlin
Druck und Bindung CPI – Clausen & Bosse, Leck
Printed in Germany
ISBN 978 3 463 40630 5

Das beste Monument des Menschen
aber ist der Mensch.
Johann Wolfgang von Goethe

Prolog

Weimar, 1. Juli 1829

«Rietschel! Was zur Hölle zappeln Sie so herum?»

«Meister, ich bin ein wenig … Ich suche nach einem …» Weiter kam er nicht, denn in diesem Augenblick öffnete sich vor ihnen die Eingangstür zum Haus am Frauenplan, und Rietschel und Professor Rauch wurden hereingebeten. Nachdem sie sich ihrer Garderobe entledigt hatten, führte man sie in einen kleinen Salon. Der Geheimrat erwartete sie bereits. Er stand an einem der Fenster, den rechten Unterarm auf den Sims gelehnt, und löste sich erst aus seiner betont aufrechten Haltung, als hinter Rauch und Rietschel die Tür wieder geschlossen wurde. Der Geheimrat schritt auf sie zu:

«Rauch! Welch eine Freude!»

«Die Freude ist ganz auf meiner Seite», erwiderte Rauch. Sie reichten einander die Hände.

«Wie war die Reise?»

«Danke der Nachfrage, es gab keinerlei Unannehmlichkeiten.»

«Wie geht es den Ihrigen? Was macht Ihr Fräulein Tochter?», erkundigte sich Goethe.

«Alle sind wohlauf, gottlob! Meine Tochter sendet die allerherzlichsten Grüße. Ich überbringe außerdem Grüße von

Humboldt. Er bat mich, sich Ihnen auf das verbindlichste zu empfehlen, und sendet durch mich einige Auszüge aus seinen Texten zur Entwicklung Schillers als Geistesmenschen.»

Darauf entspann sich ein etwa fünfzehnminütiges Gespräch über Humboldt und Schiller, die Geisteswissenschaften im Allgemeinen und die deutsche Philologie im Besonderen. Während dieser ganzen Zeit stand Rietschel stocksteif vor Ehrfurcht im Hintergrund und versuchte, über das Dröhnen seines Herzschlags hinweg kein Wort des großen Dichters zu verpassen. Er hätte, wäre ihm dies möglich gewesen, auch das Atmen eingestellt, um nur ja nicht die zwei Männer in ihrem Gespräch zu stören, aber leider kam ihm der Anflug einer Erkältung dazwischen. Rietschel nieste. Erst jetzt schien ihn Goethe zu bemerken.

«Und wie ich sehe, haben Sie Verstärkung mitgebracht», sagte der Dichter zu Rauch, den jungen Mann kurz mit dem Blick streifend, der in seiner Rocktasche verzweifelt nach einem Schnupftuch suchte, während es unaufhörlich aus seiner Nase rann. Wie beiläufig griff Goethe in seinen Rock, zog ein elegantes, mit Monogramm besticktes Tüchlein hervor und reichte es wortlos dem verblüfften Rietschel.

«Ich darf Ihnen meinen begabtesten Schüler und jungen Freund Ernst Rietschel vorstellen. Er wird mir bei der Statuette etwas zur Hand gehen», sagte Rauch. Sie hatten die kleine Gipsfigur Goethes, an der es galt, letzte Änderungen vorzunehmen, sauber verpackt mit nach Weimar gebracht.

«Ah ja», antwortete Goethe, und zu Rietschel gewandt: «Sie sollten es auch benutzen, junger Freund.»

«W… was?», stotterte dieser.

«Das Tuch, meine ich. Benutzen Sie es ruhig, es ist dafür gemacht!»

Amüsiert sah Goethe, wie sich Röte im Gesicht des jungen Mannes ausbreitete, bis sich dieser schließlich beherzt zu schnäuzen begann.

«Offenbar haben Sie sich erkältet. Ich lasse Ihnen einen Tee kommen.»

Goethe griff nach einer kleinen Glocke, die auf dem Kaminsims stand. Erstaunlicherweise öffnete sich schon beim ersten Läuten die Tür, und ein Diener trat ein. Er bemerkte, sichtlich tief befriedigt über seine eigene Voraussicht, dass man für die Herren bereits Tee im Urbino-Zimmer serviert habe.

«Wunderbar! Wollen wir dann?» Goethe ging Rauch und seinem Schüler voraus und ließ es sich nicht nehmen, sie selbst zu bedienen. Als alle drei begannen, eifrig in ihren Tassen zu rühren, eröffnete Goethe das Gespräch erneut:

«Verehrter Freund Rauch, ich habe Sie hierhergebeten, weil ich einige Änderungen an der von Ihnen so vortrefflich angefertigten Statuette meiner selbst wünsche und mir sicher bin, dass Ihnen diese leicht und ohne Mühe von der Hand gehen werden.»

Rauch nickte verständig.

«Sie wünschen sich …?»

«… dünner», sagte Goethe. «Mein Hals …»

«Ein vortrefflicher Hals!», wandte Rauch ein. «Staatsmännisch!»

«… scheint mir etwas zu … Wie soll ich es ausdrücken?»

«Fett?», half Rietschel aus. Rauch blickte ihn an, als hätte er Goethe soeben seinen nackten Hintern gezeigt.

«Korpulent!», sagte Goethe amüsiert. «Ich denke, korpulent trifft es am ehesten. Und», fuhr er fort, «da wären noch die Augen.»

Rauch tat verblüfft. «Die Augen, mein werter Herr Geheimrat?»

«Ja, die Augen. Sie sind etwas zu …» Goethe nahm einen Schluck Tee.

«Groß?», fragte Rauch.

«Nein, nein, die Proportionen sind es nicht, woran sich der Blick stört. Ich finde die Augen vielmehr zu …» Goethe wedelte mit der rechten Hand in der Luft, gerade so, als ob er sich das passende Wort zufächeln wollte.

«Zu …?», fragte Rauch.

«Zu … zu …» Goethe hatte die Teetasse abgestellt und ruderte nun mit beiden Händen in der Luft.

«Faltig?», warf Rietschel ein.

Rauchs Blicke bedeuteten ihm nun, dass er es zutiefst bereute, ihn mit nach Weimar genommen zu haben. Goethe selbst schaute für einen kurzen Moment des Erstaunens auf den jungen Mann zu seiner Rechten, dann aber begann er zu lachen.

«Richtig. Ich finde mich zu korpulent und zu faltig, mit anderen Worten zu fett und zu alt. Rauch, machen Sie das Beste daraus und befriedigen Sie die geckenhaften Wünsche eines eitlen Greises, der sich der Nachwelt gerne jünger und schlanker präsentieren möchte. Ich setze volles Vertrauen in Sie!»

Die Änderungen an der Statuette nahmen den ganzen Nachmittag in Anspruch, während Goethe hinter Rauch und Rietschel unermüdlich auf und ab ging und dabei monologisierte. So hielt er den beiden Männern einen Vortrag zur Darstellung römischer Kaiser im 3. Jahrhundert nach Christus, äußerte sich lobend über die Qualitäten sächsischen Rindsleders, deklamierte zwei Sonette von William Shakespeare, sprach über die heilende Wirkung von Wechselbädern bei nervösen Leiden und empfahl gleich mehrere angesehene und auch weniger angesehene Gasthäuser in München, wohin Rauch und Rietschel nach Beendigung der Arbeiten an der Statuette weiterzureisen gedachten. Goethe ließ von seinem Diener drei Gläser Sylvaner bringen und schloss den Nachmittag mit einem Trinkspruch auf die bayerische Seele, die gen Himmel zu fahren habe, so sie zuvor nicht der Teufel hole.

Am Abend saß man gemeinsam zu Tisch. Nach dem Mahl ließ sich Goethe auf Geheiß Rauchs, der das Ansehen seines Schülers – und damit wohl auch sein eigenes – in den Augen des Geheimrats etwas aufbessern wollte, Rietschels Entwürfe zum Fries «Einzug Christi in Jerusalem» vorzeigen. Goethe fand gegenüber dem immer noch eingeschüchterten Schüler Rauchs lobende Worte, und das Strahlen in Rietschels Augen sprach Bände, als Goethe ihm gönnerhaft die Hand auf die Schulter legte und ihm ein hoffnungsvolles Talent bescheinigte. Man trennte sich schließlich gegen halb elf in der Nacht, nicht ohne einander der innigsten Dankbarkeit und Verbundenheit versichert zu haben.

Als die Haustür hinter Rauch und Rietschel ins Schloss fiel, wandte sich der Meister seinem Schüler zu: «Das wäre also geschafft. Und das nächste Mal, Rietschel, wenn Sie den großen Goethe einen fetten und alten Mann schimpfen, lege ich Sie eigenhändig übers Knie.»

Noch während Rietschel darüber nachdachte, ob Rauchs Ankündigung wohl Taten folgen könnten, zwinkerte ihm dieser zu, legte seinen rechten Arm um Rietschels Schulter, und zusammen schritt man den schwachbeleuchteten Frauenplan hinab.

Erster Teil
Die Heimkehr

1

Vor Sizilien, Mai 1852

An Bord der Fähre nach Villa San Giovanni befanden sich neben der Mannschaft einige fahrende Händler, eine Gruppe sizilianischer Bauern sowie zwei Personen, die sich in Aussehen und Gebaren erheblich von allen anderen unterschieden. Während der eine seinen Blick aufs Meer richtete und hin und wieder begeisterte Ausrufe wie «Oh!» und «Herrlich!» hervorstieß, zog es der andere vor, sich still und zusammengekauert in einem verborgenen Winkel an Deck der Seekrankheit zu überlassen. Von Zeit zu Zeit wandte sich der Mann an der Reling zu seinem Reisegefährten um und rief: «Sie müssen das sehen, Professor! Kommen Sie, das dürfen Sie nicht verpassen!» Doch weil der andere darauf nicht zu hören schien, gab es der junge Enthusiast schließlich auf und überließ ihn sich selbst, während er versuchte, sich die langsam verblassenden Umrisse von Messina ein letztes Mal einzuprägen. Als das Schiff direkten Kurs auf Villa San Giovanni aufnahm, wandte er sich ab und holte einen kleinen Beutel aus seiner Manteltasche. Mit größtem Appetit begann er, einige Arancini zu verspeisen.

Professor Rietschel, der noch immer im windgeschützten Verschlag hinter dem Steuerhaus kauerte, haderte unterdessen mit dem Schicksal. Sizilien, das stand fest, war kein

Erfolg gewesen. Weder hatte sich sein Gesundheitszustand merklich verbessert, noch hatte er aus Landschaft, Menschen oder Licht Inspiration schöpfen können. Genau genommen hatten ihn die vielen Eindrücke nur erschlagen, und obwohl er zu Beginn seines Sizilien-Aufenthaltes geglaubt hatte, so etwas wie Glück zu empfinden, hatte er sich doch nur einen kleinen Schritt vom Unglück entfernt. Er hatte sein Zuhause gegen das Paradies eingetauscht und fühlte sich nun, am Ende seiner Reise, sterbenskrank vor Sehnsucht nach dem, was er in Dresden zurückgelassen hatte.

Rietschel war noch keine sieben Tage auf Sizilien gewesen, als ihn bereits das bitterste Heimweh in den Fängen gehalten hatte, und er war sicher, es würde ihn erst wieder loslassen, wenn er die sächsische Staatsgrenze überschritte.

Sieben lange Monate hatte er den Geruch des Meeres in der Nase gehabt und hätte ihn doch bedenkenlos gegen den Duft im Haar seiner vier Kinder eingetauscht. Nein, Sizilien hatte seine Erwartungen in keiner Weise erfüllt, und weil Rietschel wusste, dass es ein Privileg war, bei seinem angeschlagenen Gesundheitszustand überhaupt eine derart kostspielige Reise zu unternehmen, fühlte er sich nicht nur heimwehkrank, sondern darüber hinaus undankbar, was seine Laune keineswegs verbesserte. Erst als sein Assistent Kietz im Vormonat auf Sizilien eingetroffen war und Briefe und Zeichnungen von Friederike und den Kindern aus Dresden mitbrachte, hatte sich Rietschels Stimmung kurzzeitig gehoben. Selten hatte er einen Tag so herbeigesehnt wie den seiner Abreise, trotz seiner Seekrankheit, die ihn auf Reisen stets heimsuchte, sobald er sich auch nur einen Fußbreit übers Meer bewegte, und die ihn in seiner Ansicht bestärkte, ein anständiger Sachse gehöre nicht aufs Wasser.

In etwa zwei Wochen würden sie in Meran eintreffen, wo ein längerer Aufenthalt geplant war. Rietschel hoffte, dass sie Dresden dann in sechs Wochen erreichen würden.

Kietz dagegen schien bester Stimmung zu sein. Soeben stopfte er sich das letzte der Arancini-Bällchen in den Mund, nachdem er vergeblich versucht hatte, Rietschel zum Essen derselben zu bewegen. Auch der Hinweis, ein gefüllter Magen helfe gegen die Seekrankheit, konnte seinen Meister nicht vom Verzehr überzeugen, und so trollte sich Kietz nach einiger Zeit wieder an die Reling und ließ sich vom Wind das Haar zerzausen.

Rietschel war erleichtert, als sie endlich am Hafen von Villa San Giovanni ankamen. Das flaue Gefühl im Magen verschwand. Nach kurzer Zeit hatte man eine Kutsche gefunden, die groß genug war, sie beide und ihr Gepäck bis zur Poststation zu bringen. Von dort sollte es noch am selben Tag in Richtung Neapel weitergehen. Als Rietschel den Türgriff des Wagens in der Hand hielt, drehte er sich zu Kietz um: «Kietz! Nun kommen Sie schon. Es geht ab in die Heimat. Auf nach Dresden!» Jetzt, wo er einmal unterwegs war, wollte er keine Minute mehr verlieren. Kietz aber schien eher in Richtung der Kutsche zu schleichen denn zu gehen.

«Was haben Sie?», fragte Rietschel.

«Ich … weiß nicht. Mir ist … auf einmal … mir ist nicht gut.» Sagte es und übergab sich just neben die Stiefel seines Meisters. Diesem blieb nun nichts anderes übrig, als Kietz in den Wagen zu hieven, zwei Zimmer in einer Pension am Ort zu besorgen, seinen Zorn über Kietz und dessen Vorliebe für sizilianische Köstlichkeiten hinunterzuschlucken und den Verlauf der Vergiftung seines Assistenten abzuwarten, denn dieser war alles andere als reisefähig. So kamen sich der

Meister und sein Schüler bei ihrem unfreiwillig verlängerten Aufenthalt gedanklich näher, als sie es jemals geahnt hätten, denn beide sehnten sich nunmehr mit ganzer Kraft nach nichts anderem als einem unverstellten Blick auf die Elbe und dem Verzehr unverdorbener Lausitzer Plinsen.

2

Dresden

«Hermann, gib das sofort wieder her!»

«Nein!», kreischte das Kind und rannte mit seiner Beute, so schnell es seine Beine trugen, ins Kinderzimmer.

«Hermann, zum letzten Mal: Gib das her!»

Friederike war nicht bereit, ein weiteres ihrer Porzellanpferdchen, Erbstücke ihrer Großmutter, zu opfern. Das letzte hatte bereits den Schweif und seinen linken Vorderhuf eingebüßt, und sie würde den Kindern ganz sicher kein weiteres Tier überlassen, das sie dann in Einzelteilen wieder zurückbekam – wenn sie es denn zurückbekam.

«Hermann! Raus da!» Der Kleine hatte sich mitsamt dem Pferdchen unter dem Bett verschanzt und war weder durch Drohungen noch Versprechungen hervorzulocken. Friederike bereitete dem Spiel ein Ende, indem sie das Bettchen von der Wand rückte, um so an den sich windenden und brüllenden Hermann samt Haflingergaul heranzukommen. Als ihr dies endlich gelungen war, begann Hermann nach ihr zu treten. Schnell begriff er die Aussichtslosigkeit seiner Lage und schleuderte das Porzellanpferdchen mit der ganzen Kraft seiner vier Jahre auf die Holzdielen, wo es zerbarst.

«HERMANN!», brüllte Friederike, und vor einem Meer

aus weißen Porzellansplittern begannen beide, Hermann und seine neue Stiefmutter, gleichzeitig zu weinen.

«Warum hast du das gemacht?», schrie Friederike. Doch Hermann brachte vor lauter Schluchzen kein Wort heraus. Er stand, durch seine eigene Tat vollkommen erschüttert, stocksteif da und heulte ohne Unterlass. Friederike sank erschöpft neben dem Jungen auf den Dielenboden und überließ sich ihrem Weinkrampf, vor Wut über den Verlust des Pferdchens und vor Erschöpfung angesichts ihrer neuen Mutterrolle, der sie sich in diesem Augenblick so gar nicht gewachsen fühlte. Erst als Hermann trostsuchend seine Arme um ihren Hals schlang und seine Triefnase an ihrem Kleid abwischte, löste sie sich aus ihrer Haltung und drückte das immer noch schluchzende Kind an sich. Einige Minuten lang verharrten sie so, bis Friederike den Jungen schließlich auf ihren Schoß zog.

«Tut mir leid, Rikemama», flüsterte Hermann.

«Ist schon gut», erwiderte sie. «Wozu brauchtest du das Pferdchen denn überhaupt?»

«Baldewein», antwortete Hermann. «Er hat kein Pferd mehr. Ist kaputtgegangen.» Hermanns Blick wanderte zu der steinernen Ritterburg, die sein Vater für die Kinder angefertigt hatte. An den Zinnen des Turmes hing, den Kopf schon halb über dem Burggraben, der glücklose Ritter Baldewein, der nicht nur sein Pferd, sondern auch die Hälfte seines rechten Arms und seine Nase verloren hatte.

«Ach so», sagte Rike, und einen Augenblick später fügte sie hinzu: «Komm, wir gehen in die Küche. Ich habe eine Idee.» Sie nahm das Kind bei der Hand, und gemeinsam gingen sie die Treppe zur Küche hinunter. Dort angekommen, setzte sie Hermann auf den großen Tisch.

«Was machst du jetzt?», wollte er wissen.

«Zuerst putzen wir dir die Nase, und dann backen wir uns ein Pferd. So, hier hineinschnäuzen bitte!» Sie hielt ihm ein Tuch hin, und Hermann tat, wie ihm geheißen.

«Wir backen ein Pferd?», fragte er.

«Ganz genau, wir backen ein Pferd!»

Als Johanna, das Hausmädchen der Rietschels, etwa eine Stunde später vom Markt nach Hause kam, fand sie Friederike und die Kinder bestens gelaunt in einer vollkommen verwüsteten Küche vor, wie sie gerade dabei waren, die nächste Ladung Teig zu kneten. Auf dem Küchentisch aber stand, fein säuberlich aufgereiht, eine Herde von nicht weniger als achteinhalb Pferden aus Brotteig. Ein Pferd war in der Schlacht gefallen, die sofort unter dem Küchentisch getobt hatte, und von Ritter Hermann augenblicklich zur Hälfte verspeist worden.

3

Villa San Giovanni

Wenn man den Kopf am äußersten rechten Rand des Fensters gegen die Scheibe drückte, konnte man von ihren Zimmern in der Pensione Tucci bis zum Hafen von Villa San Giovanni sehen. Rietschel erspähte sogar ein kleines Stück Meeresblau auf die Entfernung, und da Kietz, wie jeden Nachmittag seit sechs Tagen, den Schlaf der Gerechten schlief und er ihn nicht unnötig stören wollte, griff er sich kurz entschlossen das Futteral mit seinen Zeichenutensilien sowie eine Mappe mit Papier und machte sich auf in Richtung Hafen.

Kaum hatte er die muffigen Zimmer der Pension verlassen, fühlte er sich besser. Das Warten auf Kietz' Genesung zehrte an seinen Nerven, obgleich er seinem Schüler mit väterlicher Sorge kaum eine Stunde von der Seite wich. Er hatte ihn über alle Maßen gern und war, trotz der momentan misslichen Lage, recht froh, dass der junge Mann auf Sizilien zu ihm gestoßen war und ihn nun auch auf der langen Heimreise begleiten würde. Dennoch gab es Augenblicke, in denen ihm die Enge der zwei kleinen Zimmer, die ihnen die Pensionswirtin angewiesen hatte, und die ständige Nähe eines anderen Menschen zu viel wurden. Sein Schritt an der frischen Luft und bei strahlender Junisonne wurde daher immer beschwingter, je weiter er sich von der Unterkunft entfernte. Als er am Hafen ankam, lag dieser in der Mittagshitze beinahe menschenleer vor ihm. Er schaute sich nach einem schattigen Platz um. Schließlich schnappte er sich eine der leeren Holzkisten, auf denen die Fischer allmorgendlich ihren Fang zum Verkauf anboten, stellte sie dicht an die Hausmauer eines Kontors, dessen Dachvorsprung ein wenig Schatten bot, setzte sich darauf, breitete sein Werkzeug aus und begann, einen Crayon zu spitzen.

Von seinem Platz aus hatte er einen guten Blick auf die Bucht, und diese wollte er gerade auf einem Bogen Zeichenpapier skizzieren, als ein kleiner Junge, kaum älter als vier oder fünf Jahre, sich eng an der Hausmauer entlangdrückend, schüchtern näherkam.

Zunächst beachtete Rietschel das Kind nicht und widmete sich weiter seiner Zeichnung, aber nachdem der Junge nach guten zwanzig Minuten immer noch bei ihm ausharrte, nun kaum mehr zwei Meter entfernt, und weiterhin neugierig auf sein Bild spähte, gab er auf und bedeutete dem Jungen, näher zu kommen. Rietschel, der nach den vielen Monaten auf Sizilien die Sprache einigermaßen beherrschte, fragte ihn nach seinem Namen.

«Mi chiamo Giacomo», antwortete der Junge. «E tu?»

«Sono Ernesto», sagte Rietschel. «Piacere.»

Die beiden gaben sich die Hand.

«Was zeichnest du da?», fragte Giacomo.

«Die Bucht», antwortete er.

«Aber die Bucht ist immer da», sagte der Kleine. «Warum zeichnest du nicht etwas anderes?»

«Etwas anderes?», fragte Rietschel amüsiert. «Was denn zum Beispiel?»

«Etwas, das nicht immer da ist», sagte Giacomo.

«So wie du?»

Giacomo schüttelte den Kopf. «Nein, ich bin doch auch immer da. Ich wohne ja hier. Gleich da drüben.» Er deutete auf ein schmales Haus, etwa hundert Meter von ihnen entfernt.

Doch Rietschel wollte ihm nicht zustimmen. «Nein, so wie du bist, bist du nur heute. Morgen bist du schon älter. Und größer. Also sollte ich dich jetzt zeichnen.»

Er bedeutete dem Kind, an der Wand gelehnt stehen zu bleiben, und begann mit schnellen Strichen ein Porträt. Währenddessen stand Giacomo wie angewurzelt und mit ernstem Gesichtsausdruck da. Nach etwa fünfzehn Minuten war Rietschel fertig und bat den Jungen zu sich.

«Schau, das bist du», sagte er.

Schweigend betrachtete der Junge die Zeichnung, dann hatte er eine Idee.

«Kannst du auch ein Bild von meiner Katze malen?»

Rietschel bejahte lachend, worauf Giacomo losrannte und nach wenigen Minuten mit einer rot getigerten Katze auf dem Arm zurückkehrte, die sich bereitwillig von ihm durch die Nachmittagshitze tragen ließ. Er setzte sie zu Rietschels Füßen ab, der daraufhin tat wie gebeten und das Tier in wenigen Strichen einfing. Giacomo war zufrieden.

«Darf ich das behalten?», fragte er.

Rietschel nickte. «Wenn ich das Bild von dir behalten darf …»

«Ja», sagte der Junge, «aber ich hab das schönere Bild bekommen!» Dann lachte er, nahm die Katze auf den Arm und verschwand mit dem Tier und der Zeichnung in dem Haus, auf das er zuvor gedeutet hatte.

Rietschel sah ihm noch eine Zeit lang hinterher, dann senkte er den Blick auf die Porträtzeichnung und signierte sie. Auf den linken unteren Rand schrieb er in dünnen Buchstaben: *Giacomo, un nuovo amico, 2. Juni 1852.*

4

Meine geliebte Herzensbraut,

ja, so kann ich Dich nur immerfort nennen, denn das bist Du doch in meinen Augen, meine Braut. Was bin ich nur für ein schlechter Ehemann gewesen! Kaum drei Monate leben wir unter demselben Dach, schon lasse ich meine Rike allein. Aber ich will Dir sagen: Ich habe es bitterlich bereut. Oh ja, jede einzelne Minute sehne ich mich ärger nach Dir und den Kindern, es ist kaum mehr zu ertragen! Ach, könnte ich nur schon fort, fort zu Dir! Stattdessen sitze ich in Villa San Giovanni fest und verzehre mich nach Dir.

Kietz, die arme Seele, hat sich auf der Reise eine Vergiftung zugezogen und alles erbrochen, was je in seinen Leib gekommen ist. Es ist ein seltsamer Umstand dieser Reise, dass nun Dein Ernst zum Kranken-

pfleger sich berufen fühlen muss, wo doch die Reise vielmehr meiner Gesundheit hätte dienen sollen. Stattdessen füttere ich den Pechvogel mit der Brühe, die unsere Pensionswirtin auf mein Geheiß hin zusammengebraut hat, auf dass er bald wieder reisefähig sei und wir dieses Unglücksnest verlassen können. Ich hoffe, in gut drei bis vier Tagen wird es so weit sein.

Doch ich bin ungerecht! Villa San Giovannis Hafen, an dem ich in kurzen Ausflügen meine tägliche Ration frischer Meeresluft zu mir nehme, ist recht hübsch gelegen. Und ich will nicht hadern, sondern auf Gott vertrauen, auf dass er mich baldmöglichst zu Dir führe, geliebte Friederike!

Küsse die Kinder von mir und empfange von mir Tausende und Abertausende Küsse, Dein Dich inniglich liebender und sich nach Dir sehnender

Ernst

Post scriptum: Der unglückliche Kietz bat mich, Dich aufgrund der Verzögerung unserer Reise seinetwegen um Verzeihung zu bitten. Er gestattet Dir ausdrücklich, ihn nach unserer Rückkehr tüchtig auszuschelten ob seiner Unbesonnenheit. Ich empfehle stattdessen Weidenruten!

Post post scriptum: Rauch schrieb mir, er mache im Sommer Station in Dresden. Sollte ich ihn verpassen, bin ich der unglücklichste Mann der Welt. Falls es so kommt, dann empfehle mich ihm auf das Herzlichste.

PPPS: Habe ich Dir schon Küsse gesandt?

5

Berlin

Dieser Regen! Auf der ganzen Welt hielte kein Hausdach solchen Güssen stand. Bei seinem Rundgang durchs Atelier zählte Rauch die Töpfe, in denen seine Studenten das Regenwasser auffingen, das durch die Oberlichter und vereinzelt auch an den Mauern entlang in sein Reich drang: Es waren siebenundzwanzig. Und schon wieder kam ihm einer der jungen Seminaristen entgegen, die er von Zeit zu Zeit noch an der Berliner Kunstakademie unterrichtete. In der Hand hielt er eine alte, angeschlagene Suppenterrine, die er unter eines der vielen Rinnsale platzieren wollte.

«*Ein* weiterer Topf, Eimer oder gar eine *Suppenterrine,* und ich marschiere nach Rom und beschwere mich persönlich bei Petrus über den erbärmlichsten Sommer aller Zeiten!», brüllte Rauch.

Der Seminarist zuckte ob dieses Wutausbruchs seines Meisters derart zusammen, dass ihm die Suppenterrine aus den Händen glitt und am Boden in tausend blassrosa geblümte Stücke zersprang. Rauch atmete nur hörbar aus, schüttelte dann den Kopf und schlurfte zu seinem Zeichentisch hinüber. Dort lagen sie, die zwei hartnäckigsten Probleme der letzten Jahre, gewandet in antike Roben, je einen Lorbeerkranz in den Händen und den Blick einer unbestimmten Zukunft zugewandt: Goethe und Schiller. Rauch schob die Blätter mit seinen Entwürfen auf dem Tisch hin und her.

«Nein, nein, nein …», murmelte er vor sich hin. Was dachten sich diese Weimarer eigentlich dabei, in seine Entwürfe einzugreifen? Er war doch kein unbedeutender Gipser, dem sie befehlen konnten, wie ihnen beliebte. Ein zeitgenössischer Rock! Wie sollte ein Goethe oder gar ein Schiller seine Würde bewahren, wenn man ihn wie einen Alltagsmenschen ausstaffierte? Das war doch … also, das war …

«Unmöglich!», brüllte Rauch und fegte in einem Wutanfall den Stapel Zeichenblätter vom Tisch, sodass sich seine Entwürfe über den ganzen Boden verteilten. Der bemitleidenswerte Student, der schon eine zerschlagene Suppenterrine auf dem Gewissen hatte und gerade heimlich einen Blumenübertopf unter ein neues Rinnsal stellen wollte, ließ auch diesen vor Schreck aus seinen Händen gleiten. Ein weiterer zorniger Blick von Rauch, und er beschloss, sich lieber in eine entlegene Ecke der Werkstatt zurückzuziehen.

Der Meister selbst stand nun auf und schickte sich an, den Raum zu verlassen. Auf seinem Weg Richtung Ausgang rief er seinen Studenten zu: «Wenn mich jemand suchen sollte: Ich kaufe eine neue Suppenterrine.» Und damit verschwand er hinaus in den Berliner Sommerregen.

6

Auf dem Weg nach Positano

«Hätte mir noch vor einem halben Jahr jemand erzählt, dass es in Italien derart viel regnen kann, hätte ich seinen Äußerungen wohl keinen Glauben geschenkt», sagte Kietz.

«Hm», machte Rietschel, der, eingewickelt in seinen Mantel, in eine Ecke der Postkutsche gedrückt saß und so tat, als ob er schliefe, um der geistlosen Konversation seiner Mitreisenden zu entgehen.

«Ich meine *Italien*, das Land Dantes, das Land, wo, so Goethe, die Zitronen blühen, und nun das: sechs Regentage in Folge!»

Kietz konnte stundenlang über das Wetter plaudern. Damit verhinderte er nämlich, dass man ihm Fragen stellte, auf die er womöglich keine Antwort wusste. Auf diese Weise hielt er nun einen mitreisenden Schulmeister in Schach, der ihn zwischen Sorrent und Positano peinlich genau über den korrekten Gebrauch des Vokativs befragt hatte. Da half es auch nicht, dass Kietz ihn darauf hinwies, sein Beruf sei der des Bildhauers, daher verfüge er nur über mangelhafte Lateinkenntnisse. Also hatte er das Gespräch geschickt auf das Wetter gelenkt, was ein schier unerschöpfliches Thema zu sein schien, zu dem jeder etwas beizutragen hatte. Jeder – bis auf Rietschel. Dieser hatte es fertiggebracht, in der ganzen Zeit keinen Ton von sich zu geben, sah man einmal von gelegentlichen Hustenanfällen ab. Er hing seinen Gedanken nach, und diese lagen ihm schwer auf der Seele, denn er hatte in der Nacht zuvor etwas sehr Beunruhigendes geträumt.

Er hatte in einem Boot gesessen und war von Messina übers Meer gesetzt, doch auf der anderen Küstenseite hatte nicht etwa Villa San Giovanni gelegen, sondern Dresden. Zunächst hatte er sich gefreut, weil es den Anschein hatte, als könne er so auf einfache Weise seine Reise abkürzen. Als er sich jedoch umdrehte, sah er an der Küste Siziliens drei Frauen stehen, die ihm nachwinkten, und plötzlich verspürte er einen unerträglichen Schmerz in der Brust. Obwohl er gute fünf Seemeilen von der Küste entfernt war, hatte er die winzigen Gesichter der Frauen deutlich erkennen können. Es waren Albertine, Charlotte und Marie, seine verstorbenen

Ehefrauen. Verzweifelt hatte er nach dem Ruder gesucht, denn er wollte um jeden Preis zurück, doch es gab keines. Schließlich wollte er über Bord springen, aber Kietz riss ihn zurück und deutete auf die andere Küstenseite, wo die Türme Dresdens auszumachen waren. «Da vorne ist Dresden!», schrie er. «Bleiben Sie hier!» Rietschel aber entwand sich dem Griff seines Assistenten und sprang. Er ruderte mit Armen und Beinen, konnte sich jedoch in dem bewegten Meer nicht lange oben halten. Er schluckte Wasser, hustete heftig, trat wie wild nach unten, wurde von einer großen Welle mitgerissen und sank, als seine Kräfte nachließen, endgültig hinab. In diesem Augenblick war er erwacht.

Rietschel bemühte sich nun nach Kräften, den Traum abzuschütteln, und trat dabei aus Versehen gegen das Schienbein des Schulmeisters, der ihm gegenübersaß.

«Passen Sie doch auf!», polterte der los und bedachte Rietschel mit einem bösen Blick, worauf dieser sich mit den Worten entschuldigte: «Pardon, mein werter Herr, es war keine Absicht. Das muss mein Rheumatismus im rechten Bein sein, ich spüre kaum noch etwas. Liegt wohl am Wetter.»

Und als hätte der Schulmeister nur darauf gewartet, hob er nun zu einem nicht enden wollenden Vortrag über die Auswirkungen des Wetters auf die körperliche Konstitution an. Während Kietz binnen weniger Augenblicke ungehemmt zu schnarchen begann, gab Rietschel endgültig auf und ließ sich in ein Gespräch verwickeln, das vollkommen belanglos war, ihn aber zumindest von seinem Traum ablenkte. Zwei Stunden später erreichten sie Positano.

7

Weimar

Was dachte sich dieser Mann nur dabei, ihn derart zu düpieren? Wie konnte er es wagen, ihm eine solche Antwort zu erteilen?

«Dreimal verflucht seiest du!», schimpfte er, suchte auf seinem Schreibtisch nach einem Wurfgeschoss und griff in seinem Zorn nach dem Tintenfass. Er wollte es gerade an die Tür seines Arbeitszimmers schmettern, als diese einen Spaltbreit geöffnet wurde und das schmale Gesicht Ernst Försters um die Ecke lugte.

«Ist es gestattet?», fragte er.

Großherzog Carl Alexander, immer noch ungehalten, nicht zuletzt weil er in einem Moment ertappt worden war, in dem er sich hatte gehen lassen, zischte ein «Herein, wenn es sein muss!».

«Komme ich ungelegen?», fragte Förster, machte aber keine Anstalten, den Raum wieder zu verlassen; im Gegenteil, er wartete, bis der Großherzog sich ihm endlich zuwandte und mit einiger Verbitterung sagte: «Er lehnt ab!»

Förster wirkte nicht im Mindesten beunruhigt. «Wer lehnt was ab?»

«Rauch», antwortete Carl Alexander. «Rauch lehnt es ab, die Goethe-Schiller-Gruppe nach meinen Bedingungen zu gestalten! Er besteht auf antike Gewandung, und vor allem sieht er sich außerstande, den Guss außerhalb einer ihm vertrauten Gießerei durchzuführen. Er habe Verpflichtungen, schreibt er. Zum Teufel, die habe ich auch! Wie stehe ich denn jetzt vor dem abgedankten Bayernkönig da?»

Förster lächelte. «Nun, das war zu erwarten.»

«Ja gut, dann haben Sie es eben erwartet, Förster.» Der Herzog machte eine abfällige Handbewegung. «Wie sagten Sie doch in der letzten Komiteesitzung? Auf Rauchs Entwürfen lastet noch …»

«… der Staub der Antike!», beendete Förster den Satz. «Sehr richtig, und zu dieser Ansicht stehe ich nach wie vor. Rauch ist zweifelsohne ein großer Künstler, aber seine Zeit ist abgelaufen. Was Weimar braucht … nein, was *Deutschland* braucht, ist der Geist einer neuen Generation.»

Der Herzog nickte. «Aber Rauchs Ansehen hätte dazu beigetragen, dem Denkmal die Anerkennung zu verschaffen, die wir anstreben. Ohne Rauch, so fürchte ich, wird unserer Weimarer Goethe-Schiller-Gruppe wohl kaum mehr Aufmerksamkeit zukommen als einem dörflichen Maibaum – und uns selbst wird es ebenso ergehen! Ich fürchte, Ludwig von Bayern wird seine Spende zurückziehen, wenn wir keinen angemessenen Ersatz finden.»

Carl Alexander ließ sich auf einen Stuhl sinken. Mit einer müden Handbewegung deutete er Förster an, dass dieser ihm gegenüber Platz nehmen dürfe.

«Ich wusste doch, dass es ein Fehler war, damals den Ehrenvorsitz des Denkmalkomitees zu übernehmen. Goethe und Schiller kosten mich noch meinen letzten Nerv.» Wie um diese dunkel drohende Gefahr zu unterstreichen, zog der Herzog die Stirn in tiefe Sorgenfalten.

Förster machte es sich ihm gegenüber bequem. «Nun», sagte er lächelnd, «ich hätte da einen Vorschlag.»

«So?», fragte Carl Alexander.

Als Förster nach einer halben Stunde den Audienzraum des Herzogs verließ, hatte sich die Laune Carl Alexanders maßgeblich gebessert. Ja, man konnte beinahe behaupten, er wäre gelöst. Er griff nach der Glocke, läutete kurz und kräftig und befahl dem eintretenden Diener, er möge ihm etwas Weiches, Ungefährliches zum Werfen bringen, denn Tintenfässer seien ihm erstens zu schmutzig und zweitens entschieden zu lutheranisch. Man sei hier schließlich in Weimar und nicht in Eisenach.

Försters erster Gang nach der Unterredung mit dem Großherzog führte ihn geradewegs zu der neu errichteten Telegraphenstation im Herzen der Stadt.

«Ein Telegramm», sagte er zu dem Beamten hinter dem Schalter.

«Wohin und an wen, bitte schön, der Herr?»

«Nach Berlin, zu Händen Baumeister Christian Daniel Rauch. Ich diktiere: Plan aufgegangen. Auftrag wird erteilt. Gruß, Förster.»

Er war sehr zufrieden mit sich. Erst als er zu seiner Börse griff, stellte er fest, dass er nicht genügend Geld bei sich hatte, um das Telegramm zu bezahlen. Der Beamte musste den «Gruß» wegstreichen.

«15 Groschen, bitte schön, der Herr.»

«15 Groschen für das Ansehen Deutschlands», murmelte Förster vor sich hin.

«Wie belieben der Herr?», fragte der Beamte. Doch Förster hatte die Münzen bereits in eine Schale geworfen und war auf dem Weg nach draußen.

8

Dresden

«Heute wieder nichts dabei?», hörte sie Johanna den Postboten fragen.

«Nein, Frau Johanna, für Rietschel ist nichts dabei», antwortete der Mann.

Friederike hatte gespannt hinter der Tür gelauscht, denn es war unschicklich, dem Boten im Morgenmantel gegenüberzutreten. Jetzt ließ sie enttäuscht die Schultern sinken, seufzte und machte sich auf den Weg in die Küche, um Milch anzuwärmen. Bald würden die Kinder aufwachen.

«Lassen Sie *mich* das doch machen, Frau Rietschel!», protestierte Johanna, die ihr in die Küche gefolgt war. Sie nahm Friederike den Topf aus der Hand, schob sie zum Küchentisch hinüber und hieß sie auf einem der sechs Stühle Platz nehmen.

«Ich war mir so sicher, Johanna! Ich habe gedacht: Heute muss ein Brief dabei sein!» Es gelang ihr nicht, die Enttäuschung über das Ausbleiben jeglicher Nachricht von ihrem Ehemann zu verbergen.

«Morgen kommt bestimmt einer», tröstete Johanna. «Ganz sicher, ich spüre es im linken Knie.»

Friederike hob den Kopf. «Du kannst im linken Knie spüren, ob morgen der Briefbote eine Nachricht von Ernst bringt?»

«Jawohl, das kann ich, ich schwöre es bei meinem Rheumatismus und bei meinen achtundvierzig Lenzen! Und wenn ich noch ein einziges Mal die Treppe bis zu den Nachbarn hinaufsteigen muss, um diesem Unglücksmenschen von der Post nachzulaufen, dann gnade ihm Gott!»

Friederike lächelte. «Gnade ihm eher Merkur», murmelte sie.

«Der auch!», antwortete Johanna. Und gerade als sie die heiße Milch in die Becher der Kinder gießen wollte, läutete es. Die Frauen sahen einander erstaunt an, dann ließen sie alles stehen und eilten zur Tür. Die war bereits geöffnet worden. Hermann und Georg standen im Nachthemd und barfuß im Türrahmen und bestaunten die Uniform des Briefboten.

«Was bringst du uns?», fragte Hermann.

«Einen Brief», antwortete der Bote.

«Wieso?»

«Sei nicht so dumm, das ist ein Briefbote. Was soll er uns sonst bringen?», wies Georg seinen kleinen Bruder zurecht, und zum Boten gewandt sagte er: «Für wen ist der?»

«Für eure Mutter.»

«Unsere Mutter ist im Himmel», antwortete Hermann.

«Und wer ist dann bitte schön Friederike Rietschel?», fragte ihn der Mann.

«Das ist nicht unsere Mutter, das ist die Rikemama!», sagte Hermann bestimmt. In diesem Augenblick traten Friederike und Johanna vor die Kinder.

«Ich bin Friederike Rietschel. Geben Sie mir den Brief!»

Stumm überreichte der Bote ihr ein kleines Kuvert. Friederike schien es nun nicht mehr zu kümmern, dass sie noch im Morgenmantel war. Als der Briefbote den tadelnden Blick Johannas bemerkte, sagte er: «Der war halt dazwischengerutscht. Tut mir leid, werte Damen!» Er tippte kurz an seine Mütze und machte sich schleunigst davon.

«Und? Von wem ist er?», fragte Johanna, nachdem sie die Wohnungstür wieder geschlossen hatte. Friederike riss das Kuvert auf. Ihr Blick verfinsterte sich, als sie sah, dass es nicht die Handschrift ihres Mannes war, aber dann begann sie zu lächeln.

«Er ist von Rauch. Er schreibt, dass er in sechs Tagen nach Dresden kommt und sich freut, uns zu sehen. Außerdem bringt er einen Auftrag für Ernst mit.»

«Von wann ist der Brief?»

«Vom Elften des Monats.»

«Und heute ist bereits der Siebzehnte!», stöhnte Johanna auf. «Rasch, Kinder, anziehen! Abmarsch nach oben, Gesicht waschen, Hände waschen, und zieht euch ja saubere Hemden an! Und weckt Wolfgang und Adelheid! Wolfgang soll sich fertig machen und dann zum Konditor laufen. Und Adelheid soll euch beim Anziehen helfen. Los, los!» Johanna klatschte in die Hände.

«Muss ich mir auch den Hals waschen?», wollte Hermann wissen. In diesem Moment klingelte es erneut an der Tür. Alle vier zuckten zusammen. Dann griff Hermann zur Klinke und riss beherzt die Eingangstür der Rietschel'schen Wohnung auf. Davor stand der Bildhauer Rauch, in der einen Hand einen Strauß Margeriten, in der anderen ein Päckchen, das an einer Schnur baumelte.

«Papa Rauch», begrüßte ihn Hermann, «ich hab einen dreckigen Hals. Schau mal!» Und damit riss das Kind den Kragen seines Nachthemds auseinander und offenbarte dem erstaunten Besucher, wie schmutzig es war.

«Nun, das ist allemal besser, als wenn dir das Wasser bis zum Hals stünde, mein Kleiner!», sagte Rauch schmunzelnd und trat ein.

9

Positano, 17. Juni 1852

Meine geliebte Friederike,

heute nur einige wenige Zeilen eines liebeskranken Mannes an seine Ehefrau. Übe Nachsicht mit Deinem Ernst, denn er vermag nichts mehr, als zu jammern.

Wir machen Station in Positano, und obgleich es sicher lohnenswert wäre, dem Ort mehr Zeit und Aufmerksamkeit zu widmen, hoffe ich auf eine baldige Weiterreise. Ich bewege mich wie ein Getriebener durch Europa, getrieben von Heimweh nach Dresden und von Sehnsucht nach Dir! Oh Liebste, wie sehne ich mich danach, bei Dir zu sein! Ich küsse Dich über und über und überall, jeden kleinsten Flecken Deiner Haut … Mein Herz will in rasendem Galopp zu Dir. Allein, was das Herz ersehnt, vermögen die Reisekutschen nicht. Seit einer Woche regnet es ohne Unterlass, die Straßen sind nahezu unpassierbar, und so bleibt uns nichts, als zu warten. Aber wie unerträglich wartet es sich so weit fort von meiner Rike! Ich sende Dir diese Zeilen in der Hoffnung, sie mögen Dich noch vor meinem Eintreffen erreichen, wohl wissend, dass dies kaum vor sechs Wochen der Fall sein wird.

In tiefer Sehnsucht und auf ewig der Deine,
Ernst

PS: Kietz brachte gerade Nachricht: Die Straßen sind wieder passierbar. Morgen früh setzen wir unsere Reise fort, und so Gott will, erreichen wir in vier bis fünf Tagen endlich Rom. Ich hoffe, dort unter der Adresse des Caffè Greco Post von Dir zu finden. Küsse die Kinder von mir! Ihre lieben Gesichter zu entbehren schmerzt mich sehr, und ich betrachte die Zeichnungen von Euch mehrmals täglich. Auch füge ich wohl hin und wieder ein paar hinzu, denn so ganz kann ich nicht untätig bleiben. So hat sich eine schöne Mappe gefüllt, und fast ergreift mich die Lust, es nun doch noch mit der Malerei zu versuchen, was ja, wie Du weißt, mein Jugendtraum war. So spricht also der Bildhauer Rietschel … Pfui! Du musst mich gar sehr schimpfen, wenn ich wieder daheim bin, dass ich so undankbar mein Lebensglück betrachte. Auf bald also! Auf bald, bald, bald!

E.

10

Dresden

«Ich sehe wohl, man hat noch nicht mit mir gerechnet», sagte Rauch mit einem Blick auf die sich in ihren Nachtgewändern tummelnden Kinder und Friederike im Morgenrock.

«Doch, doch», versicherte ihm diese, «seit etwa zehn Sekunden. Der Briefbote muss Ihnen noch im Hausflur begegnet sein. Offenbar hatte er Ihre lieben Zeilen kurzzeitig verloren und nun erst zugestellt.»

«Schande!», polterte Rauch. «Wäre ich drei bis vier Jahrzehnte jünger, ich würde dem Mann hinterherjagen und ihm kräftig den Hintern versohlen!»

«Keine Sorge, Papa Rauch», wandte Georg ein, «das besorgt Johanna morgen schon noch.»

«Daran tut sie gut», sagte Rauch lachend. «Aber Kinder, ihr habt doch hoffentlich noch kein Frühstück eingenommen? Ich bin nämlich über Leipzig nach Dresden gereist, und wie der Zufall es will, trage ich in dieser Schachtel anderthalb Dutzend Leipziger Lerchen mit mir spazieren, die unbedingt in ein paar Rietschelbäuche fliegen sollten.»

Unter Dankesbekundungen und mit freudigem Quietschen entrissen ihm Hermann und Georg die mitgebrachte Schachtel und trugen sie auf schnellstem Weg in die Küche. Binnen Sekunden ertönte von dort ein genussvolles Schmatzen, hin und wieder unterbrochen von den Ermahnungen Johannas, den älteren Geschwistern auch noch etwas übrig zu lassen.

Friederike nahm die Margeriten entgegen und bedankte sich dafür kaum weniger überschwänglich als ihre zwei Stiefsöhne für die Lerchen. Rauch aber winkte ab.

«Ich bringe weit Besseres als nur Blumen und Gebäck, meine Teure. Seien Sie doch so gut und lassen Sie Johanna Kaffee aufbrühen, luchsen Sie den Kindern zwei Lerchen ab, und dann will ich Ihnen von einer Sache erzählen, die dem Hause Rietschel viel Glück, Ansehen und, so ist es zu hoffen, auch einiges an Geld einbringen wird.»

«Ich eile, Papa Rauch», sagte Friederike. «Zumal ich derlei Neuigkeiten gerne in halbwegs gesitteter Aufmachung hören möchte. Nehmen Sie doch einstweilen im Salon Platz. Ich ziehe mich nur schnell um.»

Wenig später saß man einander im schlicht eingerichteten Salon der Rietschelwohnung gegenüber, und Friederike lauschte mit Erstaunen Rauchs Erzählung davon, wie er einen Auftrag zu einem großen Dichterdenkmal für die Stadt Weimar abgelehnt hatte.

«Kurz und gut, es ist mir unmöglich, die Arbeit unter diesen Bedingungen auszuführen. Der sächsische Herzog besteht auf einer Gewandung im modernen Kleid, ich aber bin der festen Überzeugung, dass für die zwei größten deutschen Dichter allein der Aufzug im sophokleischen Stile angemessen wäre. Und ich kann nun einmal nicht gegen meine Überzeugung handeln. Darüber hinaus», und bei diesen Worten zog Rauch wütend die Stirn in Falten, «ist es mir unmöglich, meine Berliner Gießereien vor den Kopf zu stoßen und den

Guss, nach dem Willen Ludwigs von Bayern, in München durchführen zu lassen. Allein das Risiko des Transports: ein Irrsinn!» Er trocknete sich mit einem Taschentuch die Stirn und tupfte seine Mundwinkel ab, dann sah er Friederike an: «Und zu guter Letzt bin ich zu alt für solche Scherereien.» Als sein Gegenüber protestieren wollte, winkte er ab. «Nein, lassen Sie es gut sein, mein Kind, ich bin fünfundsiebzig Jahre, und ich kenne meine Grenzen mittlerweile sehr genau. Was mir an Lebenszeit noch bleibt, will ich nicht mit endlosem Briefverkehr zwischen Berlin, Weimar und München vergeuden oder damit, das Geschwätz knausernder Fürsten anzuhören, denen es nicht eine Minute um das Werk an sich, sondern nur um ihr eigenes Ansehen geht. Mein Entschluss steht fest: Ich trete von dem Auftrag zurück, denn ich weiß einen würdigeren …»

Rauch wurde jäh durch ein Brüllen aus der Küche unterbrochen.

«Nein!» Hermanns Stimme war deutlich zu hören, auch durch drei geschlossene Türen hindurch.

«Doch!», rief Johanna, von deren Organ man bei Rietschels zu sagen pflegte, es reiche zur Not auch bis nach Leipzig.

«ICH MUSS ABER NICHT!»

Friederike und Rauch wechselten kurz einen Blick, dann verschwand Friederike durch die Salontür und eilte in die Küche.

«Wir haben einen Gast, Hermann! Sei gefälligst leise! Was ist denn nur los mit euch?»

«ICH MUSS NICHT AUFS TÖPFCHEN!», kreischte Hermann.

«Doch, das musst du, und nun geh endlich, bevor du mir die Küche vollpieselst!», entgegnete Johanna.

«Aber dann essen Georg und Wolfgang alle Lerchen allein auf, und ich hab nur eine einzige abgekriegt!» Hermanns Verzweiflung war unüberhörbar. Nur mit Mühe konnte er es sich verkneifen, in die Hosen respektive ins Nachthemd zu machen, aber er wollte um keinen Preis der Welt das Gebäck seinen Brüdern überlassen. Wolfgang, den der morgendliche Tumult erst aus dem Bett getrieben hatte, als etwas von Leipziger Lerchen zu hören war, stand nun in Hemd und Hose, aber barfüßig wie die zwei anderen in der Küche und ahmte, um Hermann zu ärgern, das Geräusch fließenden Wassers nach, während er lachend nach einem weiteren Stück Gebäck griff – und Georg schloss sich ihm sofort an.

Hermann kreischte, Johanna keifte, und die großen Jungs gossen Öl ins Feuer. Und im Salon saß Rauch und musste wer weiß was von ihnen allen denken. Friederike brauchte eindeutig Unterstützung.

«Adelheid? ADELHEID!» Wenn es irgendjemanden gab, der die drei Rietscheljungen ansatzweise unter Kontrolle bringen konnte, dann war das deren ältere Schwester. Und die stand zu Friederikes großer Erleichterung nun an der Küchentür, packte mit der Linken den sich windenden Hermann, klatschte mit der Rechten auf Wolfgangs Finger, der im Begriff war, sich nun auch noch die allerletzte Lerche zu angeln, und drohte den beiden großen Jungen, ihnen mindestens das Fell über die Ohren zu ziehen, wenn sie ihr nichts übrig lassen sollten. Mit diesen Worten entschwand sie aus der Küche, den armen Hermann immer noch fest im Griff.

Friederike atmete erleichtert auf und kehrte in den Salon zurück. Rauch hatte in der Zwischenzeit Kaffee nachgeschenkt und drückte der erschöpften Friederike wortlos ihre Tasse in die Hand.

«Ich habe ganz vergessen, mich nach Ihrem Befinden zu erkundigen», sagte er.

«Ach …», antwortete Friederike nur. Sie blickte an Rauch vorbei durchs Fenster und sagte leise: «Es wird alles anders, wenn nur Ernst wieder hier ist …»

Rauch lehnte sich in seinem Sessel zurück: «Das wird es, in der Tat. Friederike, der Auftrag, den ich abgelehnt habe: Ich möchte ihn Ernst überlassen.»

Sie sah ihn an. Jetzt erst hatte sie begriffen, warum er heute zu ihnen gekommen war. «Der Auftrag?», fragte sie.

«Das Goethe-Schiller-Denkmal für Weimar. Ich kenne keinen, dem ich es lieber anvertrauen würde als Ernst. Und ich habe bereits alle Fäden gezogen: Förster, der beste Verbindungen zum Weimarer Hof hat, ist ganz meiner Meinung und hat Herzog Carl Alexander schon ordentlich zugesetzt. Es würde mich sehr wundern, wenn der noch einen Rückzieher macht und den Auftrag anderweitig vergibt.»

«Förster? Ernst Förster? Aber ich dachte immer …» Friederike ließ den Satz unvollendet.

«Ja, ich weiß, was Sie dachten, Rike, und Sie haben vollkommen recht. Förster ist eine geltungssüchtige Laus, jemand, der sich auf äußerst lästige Art und Weise bei der Obrigkeit anbiedert, damit ein wenig Ruhm auf ihn abfärbt. Aber er ist ein Verehrer von Ernst und hält große Stücke auf ihn. Es war also nicht schwer, ihn davon zu überzeugen, dass Ernst den Auftrag erhalten soll.»

Friederike war gerührt. «Mein Gott, ein so wichtiger Auftrag …»

Rauch nickte. «Ja, Friederike. Ein großer Auftrag. Es wäre sein endgültiger Durchbruch.»

Friederike sah Rauch vollkommen überwältigt an, dann

stand sie aus ihrem Sessel auf, tat zwei schnelle Schritte auf ihn zu, schlang die Arme um seinen Hals und schluchzte. Es war eine Mischung aus Rührung, Erleichterung und Entkräftung, und Rauch streichelte ihr über den Kopf und sagte: «Alles wird gut, mein Kind, ab jetzt wird alles gut.»

II

Rom

Ihren Aufenthalt in Rom hielten sie möglichst kurz. Sie machten diesem und jenem Künstler ihre Aufwartung, besichtigten einige Bauwerke, darunter das Pantheon, einige ausgewählte Gotteshäuser, etwa Santa Maria degli Angeli und Sant'Ignazio mit seiner berühmten Scheinkuppel, und verbrachten beinahe einen ganzen Tag in der Villa D'Este. Sie besuchten das Caffè Greco, wo sich postlagernd einige Briefe fanden, darunter ein vier Monate altes Schreiben von Rauch, zwei von Rietschels Schwager Andreas und ein Brief von Friederike, der gleichfalls vier Monate zurückdatierte und kaum mehr enthielt als einige liebe Worte und wohlmeinende Wünsche für seine Genesung. Dennoch tat es ihm wohl, ihre Zeilen zu lesen.

Sowohl Rietschel als auch Kietz hatten auf ihrer Hinreise bereits länger in Rom haltgemacht und redeten sich nun ein, die Stadt könne ihnen kaum etwas Neues bieten, wohl wissend, dass dies nicht stimmte, denn um sich Rom annähernd zu erschließen, hätte es ein halbes Leben gebraucht.

«Und so viel Lebenszeit bin ich nicht bereit zu erübrigen», sagte Rietschel zu Kietz, als sie gemeinsam in der Kutsche Richtung Meran saßen. Außerdem setzte Rietschel das Klima in Rom stark zu, und er hoffte auf einen erfolgreichen Ausklang seiner Genesungsreise in der Kurstadt. Seit gut einer Woche war sein Husten beständig schlimmer geworden, und Kietz betrachtete seinen Meister mit Sorge.

«Ich stimme Ihnen zu, Meister Rietschel», sagte er vorsichtig, «aber vielleicht wäre weniger Eile geboten, um Ihren Zustand nicht weiter zu verschlechtern.»

«Meinen Zustand? Kietz, sind Sie mein Arzt oder mein Assistent? Mein Zustand», er hustete, «ist bestens.»

Kietz zog die Stirn in Falten, erwiderte aber nichts. Eine Weile saß man sich schweigend gegenüber und blickte aus dem Fenster. Schließlich unterbrach Rietschel die Stille.

«Wenn wir wieder in Dresden sind, wartet eine Menge Arbeit auf uns. Mit Carl Schiller muss die Frage nach dem Sockel für meinen Lessing geklärt werden, sonst steht der gute Mann am Ende noch auf dem nackten Boden Braunschweigs und holt sich kalte Füße. Und mein Schwager hat nicht weniger als drei Aufträge für Porträtbüsten und ebenso viele für Bildnismedaillons entgegennehmen können.» Er blickte Kietz aufmunternd an. «Ich werde Ihre Hilfe brauchen, mein Freund.»

Kietz lächelte zurück und nickte. Dann gewahrte er aus dem linken Fenster der Kutsche heraus in etwa vier Kilometern Entfernung die Silhouette Merans.

«Professor, sehen Sie, da vorne!» Kietz deutete mit dem Finger in Richtung der Stadt. Rietschel blickte hinaus.

«Meran», flüsterte Rietschel zufrieden, und er war so erleichtert, als würde er nach einer langen, stürmischen Überfahrt endlich einen sicheren Hafen anlaufen.

Sie hatten sich noch kaum ihrer Mäntel entledigt, geschweige denn in der Gastwirtschaft, die zu ihrer Unterkunft gehörte,

Platz genommen, als der Wirt mit einem Bündel Papiere in der Hand auf sie zusteuerte.

«Meine Herren ...», sagte er und überreichte Rietschel einen kleinen Stapel zusammengebundener Briefe. «Kamen gestern mit dem Expresskurier an. Was darf ich den Herren bringen?»

Rietschel hatte sofort das Band gelöst, das um die Schriftstücke gewickelt war, und besah sich die Absender: Friederike, Rauch und Förster.

Ein Expressbrief von Friederike – das konnte nur bedeuten, dass etwas passiert sein musste! Er war so in Gedanken versunken, dass er die letzten Worte des Wirts glatt überhört hatte. Dieser blickte nun fragend Kietz an.

«Zwei Becher Branntwein», antwortete der. Der Wirt rümpfte die Nase und machte sich davon, während Rietschel zu lesen begann.

«Was ist das?», fragte Kietz, als der Wirt ihnen zwei Gläser hinstellte.

«Muskateller.»

«Aber ich hatte doch ...», wollte Kietz einwenden, doch der Wirt schnitt ihm das Wort ab.

«*Das* trinkt man hier», sagte er mit drohendem Unterton. Widerstand war zwecklos, und so fügte sich Kietz dem kulinarischen Diktat und nahm einen Schluck Wein zu sich. Rietschel blickte auf, doch statt etwas zu sagen, reichte er Kietz nur wortlos die Briefe, griff zu seinem Weinglas und leerte es in zwei Zügen.

«Donnerwetter!», sagte er. «Ein guter Wein, das muss man schon sagen.» Er blickte sich nach dem Wirt um, denn er wollte zwei weitere Gläser ordern.

«Donnerwetter, Professor!», entfuhr es nun auch Kietz.

Und ehe Rietschel es sich versah, umarmte ihn sein Schüler stürmisch und mit Tränen in den Augen.

«Warum zum Teufel weinen Sie, Kietz?», fragte er lachend.

«Meister, dieses Denkmal ... das Goethe-Schiller-Denkmal ... ich weiß nicht, was ich sagen soll, außer: Ich gratuliere von Herzen!»

Den Rest des Abends feierten die beiden so ausgiebig, dass der Wirt die volltrunkenen Männer anschließend eigenhändig in ihre Betten verfrachten musste. Dabei schimpfte er leise vor sich hin: «Branntwein oder richtiger Wein – was macht das für einen Unterschied? Am Ende liegen sie doch alle besoffen unterm Tisch.» Und nach einer kurzen Verschnaufpause fügte er hinzu: «Banausen. Kein Gefühl für das richtige Maß.»

12

Als Rietschel mitten in der Nacht erwachte, fand er sich in voller Bekleidung samt Stiefeln auf dem Bett wieder und hatte keine Ahnung, wo er war. Er richtete sich auf und blickte sich im Halbdunkel um. Das Ganze sah nach einem Gasthauszimmer aus, mit Kleiderschrank, Kommode, Tisch und Stuhl, und auf diesem saß – der Geheimrat Goethe.

«Was zur Hölle ...?», fragte Rietschel. «Wie kommen *Sie* hierher?»

«Geht es schon besser?», fragte der Geheimrat mitfühlend. «So ein Muskatellerrausch kann böse Folgen haben. Ich empfehle für den nächsten Morgen eine Mischung aus zwei rohen Eiern, Cognac, zwei Teelöffeln Soda und etwas Zucker und Salz.»

«Danke», sagte Rietschel und rieb sich den schmerzenden Schädel, «ich werde es mir merken.»

«Das hoffe ich doch, werter Herr Rietschel, denn ich erteile nicht jedem Mann meinen Rat zur Bekämpfung der Folgen von Trunkenheit.» Goethe lächelte ihn an.

«Allesamt unnütze Ratschläge», erklang unvermittelt eine Stimme aus einer dunklen Ecke des Zimmers.

«Wenn Sie etwas Besseres wissen, werter Herr Schiller, dann treten Sie vor und teilen sich uns mit!», forderte Goethe. Tatsächlich trat die Gestalt nun aus dem Dunkel heraus und unter die Dachluke, durch die das Mondlicht ins Zimmer fiel.

«*Von* Schiller, wenn ich bitten darf. Sie unterschlagen immer das *von*, Herr *von* Goethe.» Schiller war offenkundig beleidigt, bemühte sich aber um Freundlichkeit, als er sich Rietschel zuwandte und sagte: «Und als Arzt darf ich Ihnen, mein Freund, Folgendes empfehlen: Gegen den Kater nach durchzechter Nacht hilft einzig und allein genügend Schlaf und ausreichend Wasser zu trinken. Das schwemmt die Gifte wieder aus dem Körper.»

Rietschel nickte. Dann brachte er endlich den Mut auf zu fragen: «Was verschafft mir die Ehre, meine werten Herren?»

Goethe blickte zunächst zu Schiller, dann zu Rietschel und sagte schließlich: «Wir haben Nachricht erhalten, dass Sie derjenige sind, dem man den Auftrag zu unserem Dichterdenkmal anvertrauen will. Wir fanden, es wäre daher an der Zeit, Sie aufzusuchen und Ihnen unsere diesbezüglichen Vorstellungen mitzuteilen.»

«Wir dienen Ihnen unsere Hilfe an», fügte Schiller hinzu.

«Sehr richtig, Herr *von* Schiller, Hilfe ist hier das Stichwort. Nachdem Meister Rauch es abgelehnt hat, uns auch nur anzuhören, und stattdessen den Auftrag an Sie abgetreten hat, sehen wir uns jetzt in der glücklichen Lage, Sie bei Ihrem Vorhaben unterstützen zu können.»

«Abgelehnt ...», schnaubte Schiller. «Rauch hat ein Kruzifix nach Ihnen geworfen, werter Goethe! Und als das nichts nützte, hat er sämtliche Engel und Heiligen angerufen.»

«Und mich und Sie verflucht, sehr wahr, mein Guter!», erwiderte Goethe.

«Oh, oh, und denken Sie an den Exorzisten, den er am folgenden Tag bestellte, um seine Gemächer auszuräuchern!» Schiller lachte.

«Ach ja, diese Episode hatte ich schon ganz vergessen.» Goethe lachte ebenfalls. «Nun aber zurück zu unserem Freund hier. Wo waren wir noch gleich stehengeblieben?»

«Sie wollten mich unterstützen», sagte Rietschel tonlos, denn allmählich wurde ihm klar, dass es hier nicht mit rechten Dingen zugehen konnte. Da sein Schädel vom Muskateller brummte, ging er davon aus, dass er offenkundig noch nicht tot war. Doch wie zum Teufel kam er in einen Raum mit Goethe und Schiller?

«Ach ja, sehr richtig. Nun, wir könnten Ihnen beispielsweise Modell stehen», schlug Goethe vor.

«... und Ihnen bei der Kleiderauswahl behilflich sein», fuhr Schiller fort. «Ich habe zu Lebzeiten einen blauen Rock besessen, in dem ich mich immer porträtieren lassen wollte. Leider starb ich, bevor es dazu kam.»

«Ja, in der Tat, sehr bedauerlich!», sagte Goethe. «Ich erinnere mich an den Rock. Er hatte bezaubernde Messingknöpfe, in die eine Lyra eingeprägt war. Richtig, Herr *von* Schiller?»

«Nein, Herr *von* Goethe. Es waren *vergoldete* Knöpfe, kein

Messing. Sie tun immer noch so, als sei ich verarmt gestorben!», entrüstete sich Schiller.

«Nun, wenn *das* Gold war, dann gratuliere ich Ihnen zu Ihren alchimistischen Kunstfertigkeiten, Herr Schiller!»

«*Von* Schiller!», rief dieser.

«Meine Herren, ich bitte Sie ...» Rietschel überlegte, ob man das Gezänke der beiden Herren womöglich durchs ganze Haus hören konnte.

«Nun, denken Sie darüber nach», sagte Goethe. «Wir stehen Ihnen jederzeit zur Verfügung.»

Nach diesen Worten verschwanden die beiden Männer, und Rietschel blieb allein zurück.

«Merkwürdig ...», murmelte er vor sich hin, zog in Erwägung, den Rat Schillers zu befolgen und einen Becher Wasser zu sich zu nehmen, wofür er jedoch hätte aufstehen müssen, und das befand er letztlich als zu mühsam. Stattdessen fiel er rücklings wieder auf sein Bett, wo er den Rest der Nacht traumlos vor sich hin schnarchte.

13

«Professor?»

«Hm.»

Pause.

«Professor Rietschel?»

«Hm.»

«Professor, darf ich Sie etwas fragen?»

«Nur, wenn es unbedingt notwendig ist.»

«In Ordnung.»

«Was ist in Ordnung, Kietz?»

«Ich frage später.»

«Herrgott, Kietz, fragen Sie, was Sie wollen, und zwar schnell. Andernfalls ziehe ich Ihnen einen Weinkrug über den Kopf. Dann haben Sie vielleicht auch so einen schlimmen Brummschädel wie ich.»

Der Wirt kam auf den Tisch der beiden zu, und Rietschel hob bereits den Arm, um nach einem Krug zu verlangen, als Kietz sich beeilte zu sagen: «Gestern Nacht, da hab ich mir so meine Gedanken gemacht …»

«Gedanken?», fragte Rietschel.

«Ja. Ich meine, man muss ja einer Entwicklung folgen, nicht wahr? Und ich bin nicht mehr so jung wie einst, und nun, man wird älter und stellt sich Fragen und dergleichen.»

«Aha», sagte Rietschel. «Fragen stellt man sich also mit achtundzwanzig.»

Kietz nahm einen Schluck Kaffee, dieses Höllengebräu aber war so viel stärker als der Kaffee daheim, dass er glaubte, die Säure würde ihm fast den Magen verätzen. Hastig trank er von der Hühnerbrühe, die er bestellt hatte.

«Also, der italienische Kaffee hat es in sich, das muss man schon …»

«KIETZ!», schrie Rietschel.

«Ich würde Ihnen gerne als rechte Hand dienen bei diesem Auftrag. Ihnen beim Goethe-Schiller-Denkmal zu helfen, das wäre mein größter Wunsch.»

Rietschel lehnte sich auf seinem Stuhl zurück, verschränkte die Arme vor der Brust und kniff die Augen zusammen. «Noch eine solch dumme Aussage, und ich lasse Sie in Meran zurück, mutterseelenallein. Selbstverständlich werden Sie mir zur Hand gehen, Kietz! Wen zum Teufel sollte ich denn sonst mit einer Aufgabe wie dieser betrauen?»

In Kietzens Augen standen Tränen der Erleichterung.

«So, und nun, mein junger Freund, beantworten Sie mir eine Frage», forderte Rietschel.

«Jede!», sagte Kietz.

«Ein Liter Wasser oder ein Gemisch aus rohen Eiern, Cognac, Soda, Zucker und etwas Zucker und Salz – was hilft wohl besser gegen einen Kater?»

«Das käme auf einen Versuch an», sagte Kietz. «Was ist das für ein Rezept, rohe Eier, Cognac, Soda und so weiter? Die Empfehlung eines Apothekers?»

«Nicht ganz», antwortete Rietschel lächelnd. «Sagen wir einfach, dieser Rat kommt von einem Fachmann für italienische Weine.»

«Dann sollte man ihn befolgen.»

Rietschel, der vergeblich die Aufmerksamkeit des Wirts auf sich zu lenken suchte, erhob sich, geriet dabei allerdings ein wenig ins Schwanken. Offenbar hatte er immer noch reichlich Muskateller im Blut.

«Wohlan denn, schreiten wir zur Tat. Fragen wir den Wirt, ob er uns einen solchen Trank mischen kann.»

Auch Kietz erhob sich. «Professor, ich eile, Ihnen zu folgen! Hier meine Hand: Wir gehen zum Tresen.»

14

Weimar

«Phantastisch! Einfach phantastisch!»

«Ja, wirklich, absolut … phantastisch!»

Die beiden Herren nickten eifrig, so als wollten sie ihrem Urteil dadurch mehr Gewicht verleihen.

«Nun», schnaubte Carolyne zu Sayn-Wittgenstein, «dass dieses Stück Musik *phantastisch* ist, kann bei dem Titel wohl kaum bestritten werden.» Betreten blickten Raff, Franz Liszts Sekretär, und der Maler Preller auf ihre Füße.

«Nach so viel geistloser Konversation brauche ich dringend eine Erfrischung», sagte sie, drehte sich abrupt um und rauschte in Richtung des Buffets davon.

«Was will sie von uns hören?», fragte Preller. «*Symphonie fantastique* … was soll ich da sagen? Ich kann ihr doch nicht erzählen, dass ich nach fünf Takten bereits im Traumland weilte.»

«Das musst du auch gar nicht, mein Freund», entgegnete Raff, «das war durchaus zu hören. Dein Schnarchen drang noch bis in die Loge der Fürstin hinauf.»

Sie blickten Carolyne nach, wie sie durch den gezielten Einsatz ihres Fächers gerade die Baronin von Amstetten beleidigte. Preller legte seinem Freund den Arm um die Schultern und sagte: «Und wie steht es mit dir? Was machen deine eigenen Kompositionen?»

Raff seufzte: «Nun, der Meister verlangt viel von mir und ich …» Raff wurde jäh unterbrochen, denn wie aus dem Nichts legte sich ein zweiter Arm um seine Schultern.

«Und was täte ich ohne Sie, Raff?», tönte Liszt gut gelaunt. «Nun, mein Lieber: Wie gefällt Ihnen der Abend?»

«Phantastisch, Meister!», antwortete Raff, ohne allzu sehr von den eigenen Worten überzeugt zu wirken, und Preller stimmte mit ein: «Ja, phantastisch, Maestro Liszt!»

Liszt brach daraufhin in schallendes Gelächter aus. «Sehr wahr, sehr wahr. Berlioz ist in der Tat *phantastisch.* Ein treffendes Urteil.» Er klopfte nun beiden Männern auf die Schulter. «Haben Sie meine Carolyne gesehen? Ich muss mich kurz bei ihr blicken lassen, sonst terrorisiert sie wieder den halben sächsischen Adel.»

«Sie ist dort entlang», wies ihm Raff den Weg, und Liszt entschwand in Richtung seiner Geliebten.

«Musst du nicht hinterher, um deinen Meister vor den Krallen der Löwin zu schützen?», erkundigte sich Preller bei Raff. «Vielleicht zerfleischt sie ihn aus einer Laune heraus, und wir kommen um sein Dirigat und den zweiten Satz herum.»

Raff nahm einem Diener, der gerade vorbeiging, ein Glas Wein vom Tablett und kippte die Hälfte hinunter. «Was kümmert's dich? Du schläfst ohnehin den Schlaf der Tauben und Gerechten. Und der Meister soll im Übrigen auf sich selbst aufpassen. Ich bin nur sein Sekretär, nicht sein …» Er leerte die andere Hälfte des Glases.

«Nicht sein was?», fragte Preller.

«… Exorzist!», beendete Raff seinen Satz.

«Ein weises Wort, gelassen ausgesprochen!», erklang eine Stimme hinter ihnen. Die beiden Männer wirbelten herum.

«Von Fallersleben, was verschafft uns die Ehre?», fragte Preller, der sich als Erster gefangen hatte.

«Ihnen?» Hoffmann von Fallersleben räusperte sich und wandte sich an Raff. «Nun, ich mache *der Kunst* meine Aufwartung, in tiefer Verehrung für Ihren Herrn und Meister und in Ehrfurcht vor seinem Können. Ich darf sagen, wenig hat mich mehr inspiriert als der heutige Abend. Es war die Vollendung der Musik selbst! Wären Sie so freundlich, Herr Raff, dies Ihrem Herrn und Meister mit den besten Wünschen und Grüßen auszurichten?» Von Fallersleben deutete eine Verbeugung an und verschwand gleichfalls in Richtung des Buffets. Raff und Preller sahen sich an, dann sagte Prel-

ler: «Wozu bitte braucht dieser ranzige Federfuchser Inspiration? Etwa um Kinderlieder zu komponieren?»

«Ich gebe am Buffet ein neues Getränk in Auftrag. Man serviere Herrn von Fallersleben bitte den Schierlingsbecher. Dann darf er wenigstens sterben wie ein großer Mann, wenn er schon mit so einem kleinen Geist geschlagen ist», ergänzte Raff.

«*Ein weises Wort, gelassen ausgesprochen»,* wiederholte Preller. Und nach einer Weile: «Der arme Ernst. Wenn der wüsste, worauf er sich mit diesem Goethe-Schiller-Denkmal eingelassen hat ... Da reist er nun durch halb Europa, um seine Gesundheit wiederherzustellen, und landet ausgerechnet in den Fängen von Liszts und von Fallerslebens Neu-Weimar-Verein.»

«Er ist wahrhaftig nicht zu beneiden, dein Freund», sagte Raff. «Herzog Carl Alexander wird kaum eine Gelegenheit auslassen, ihn zu gängeln und zu quälen. Zumal die Wahl Rietschels als ausführenden Künstlers nicht auf seinem Mist gewachsen ist.»

«Das ist mir bekannt. Der offizielle Vorschlag kam zwar von Rauch, aber ich weiß, dass Förster auch ein Wörtchen mitzureden hatte. Und nun wird Ernst zum Spielball von Carl Alexander, Förster und den Neu-Weimarern.» Preller seufzte.

«Und Carolynens», fügte Raff leise hinzu.

«Der Fürstin? Wie das?»

«Ganz einfach. Nachdem Carolyne bei Hof nach wie vor nicht zugelassen ist, hat sie sich nun in den Kopf gesetzt, den Fürsten Carl Alexander wenigstens darin zu übertrumpfen, dass sie sich von Rietschel persönlich porträtieren lässt. Frei nach ihrem Motto: Ich kaufe mir den Mann, den ihr bezahlt.»

«Woher weißt du das?», fragte Preller erstaunt.

«Ich lese ihre Post!», gab Raff unverblümt zur Antwort.

«Du liest *ihre Post*?»

«Auftrag vom Meister. Ich soll sie ein wenig im Auge behalten. Liszt befürchtet, sie könnte ihm erneut Hörner aufsetzen. Also durchforste ich die Post von Carolynen auf der Suche nach etwaigen Liebhabern.»

«Und?», fragte Preller belustigt.

«Kein Liebhaber, aber dafür den Auftrag zu zwei Marmorblöcken und ein Hinweis auf deinen Freund Rietschel.»

Preller begann zu lachen. «Und der zweite Marmorblock?»

«Ist für ein Medaillon von Liszt gedacht. Sie muss ihn nur noch dazu überreden, was sie zweifellos schaffen wird. Wenn der Meister sich nicht bald aus dieser unseligen Mesalliance befreit, dann kann Rietschel den Marmor für Liszts Grabstein verwenden.»

«So Rietschel selbst die Ausführung zum Goethe-Schiller-Denkmal unter Carl Alexanders Vorherrschaft überlebt», sagte Preller. «Womit wir mit der Fürstin und dem Herzog gleich zwei Kandidaten hätten, deren baldiges Ableben der deutschen Kultur nur zugutekäme.»

Nach ihrem kurzen Gang durch das Foyer standen sie nun gleichfalls vor dem Buffet.

«Was darf ich den Herrschaften anbieten?», fragte ein Kellner.

«Schierlingsbecher für zwei!», orderte Preller.

15

Natürlich war er sich darüber im Klaren, dass Förster ihn mit allen nur erdenklichen Mitteln zu beeinflussen versuchte, aber er war überzeugt, ihn in Schach halten zu können. Nichtsdestotrotz griffen die immer häufiger stattfindenden Besuche Försters sein Nervenkostüm an, denn dieser hatte nicht nur die unangenehme Eigenschaft, unangemeldet um Vorlass zu bitten, sondern war auch nur schwer wieder loszuwerden. Und da der Herzog Förster aufgrund seiner guten Beziehungen zum König von Bayern dringend brauchen konnte, ließ es sich kaum vermeiden, ihm diesen Vorlass auch zu gewähren.

Carl Alexander war schon immer der Ansicht gewesen, ein Gast habe auf keinen Fall länger zu verweilen als zehn Minuten. Deshalb hatte er es sich angewöhnt, seinen Diener darauf abzurichten, exakt nach Ablauf dieser Zeit an seine Zimmertür zu klopfen und einen entschieden wichtigeren Gast anzukündigen, als Förster es war. So kam Carl Alexander nicht in Erklärungsnot, wenn er die Visite wieder beenden wollte.

In der ersten Woche war dieses Vorgehen überaus erfolgreich gewesen. Wann immer Förster das Audienzzimmer des Großherzogs betrat, begann sein Diener mit der Zeitrechnung *n.AF* (nach Ankunft Försters) und klopfte pünktlich zehn Minuten später an, um den Herzog von Försters Gegenwart zu erlösen. Doch Förster war kein Dummkopf. Es dauerte zwei Tage, bis er das Manöver durchschaut hatte, drei weitere Tage, in denen er feststellte, dass er so nicht weiterkam, und nach genau einer Woche war Förster so weit, dass er, sobald sich nach besagten zehn Minuten die Tür des Audienzzimmers öffnete, sagte: «Mein lieber Herzog, ich will Sie auf keinen Fall aufhalten. Das Denkmal hat Zeit. Ich komme dann einfach morgen wieder.»

Carl Alexander erkannte, dass er sich etwas Besseres einfallen lassen musste, um Förster loszuwerden. Doch von nun an tauchte dieser zu unterschiedlichen Zeiten bei ihm auf, erfand stets neue Vorwände, warum er mit dem Großherzog die Fortschritte zu «ihrem» Vorhaben einer Goethe-Schiller-Gruppe besprechen müsse, und legte alles in allem ein äußerst enervierendes Verhalten an den Tag.

Bis Carl Alexander klar wurde, was Förster mit seinem Verhalten eigentlich bezweckte, dauerte es seine Zeit: Er wollte die Lorbeeren einheimsen – und zwar wortwörtlich! Rauchs Entwürfe des Denkmals zeigten Goethe und Schiller einmal mit je einem eigenen und einmal mit einem gemeinsamen Lorbeerkranz. Letzteres entsprach durchaus Carl Alexanders Vorstellungen, zeigte der Entwurf doch deutlich, dass man die beiden Dichter als gleichwertig betrachtete.

Nun hatte es sich Ludwig I. von Bayern, der mit Abstand wichtigste Geldgeber für das ganze Unterfangen, aber in den Kopf gesetzt, seinem erklärten Liebling Schiller unter allen Umständen einen eigenen Lorbeerkranz zuzugestehen. Mehr noch: Er machte es gar zur Bedingung, würde die Darstellung Schillers doch sonst den Eindruck erwecken, er müsse sich von den Lorbeeren des großen, weil mächtigeren, sprich dickeren Goethe etwas abzweigen, indem er einfach in dessen Lorbeerkranz hineingriff. Ludwig forderte demzufolge eigene Lorbeeren für Schiller, und Försters Absicht war es, ihm diese auch zu verschaffen, um sich damit bei dem abgedankten König von Bayern beliebt zu machen. Zur Verwirklichung dieses Vorhabens jedoch brauchte Förster Carl Alexander auf seiner Seite. Allerdings war dieser ein größerer Verehrer Goethes und wollte es daher bei einem Kranz belassen. Trotzdem folgerte der Herzog richtig, dass Försters lästige Besuche bei ihm endlich ein Ende hätten, sollte er Ludwig (und damit auch Förster) seinen Wunsch erfüllen.

Als bei einer der Visiten Försters das Thema wieder einmal zur Sprache kam, lenkte der Großherzog zu Försters Überraschung ein und sagte: «Mein lieber Förster, Sie haben mich überzeugt. Zwei Lorbeerkränze werden den Ruhm der beiden Dichter doppelt so gut veranschaulichen, als es ein einzelner Kranz vermag. Man wird Rietschel nach seiner Rückkehr aus Italien mit dieser Vorgabe vertraut machen.»

«Wunderbar!», rief Förster.

«Und schaffen Sie mir den Mann her», sagte der Großherzog, der sichergehen wollte, dass Rietschel bald erfuhr, mit wem er es zu tun hatte. Eine zweite Schlappe wie bei Rauch wollte er nicht hinnehmen. König Ludwig mochte zwar reicher sein als er, dafür aber war sein Weimar immer noch die Wiege der deutschen Kultur, und er, Carl Alexander von Sachsen-Weimar-Eisenach, dachte gar nicht daran, weiter hinter dem abgedankten Bayernkönig zurückzustecken. Zudem war Förster auf diese Art zunächst einmal beschäftigt, und er hatte seinen Frieden. Wie kurz dieser währen würde, konnte der Großherzog zu diesem Zeitpunkt noch nicht ahnen.

16

Meran

Verehrter Rauch,

einige wenige Zeilen sollen Sie, mein Freund, aus meiner Hand erreichen, ungeachtet der Tatsache, dass mir wenig Zeit zum Innehalten bleibt.

Wie voll ist mein Herz in diesen Tagen! Voll Dankbarkeit dem Schicksal gegenüber und voll dankbarer Liebe gegen Sie! Nicht nur haben Sie mir den bedeutendsten Auftrag meiner Laufbahn überantwortet. Ohne Ihre zuratenden Worte hätte ich es darüber hinaus nie gewagt, ebendiesen Auftrag zur Goethe-Schiller-Gruppe auch anzunehmen. Erst Ihre Zeilen waren es, die mich restlos versöhnten mit der Vorstellung, nun vor einer solchen Aufgabe zu stehen, die Sie doch um so vieles besser ausgeführt hätten, als ich es kann. Dankbar nehme ich Ihr Hilfsangebot an und bin glücklich, einen Fürsprecher, Ratgeber und Freund in Ihnen zu besitzen, denn ohne einen solchen kann ein Mensch an diesem Unterfangen doch nur scheitern.

Welch eine große Verantwortung lastet fortan auf mir! Ich will mich dieser Aufgabe in jeder Hinsicht als würdig erweisen, und doch schaudert mir schon bei dem Gedanken daran. Bis in meine Träume hinein verfolgt mich die Angst zu scheitern, aber nehme ich Ihre lieben Zeilen, wie so häufig in den letzten Tagen, erneut zur Hand, wird in mir alles ruhig. Oft denke ich an unseren gemeinsamen Besuch beim Geheimrat zurück und sehe vor mir das weise Gesicht dieses großen Mannes, der mir, Ihrem damals jungen Gehilfen, so viel Güte und freundliche Aufmerksamkeit zuteil werden ließ.

Bei meinen ersten Skizzen, die ich noch hier in Meran in vollem Überschwang der Nachricht dieses Auftrags anfertigte, schlichen sich vor mein inneres Auge immer wieder die Züge dieses großen Geistes, und ich bin unendlich froh über den so wertvollen Schatz meiner Erinnerungen.

Mit Schiller, das will ich nicht verheimlichen, tue ich mich ungleich schwerer, habe jedoch den festen Vorsatz, mir eine Kopie der Büste von Dannecker zu besorgen, die allgemein wohl als die trefflichste von Schillern gilt.

In mir brennt es, diese Aufgabe anzugehen, trotz aller Sorgen, aller Angst, aber mit der Gewissheit, Sie auf meiner Seite zu haben. In Gedanken bin ich bei Ihnen und Ihren Lieben, die Sie mir recht herzlich grüßen sollen, und verbleibe mit innigsten Gefühlen und Dankbarkeit,

ewig Ihr

E. Rietschel

17

Dresden

Gewiss, sie hatten nicht vereinbart, dass sie ihm entgegenreisen sollte, aber sprach irgendetwas dagegen? Man nahm ja einfach nur die Postkutsche Richtung Nürnberg, fuhr dann weiter mit der Eisenbahn über München in Richtung Süden und weiter und weiter, und irgendwann war man dann in Meran. Friederike sprach sich innerlich Mut zu.

«Rikemama, was sollen wir denn machen, wenn du fort bist?» Hermann war offenkundig nicht gerade glücklich über die Aussicht, nach seinem Vater nun auch noch seine neue Stiefmutter für längere Zeit entbehren zu müssen.

«Na, du hast doch mich!», wandte Johanna ein. «Und eure Großmütter kommen doch auch zu Besuch.»

Hermann verzog das Gesicht.

«Meine Omamama oder Wolfgangs Omama oder Adelheids Oma?», wollte er wissen. Dank eines Überflusses an Großeltern hatten die Rietschelkinder gemäß der Reihenfolge ihrer Geburt ihren jeweils leiblichen Vorfahren je eine Endung mehr angehängt. So waren die Großeltern Adelheids, die Trautscholds, einfach nur Oma und Opa, die Großeltern Wolfgangs, das Ehepaar Carus, Omama und Opapa, und die Großeltern von Georg und Hermann, die beiden Hands, brachten es auf ganze drei Endsilben, nämlich Omamama und Opapapa. Wie man die Eltern ihrer neuen Stiefmutter, die Oppermanns, anreden würde, war noch nicht entschieden. Ihr Vater hatte den Kindern bei der Hochzeit mit Friederike allerdings zu verstehen gegeben, dass man sämtliche seiner Kinder zu Stotterern erklären würde, sollten sie zu den Großeltern Oppermann tatsächlich Omamamama und Opapapapa sagen.

«Erst einmal die Carus'schen», antwortete Johanna.

Hermann war zufrieden, denn die Großeltern Carus, häufige Gäste im Hause Rietschel, waren allen Kindern vertraut und sehr beliebt. Dennoch bedrängte er Friederike, ihm auf jeden Fall einen wertvollen Edelstein von ihrer Reise mitzubringen, wenigstens aber Bonbons, andernfalls würde er schrecklich weinen müssen.

«Ich werde sehen, was ich tun kann», sagte Friederike lächelnd und gab Hermann einen besonders lauten Kuss auf die Wange.

«Kommst du zurecht, Johanna?», fragte sie mit einem Blick auf die Kinder.

«Ich sicher. Aber was ist mit Ihnen, gnädige Frau? Was wird der Herr wohl sagen, wenn ich Sie so schutzlos reisen lasse? Aber nu machen Sie schon, Frau Friederike, die Kutsche wartet nicht!» Johanna schob Friederike aus der Tür. Die klemmte sich nun ihre kleinere Reisetasche unter den Arm, winkte eine Droschke heran und gab dem Fahrer Anweisung, ihr übriges Gepäck einzuladen. Als sie in der Kutsche saß, beugte sie sich noch einmal heraus und sah zu den Fenstern im ersten Stock empor. Sie waren weit aufgerissen, und Hermann, Georg und Wolfgang winkten ihr eifrig zu. Dann erschien Johanna neben ihnen im Fensterrahmen und brüllte über die Gasse zu ihr herüber: «Und melden Sie sich, wenn Sie in Meran angekommen sind, gnädige Frau!»

«Ja», rief ihr Friederike zu, dann setzte sich die Droschke in Bewegung, und ihr blieb nichts anderes übrig, als zurückzuwinken, was sie so lange tat, bis sie um drei Häuserecken gebogen war und sie die Kinder beim besten Willen nicht mehr sehen konnte. Anschließend lehnte sie sich für die kurze Strecke zur Poststation mit dem Kopf an die Polsterung der Kutsche, schloss die Augen und atmete tief durch.

18

Weimar

Nein, Beethoven war heute nichts für seine angegriffenen Nerven. Schubert, ja, Schubert könnte gehen. Schubert half immer, wenn sie ihre Launen hatte und er sich Luft verschaffen musste. Aber welches Stück? Er improvisierte vier, fünf Takte von «An die Musik». Grässliches Stück, aber wenn er hier an dieser Stelle …

«Mon Cher, ich habe dich etwas gefragt!»

Liszts Finger kamen abrupt zum Stillstand. Seine verkrampfte Körperhaltung hätte Carolyne durchaus bedeuten können, dass dies kein geeigneter Augenblick war, um ihn beim Spiel zu unterbrechen, aber heute war sie wieder einmal blind für alle Bedürfnisse, die nicht ihre eigenen waren.

«Und, was sagst du dazu?»

Schubert, dachte Liszt, war doch keine gute Wahl gewesen. Besser wäre Mozart, ein paar Takte nur, das würde ganz sicher seine Wirkung nicht verfehlen. Mozart weckte stets die Lebensgeister, wie ein Zauberelixier. Er begann mit der Ouvertüre zu *Le Nozze di Figaro*.

«Hörst du mir überhaupt zu?»

Aus. Vorbei. Er konnte nicht mehr. Wütend stieß er sich vom Flügel ab, fuhr hoch, drehte sich aber nicht zu Carolyne um.

«Was in Gottes Namen willst du von mir?», presste er hervor, den Blick starr auf den Flügel geheftet.

«Was ich will? Dich, in Marmor!»

Liszt spannte die Schultern an.

«Du hast mich in Fleisch und Blut, was willst du mit mir in Marmor anfangen?» Er hörte sie hinter seinem Rücken auf und ab schreiten.

«Es wird Zeit, dass sich Weimar endlich deiner Bedeutung bewusst wird. Du hast dieses gottverlassene Nest aus seinem Dornröschenschlaf erlöst, also bin ich, und nicht nur ich, der Meinung, dass dein Porträt im Schlosstheater hängen sollte. Dieser Dresdner, wie war doch gleich der Name, soll kommen und dich in Marmor festhalten. Was sagst du dazu?»

«Ich weiß nicht, von wem du redest», sagte Liszt.

«Der Bildhauer! Der Mann, der schon einmal hier war. Der das Medaillon gefertigt hat.»

Liszt dachte kurz nach. «Rietschel?»

«Ja, so heißt der Mann. Und, bist du einverstanden?»

«So du dann endlich den Raum verlässt und die Tür von außen zumachst, bin ich das.»

«Dann sind wir uns einig», schloss Carolyne. «Ich werde Raff heute noch anweisen, dem Mann zu schreiben.»

Liszt hatte sich wieder hingesetzt, wandte Carolyne aber nach wie vor den Rücken zu. «Tu, was du nicht …» Er schloss den Satz mit den ersten Takten der Ouvertüre von «Le Nozze» und war in Gedanken längst dieser trivialen Unterhaltung entflohen, als …

«Da wäre noch etwas.»

«Was?», rief Liszt.

«Wenn wir den Mann schon einmal im Haus haben, könnte er auch gleich ein Bildnis von mir anfertigen.»

«Weshalb das?»

«Für den Salon.»

«Für welchen Salon?»

«Unseren Salon.»

Liszt holte tief Luft.

«Du willst ein Bildnis von dir in dem Salon aufhängen, in dem du dich ohnehin täglich stundenlang aufhältst? Wozu?»

«Nun», sagte Carolyne, «der Tag kommt, an dem du an meinem Grabe stehst und klagst: Ach, hätte ich bloß ein Bildnis von ihr anfertigen lassen, ein Bildnis, das mich daran erinnert, wer die Frau war, die ich zeit meines Lebens so grausam vernachlässigt habe, obgleich sie mir in reinster Liebe zugetan war.»

«Carolyne, es gibt Dutzende Bilder von dir, und jedes einzelne davon erinnert mich daran, warum ich mir einen frühen Tod wünschen sollte. Da hätte ich dann endlich meine RUHE!»

«Dann ist es also abgemacht. Du stirbst, wenn du es für richtig hältst, und ich lasse mich porträtieren. Raff soll das in die Wege leiten.» Damit verließ sie den Raum, und erst einige

Takte Mozart später kam der Sinn ihrer Worte bei Liszt an, der daraufhin, zu seiner eigenen Überraschung, in Gelächter ausbrach. Er klappte schwungvoll den Deckel über der Tastatur zu, drehte sich auf dem Klavierhocker um und rief in Richtung Tür: «Wenn ich in dreißig Sekunden oben bin, bist du nackt!» Mit diesen Worten machte er sich daran, das obere Stockwerk zu erklimmen, in dem ihr gemeinsames Schlafzimmer lag. Dort angekommen, empfing ihn Carolyne wie gewünscht und mit den Worten: «Geliebter, ich war schon während des Schuberts nackt. Es hätte sich durchaus gelohnt, sich einmal zu mir umzudrehen.»

19

Auf dem Weg nach Meran

Kilometer für Kilometer zogen an Friederike vorbei, ohne dass sie auch nur das Geringste von der Landschaft wahrnahm. Sie saß vollkommen in sich versunken in der Kutsche, nahm weder an den Gesprächen der Mitreisenden teil, noch suchte sie sich anders zu zerstreuen. Nach außen wirkte sie wohl vollkommen ruhig, doch in ihrem Kopf spielten sich tumultartige Szenen ab, als sie die letzten Monate noch mal an sich vorbeiziehen ließ.

Ihr war von vorneherein klar gewesen, dass es nicht leicht sein würde, so kurz nach der Hochzeit von ihrem Mann getrennt zu sein. Dann die Kinder, auf die sie sich, so gut es eben ging, eingelassen hatte und die sie allem Anschein nach auch ins Herz geschlossen hatten: Erst jetzt, nachdem sie bereits etliche Stunden unterwegs war, wurde ihr klar, wie sehr sie die letzten Monate erschöpft hatten. Noch nie in ihrem ganzen Leben war sie so müde gewesen, noch nie hatte sie sich so nach Ruhe gesehnt und war dabei so unfähig, diese Ruhe auch zu genießen. Immerzu fiel ihr etwas ein, das ihr Sorgen machte, wie etwa, ob Johanna daran dachte, dass Hermann von Erdbeeren einen Ausschlag bekam und ob die Kinder ihre Schulaufgaben erledigten.

Friederike hatte sich in ihrem Bemühen, alles richtig zu machen, völlig verausgabt. Und wenn sie ehrlich zu sich selbst war, dann musste sie sich eingestehen, dass sie diese Reise nicht nur aus Sehnsucht nach Ernst angetreten hatte, sondern auch, um ihrem Dasein als Stiefmutter für einige Zeit zu entkommen. Und weil sie diesen Gedanken zuließ, plagte sie ihr schlechtes Gewissen, denn man hatte von ihr ja weder ein so hohes Maß an Aufopferung noch Vollkommenheit erwartet.

Bei seiner Abreise hatte Ernst sogar gesagt, er wisse um den Alltag in seinem Hause sehr gut, sie solle sich genügend schonen, um bei Kräften zu bleiben, und ansonsten auf Gott vertrauen. Es waren nur wenige Wochen vergangen, bis Friederike bemerkte, dass weder das eine noch das andere möglich war. Ihre größte Angst war, dass in Ernsts Abwesenheit eines der Kinder zu Schaden kam, Gottvertrauen hin oder her, und so hütete sie besonders die zwei Kleinen in der ständigen Angst, eines von ihnen könne erkranken. Der Winter war lang, und Friederikes Sorgen wuchsen mit jedem kalten Tag, an dem sie die Kinder am liebsten im Haus eingesperrt und in einen Liebeskokon gepackt hätte. Dies aber war unmöglich, und so lagen ihre Nerven bei jedem Anflug einer Erkältung blank. Und obwohl Ernsts Schwiegervater und Großvater von Wolfgang, Doktor Georg Carus, beinahe wöchentlich nach den Kindern sah und sie regelmäßig untersuchte, nahmen die Beklemmungsgefühle in Friederikes Brust zu.

Diese Reise sollte nun eine Art Befreiung werden, und so sehr sie sich auch ans Ziel und in Ernsts Nähe wünschte, sie hätte bis ins ferne Amerika reisen müssen, um auch nur die Hälfte ihrer Sorgen während der Fahrt über Bord werfen zu können.

Sie versuchte durch das Fenster die herannahende Stadt zu erkennen, und als sie nach und nach die Umrisse der Zinnen, Türmchen und Kirchen erkannte, wurde ihr klar, dass sie sich kurz vor Nürnberg befand. Nur bis morgen würde sie bleiben, dann ging es weiter in Richtung Süden.

Als sie an der Poststation dem Kutschwagen entstiegen war, drückte sie ihr stechendes Kreuz durch und ließ den Blick über den Himmel schweifen. Eine dichte Wolkendecke hatte sich über der Stadt gebildet, Wind kam auf. Sie würde gut daran tun, schnell den Gasthof aufzusuchen und sich ihr Zimmer zuteilen zu lassen.

Als sie zwei Schritte rückwärts machte, um noch einen kurzen Blick auf die Turmuhr der Frauenkirche zu erhaschen, stieß sie unvermittelt mit jemandem zusammen.

«Pardon», sagte eine vertraute Stimme hinter ihr. Sie drehte sich um und stieß einen Freudenschrei aus.

20

München

Das ist kein Staatsbesuch, dachte Carl Alexander, sondern eine Vorladung! Als könnte er mich einfach dazu bringen, zu tun, was er von mir verlangt, als sei ich ihm willenlos ergeben. Aber er wird sich vorsehen müssen! Niemand erhält die Stimme Weimars ohne entsprechende Gegenleistung.

Die «Einladung» zu einem Besuch beim König von Bayern entsprach formal sehr wohl den offiziellen Gepflogenheiten, dennoch kam sie für Carl Alexanders Empfinden einem Befehl gleich.

König Maximilian, Nachfolger des abgedankten Königs Ludwig, scharte, so wusste der Weimarer Herrscher, seine Getreuen gern um sich, denn er wollte Bayern gegen das rüsten, was auf Deutschland zukam. Und wo Treue erkauft werden konnte, tat er dies auch. Bayern war mächtig, aber um den übrigen Ländern begreiflich zu machen, welche Rolle es in einem vereinten Deutschland zu spielen beabsichtigte, brauchte es Verbündete, vorzugsweise solche, deren öffentliche Bedeutung ihre wahre Macht weit übertraf und die daher leicht zu kaufen waren. Weimar schien dafür ein geradezu idealer Kandidat zu sein, und Carl Alexander, so musste er sich eingestehen, war seinem Kontrahenten weit ähnlicher, als ihm lieb sein konnte. Auch er wollte Weimar bestmöglich auf die Zukunft vorbereiten. Doch er hatte seinen Preis.

Die Kunst war nur ein Mittel zum Zweck, aber sie hatte einen entscheidenden Vorteil: Sie war sichtbar. Ein Goethe-Schiller-Denkmal auf dem Weimarer Theaterplatz würde die Bedeutung Weimars als Wiege der deutschen Hochkultur sehr viel wirkungsvoller unterstreichen als alles, was die Fürsten hinter den Kulissen aushandelten. Carl Alexander würde von den Bayern nehmen, was ihm, und damit Weimar, zustand. Und so war er voller Tatendrang, als sich an diesem Tag die Tore der Münchner Residenz vor ihm und seinem Gefolge öffneten.

«Mein Freund!», begrüßte ihn König Maximilian und drückte ihm einen Kuss auf beide Wangen.

«Ich bin hocherfreut», sagte Carl Alexander und erwiderte die Begrüßung.

«Wie ist die Reise verlaufen?»

«Bestens, bestens. Kein Regen, schöne, feste Straßen.»

«Wunderbar», sagte Maximilian mit übertriebener Begeisterung.

Zwei Schritte hinter ihm stand König Ludwig, der nun die Hand zum Gruß ausstreckte. «Auch ich bin hocherfreut über Ihren Besuch.»

«Ich danke Ihnen», antwortete Carl Alexander und fragte sich insgeheim, was dieser gemeinsame Auftritt von Vater und Sohn wohl zu bedeuten hatte.

König Maximilian führte Carl Alexander am Ehrensalut vorbei in die Residenz. Als man endlich Platz nahm, ließen sich die Bayernkönige in schwere Sessel fallen und bedeuteten Carl Alexander, das Gleiche zu tun.

«Cognac?», fragte König Maximilian.

«Gerne», antwortete Carl Alexander, und der König ließ mit einem kleinen Wink einen Diener in drei Gläser großzügig einschenken.

«Na dann, auf ein gutes Gelingen!», wünschte er und prostete seinem Gegenüber zu, das diesen Wunsch mit einem Kopfnicken quittierte. Vater Ludwig kippte den Cognac in einem Zug hinunter, woraufhin sein Sohn ein «Vater, ich bitte Sie!» ausrief. Dann eröffnete Maximilian das Gespräch.

«Nun, ich bin kein Freund langer Verhandlungen. Je schneller wir unsere Positionen abgesteckt haben, desto eher können wir zum vergnüglichen Teil übergehen. Also, freiheraus: Was sind die Wünsche Weimars?»

Carl Alexander stellte sein Glas ab, beugte sich in seinem Sessel vor und antwortete: «Wenn es zu einem geeinten Deutschland kommen sollte, dann wird Weimar seinen Platz dort erhalten, wo es hingehört – im Zentrum der Macht.»

«Wenn's nur das ist», sagte König Ludwig mit einem Lächeln, «denke ich, dass man die Theatervorstellung heute um ein gutes Stündchen vorziehen kann. Man sollte Vergnügungen nicht so lange hinauszögern, mein Guter, finden Sie nicht auch? Erst recht nicht so ansehnliche Vergnügungen, wie man sie auf der Theaterbühne findet. Sie müssen wissen, ich bin ein großer Verehrer aller Künste. Wie hört sich das für Sie an?»

«Vater, bitte! Ihre Vorliebe für Tänzerinnen ist uns allen bekannt.»

Offensichtlich gelang es Vater und Sohn nur noch außerhalb der Mauern ihrer Residenz, den Schein eines höflichen Miteinanders aufrechtzuerhalten.

«Außerordentlich verlockend», sagte Carl Alexander auf Ludwigs Frage und lächelte kühl.

«Vater, darf ich Sie daran erinnern, dass ich in diesem Fall die Verhandlungsgewalt innehabe?», fragte König Maximilian, ohne Ludwig dabei auch nur anzusehen. «Sie sind nicht mehr König von Bayern, auch wenn Sie noch den Titel führen dürfen.»

«Nun, du verhandelst, und ich gebe das Geld. Hast du dir das in etwa so vorgestellt?», gab Ludwig zurück. «Immerhin finanziere ich einen großen Teil des Goethe-Schiller-Denkmals aus meiner Privatschatulle, da werde ich ja wohl ein Wörtchen mitzureden haben.»

«Diese hübsche kleine Privatschatulle wird meines Wissens nach mit staatlichen Geldern gefüllt, Vater.»

«Aber nicht ausreichend, wenn du mich fragst.»

«Das wundert niemanden, bei Ihrem aufwendigen Lebensstil», erwiderte Maximilian.

«Mein aufwendiger Lebensstil, Maxi, ist es überhaupt, der uns heute zusammengeführt hat. Oder glaubst du, unser Weimarer Freund wäre hier, wenn man ihn ohne die Aussicht auf besagtes Präsent nach München beordert hätte?»

«Nun», unterbrach Carl Alexander den familiären Disput, «mir liegt zweifellos einiges an diesem Denkmal, aber mehr als alles andere möchte ich Weimars Zukunft sichern. Deshalb bin ich hier.»

«Selbstredend», sagte König Maximilian, «und vermutlich werden wir uns einig werden. Was mich allerdings schmerzt, ist der Umstand, dass mein Vater daran einen gewissen Anteil haben wird.»

«Hört, hört», sagte Ludwig und lachte.

Carl Alexander lehnte sich zufrieden in seinem Sessel zurück. Sollten sich Maximilian und Ludwig doch die Köpfe einschlagen, solange er bekam, was er wollte: Bayerns machtpolitische Unterstützung und dazu ein hübsches Denkmal. Besser hätte es für ihn – und für Weimar – nicht laufen können.

21

Nürnberg

Es hatte längst zu regnen begonnen, aber Rietschel und Friederike standen noch immer eng umschlungen inmitten des Gewühls auf dem Platz vor der Postschenke und küssten sich. Und küssten sich. Und …

«Du wirst dich erkälten!», sagte sie schließlich.

«Ja, aber dann sterbe ich in deinen Armen, und bei dieser Aussicht kann einem Mann alles andere wohl gleichgültig sein.»

«Wir sollten uns vielleicht doch lieber drinnen weiterküssen, denn zum einen bieten wir ein Bild von anstößiger Zügellosigkeit, und zum anderen wäre, solltest du sofort sterben, der ganze Aufwand der letzten Monate umsonst gewesen, und das wäre doch zu schade», gab Friederike zurück.

«Was das Sterben betrifft, so muss ich dir recht geben, denn sollte ich nicht einmal bis Dresden kommen, dann würde sich die qualvolle Trennung von dir und den Kindern während all dieser Monate als geradezu schockierend unnötig herausstellen. Allerdings waren wir vor meiner Abreise offenbar nicht lange genug verheiratet, damit du dich noch daran erinnern kannst, was wahre Zügellosigkeit bedeutet!» Er nahm Friederikes Arm und zog sie mit sich hinein in die Gaststube.

Kietz winkte den beiden aufgeregt aus einer Ecke des Schankraumes zu, wo er gegen die Schwemme von Reisenden, die sich nach dem Regenguss ins Innere geflüchtet hatten, drei Plätze erfolgreich verteidigen konnte. Außerdem hatte er wohl in seinem Rückzug in die Postschenke die überaus taktvolle Möglichkeit erkannt, dem Liebespaar einen Augenblick für sich zu gönnen, und er hätte diese Zweisamkeit vermutlich auch weiterhin nicht gestört, wenn er nicht so schrecklich hungrig gewesen wäre. So mussten Rietschel und Friederike nicht nur die Anwesenheit von gut fünfzig anderen Gästen im Lokal ertragen, sondern auch die von Rietschels darbendem Assistenten, der sich verzweifelt um die Bestellung einer Schweinshaxe bemühte. Schließlich stand er auf und kämpfte sich zum Tresen durch, um sein Glück dort zu versuchen.

«Nun, ich für meinen Teil bin so unendlich glücklich über deine Gegenwart, dass du mir fortan Nahrung genug sein sollst», sagte Rietschel mit einem strahlenden Blick auf seine Frau. «Bei deiner Schönheit vergesse ich wahrhaftig auch noch die köstlichste Schweinshaxe.»

«Liebster, ich wünschte, ich könnte von mir dasselbe sagen, aber in Wahrheit bin ich hungriger als jeder Wolf, der durch das Grimm'sche Märchenbuch streicht. Ein Königreich für ein totes Schwein!»

«Wie wäre es mit Bier und Würsten?» Kietz hatte es zurück zum Tisch geschafft, und das mit drei gutgefüllten Bierkrügen und einem nicht ganz kleinen Vorrat an Kohlwürsten in der rechten Manteltasche. Aus der linken zog er noch einen Viertellaib Brot.

«Die nehme ich auch!», sagte Friederike und klatschte freudig in die Hände.

«Meine Anerkennung, Kietz!» Rietschel deutete eine knappe Verbeugung an.

Man hob die Krüge und stieß auf die wundersame Wiedervereinigung des jungen Paares an, und nachdem die drei sich ausreichend gestärkt hatten, begannen sie einander von ihren Reiseerlebnissen zu erzählen.

So hatten Rietschel und Kietz Meran bereits zwei Wochen früher verlassen als ursprünglich geplant, weshalb Friederike sie nun, dank dieses glücklichen Zufalls, in Nürnberg getroffen hatte. Umgekehrt war die Verwunderung, aber auch die Freude Rietschels groß über das unerwartete Auftauchen seiner Frau.

«Man stelle sich nun vor, wir hätten einander verpasst!

Ich hätte es glücklich bis ins heimische Dresden geschafft, und du wärest statt meiner in Meran! Warum nur hast du nichts von deinen Reiseplänen geschrieben oder mir telegraphiert?», fragte Rietschel.

«Dann bäre es bar peine Überraschung gewepfen!», antwortete Friederike, den Rest ihrer Mahlzeit hinunterschlingend.

«Wohl wahr, die ist dir gelungen. Bleibt nur die Frage, warum du überhaupt in Richtung Italien aufgebrochen bist.» Seine Augen leuchteten.

«Ich wollte einfach zu dir.» Friederike wich den Blicken ihres Mannes aus.

«Und deshalb reist du mir auf gut Glück einfach entgegen?»

«Und was ist mit dir, Liebster?», hielt Friederike dagegen. «Du bist ja selbst auch vorzeitig aufgebrochen, sonst wärest du ja jetzt noch in Meran und nicht hier, in Nürnberg, bei mir!»

«Sehr scharfsinnig», warf Kietz ein, wurde aber von Rietschel mit einem ernsten Blick zum Schweigen gebracht.

«Rike, ich bin überglücklich, dich hier bei mir zu haben. Was ich sagen wollte, war, dass ich dir eine solche Reise niemals zugemutet hätte. Nicht ganz allein. Nicht meinetwegen. Ich wollte dich nur sicher und gut aufgehoben wissen.»

«Ernst, das hier ist Bayern, nicht der Kaukasus, und wenn du von mir eine ehrliche Antwort auf die Frage erwartest, warum ich hier bin, dann gebe ich sie dir jetzt: Ich war einsam ohne dich. Und …»

«Und …?»

«… und mir wuchs daheim alles über den Kopf. Ich brauchte einfach frische Luft.»

Rietschel nickte. Er hatte verstanden.

Um die etwas angespannte Stimmung zu lockern, wandte sich Friederike nun an Kietz: «Und, mein lieber Herr Kietz, wie gefallen Ihnen die Schönheiten Italiens?»

Als hätte er nur auf sein Stichwort gewartet, begann Rietschels Assistent eine Flut an Reiseepisoden zu erzählen, teils aberwitzige Anekdoten, die Rietschel hie und da unterbrach und für seine Frau noch ausschmückte. Man lachte viel, trank Bier, und Friederike genoss sichtlich die Gegenwart ihres Mannes und die Stimmung des Abends. Erst spät zogen sich die drei auf ihre Zimmer zurück, wobei Kietz den kleineren Raum nahm, der ursprünglich für Friederike vorgesehen war, und Rietschel und Rike in dem größeren Zimmer unterkamen.

Die Gassen der Stadt waren bereits stockfinster, als die Eheleute in einem der beiden schmalen Gästebetten beieinanderlagen. Rietschel legte den Arm um seine Frau, rückte eng an sie heran und küsste sie auf den Mund, ins Haar, auf beide Brüste und schließlich auf den Hals, während sie ihm unablässig den Rücken entlangstrich. Endlich richtete sich Friederike auf, zog sich ihr Hemd über den Kopf und setzte sich nackt auf ihn.

«Es ist ziemlich lange her, also kann ich dir nichts versprechen», sagte er.

«Du wirst es in den paar Monaten ja wohl kaum verlernt haben.» Sie lächelte.

«Ich dachte da eher an die Dauer», entgegnete er. «Es könnte schneller gehen als …»

Sie küsste ihn. Und zunächst noch behutsam, dann aber immer schneller gab sie den Rhythmus vor.

Erst später, viel später, als er schon glaubte, sie schlafe

bereits tief und fest, streichelte er sacht ihren linken Arm und flüsterte: «Ich lasse dich nie wieder so lang alleine. Versprochen.»

Friederike, noch immer wach, hielt die Augen geschlossen und atmete tief durch.

«Ich liebe dich auch», sagte sie leise.

Zweiter Teil
Der Entwurf

1

Dresden, im Juni 1852

Der Boden unter dem Fenster von Rietschels Atelier war mit Nussschalen übersät – ein ganzer Teppich aus Walnussschalen –, und dazwischen lagen hie und da einige Papierfetzen. Hätte er nicht die Eigenschaft gehabt, Äpfel mitsamt ihrem Kerngehäuse zu verspeisen, so hätten sich in diesem Bild auch noch einige Apfelbutzen ausfindig machen lassen, aber so blieb es bei der braun-weißen Farbgebung aus Nussschalen und den Überresten seiner fehlgeschlagenen Entwürfe. Trat man näher ans Fenster heran, so konnte man auf diesen Papierresten sogar Details einzelner, skizzierter Gliedmaßen erkennen, und mit viel Glück war auch der ein oder andere Kopf zu sehen, dessen Ausführung mal mehr und mal weniger an einen gewissen Geheimrat und seinen Dichterfreund erinnerte. Doch galt es vorsichtig zu sein, denn die Walnussschalen flogen mal sachte, mal wie Geschosse aus Rietschels Fenster, je nachdem, ob ihr Inhalt bereits verdorben oder noch essbar war. Im Juni ließ die Qualität der gelagerten Nussfrüchte nämlich durchaus nach, ebenso die der Äpfel.

Kietz näherte sich dem Fenster, das zum Arbeitszimmer seines Meisters gehörte, mit aller gebotenen Vorsicht. Dennoch traf ihn eine verdorbene Walnuss am Kopf.

«Au!», schrie er.

Offenbar aufgescheucht durch den Schmerzenslaut seines Assistenten, erschien Rietschels Kopf im Fensterrahmen.

«Gustav! Was lungerst du unter meinem Fenster herum? Komm rein, wenn du was willst!»

Auf den letzten zweihundert Kilometern ihrer gemeinsamen Reise hatte Rietschel es endlich aufgegeben, ihn weiter zu siezen, denn er war durch Friederikes Anwesenheit in derart aufgeräumter Stimmung gewesen, dass er am liebsten die ganze Welt umarmt hätte. Da nur er zur Hand war, trafen eben Kietz die Sympathiebekundungen seines Lehrers wie aus heiterem Himmel, und man nannte sich fortan beim Vornamen.

Wenig später betrat Kietz Rietschels Zimmer, wobei er sich die blessierte Stirn rieb.

«Herrgott, du hast vielleicht einen kräftigen Wurf, Ernst!»

«Grüß dich», sagte Rietschel, ohne von seinem Zeichentisch aufzuschauen. Er war ganz in seine Arbeit versunken. Kietz stellte sich leise und in gebührendem Abstand hinter seinen Meister und blickte ihm über die Schulter, während dieser sich gerade an verschiedenen Entwürfen eines Lorbeerkranzes versuchte. Nach gut zehn Minuten flog der nächste zerknüllte Papierbogen aus dem Fenster. Kietz räusperte sich.

«Ich hab draußen eine Amsel gesehen, die hat mit Goethes Kopf und Schillers Schultern ihr Nest ausgepolstert.»

«So?», fragte Rietschel und strich sich mit beiden Händen übers Gesicht. «Na, dann sollen die beiden Dichter wenigstens *einem* Wesen ein ruhiges Nachtlager bescheren. Ich schlafe ohnehin schlecht.»

Kietz runzelte die Stirn. «Du siehst in der Tat müde aus.

Gönnst du dir genügend Ruhe? Du weißt, was der Arzt gesagt hat.»

«Ja, ja, ich weiß es, und außer dir liegen mir mindestens noch zehn andere gute Geister damit in den Ohren, einschließlich meiner allerliebsten Frau Gemahlin.»

«Dann solltest du vielleicht auf unseren Rat hören, mein Freund», erwiderte Kietz. «Isst du genug? Ich meine nicht nur Nüsse und Äpfel vom Vorjahr, sondern Fleisch, Käse und Brühe. Du brauchst Kraft, Ernst, auf dich warten schwere Aufgaben.»

«Donnerwetter, Gustav! Vertausche nicht immer die Rollen, und benimm dich wie ein Schüler gegenüber seinem Meister. Hör auf, mich zu maßregeln, lass mich sein, wie ich bin, und hol mir Johanna herbei! Sie soll uns Kaffee und Kuchen bringen. Hast du die Entwürfe?»

Kietz nickte. Er breitete seine mitgebrachten Zeichnungen auf dem Tisch aus, und Rietschel betrachtete sie eingehend, während Kietz verschwand, um nach Johanna zu suchen.

Sie war gerade dabei, zusammen mit Rike den Badezuber vorzubereiten. Am nächsten Tag sollten die Großeltern Oppermann zu Besuch kommen, und man war übereingekommen, dass die Kinder zuvor noch einmal gründlich gewaschen werden mussten. Die rannten derweil laut brüllend durch die Wohnräume, Wolfgang der Gendarm, Hermann und Georg die Räuber. Als Wolfgang seine beiden Brüder lästig wurden, verscheuchte er sie lauthals und mit einigen Kniffen und Kitzeleien aus dem Salon. Er wollte lesen.

Kietz wandte sich an Johanna: «Könnten wir wohl etwas Kuchen und Kaffee bekommen?»

«Kommt gleich», antwortete sie und fügte hinzu: «Und

wenn Sie den gnädigen Herrn dazu überreden können, auch noch etwas Brühe zu essen, stehen wir ewig in Ihrer Schuld.»

Kietz runzelte die Stirn, sagte aber nichts. Sein Blick traf den Friederikes.

«Er schläft kaum, zeichnet unablässig und hat das Essen beinahe eingestellt. Wir bekommen ihn seit Tagen kaum zu Gesicht», sagte sie.

«Und das ganze schöne Papier fliegt in den Garten hinaus», seufzte Johanna. «Wo er doch sonst so sparsam ist, der Herr.»

Als Kietz wenige Minuten später mit einem Tablett mit Eierschecken, Kaffee und Rinderbrühe in das Atelier zurückkehrte, fand er Rietschel schlafend vor, den Kopf auf der Tischplatte liegend. Er atmete leise, neben sich den Entwurf und die Berechnungen von Kietz zur Ausführung des Liszt-Medaillons in Marmor. Unter den Entwurf hatte Rietschel ein einziges Wort gesetzt: «Lebendiger!» Kietz zog sich leise zurück und überließ seinen Meister einer wohlverdienten Mittagsstunde.

2

Er musste sehr lange geschlafen haben. Es dämmerte bereits, als ihn ein Rascheln weckte. Rietschel hob den Kopf und griff sich mit der rechten Hand in den schmerzenden Nacken. Wie lange hatte er hier gelegen? Kietz wird längst gegangen sein, dachte er. Und wo stecken nur Friederike und die Kinder? Dann erneut dieses Rascheln. Im Dämmerlicht konnte er eine Amsel beobachten, wie sie im Baum gegenüber seinem Fenster in der Tat ihr Nest mit einem Fetzen Papier auspolsterte.

Rietschel musste an seinen Traum denken: Goethe und Schiller hatten sich immerzu gegenseitig Arme und Beine ausgerissen und sie zum Fenster hinausgeworfen, sodass sie die meiste Zeit mit nur je einem Bein und einem Arm um ihn herumtanzten. Zu guter Letzt versuchten sie sich abwechselnd darin, bei einer Art Ringwurfspiel einen Lorbeerkranz über dem Haupt von Franz Liszt schweben zu lassen. Als Liszt dagegen protestierte, lachten ihn Goethe und Schiller aus und lösten sich anschließend in Luft auf. Dann war Rietschel aufgewacht.

Er erhob sich und musste sich doch sofort wieder auf den Tisch stützen, denn ein heftiger Hustenkrampf schüttelte ihn so sehr, dass er sich kaum auf den Beinen zu halten vermochte. Er rang nach Luft, spuckte etwas Blut und kämpfte darum, seinen Atem und seinen Herzschlag wieder unter Kontrolle zu bekommen. Dann sank er erschöpft auf den Stuhl zurück. Nein, bloß nicht, schoss es ihm durch den Kopf. Es war zu viel zu tun, er brauchte jetzt all seine Kraft für die Arbeit.

Es dauerte einige Minuten, bis sein Atem wieder ruhig ging und er es wagte, erneut aufzustehen. Langsam trat er aus seinem Atelier im Gartenhäuschen und schritt durch den frühsommerlichen Garten in Richtung des Wohnhauses. Hier und da zwitscherte noch ein Vogel, bald jedoch würde die Nacht anbrechen. Er atmete ins Dunkel hinein, roch den Blüten des Holunders nach. Als er zu den Fenstern hinaufblickte, sah er, dass noch Licht in der Küche brannte. Offenbar bereiteten Johanna und Rike das Essen für den kommenden Tag vor. Der Rest des Hauses lag grau vor ihm.

Mit vorsichtigen Schritten nahm er die Treppe vom Garten ins Haus und ging ins erste Stockwerk, wo ihre Wohnung lag. Die Eingangstür quietschte leise, und er schloss sie mit Bedacht. Dann ging er durch den Flur und steckte den Kopf zur Küchentür hinein.

«Ich sehe noch kurz nach den Kindern», sagte er.

Rike blickte vom Spültisch auf, wo sie zusammen mit Johanna das Geschirr abwusch. «Schön. Geht es dir gut?»

«Ja, ich bin nur eingenickt.»

«Kietz lässt dich herzlich grüßen. Er kommt morgen wieder vorbei.»

«Ist mir recht.»

Er ging die Treppe hinauf, überstieg die knarzende Stufe und öffnete leise die Tür zu Wolfgangs Kammer. Der lag noch wach und las bei Kerzenschein ein Buch.

«Was liest du denn?», fragte Rietschel seinen Sohn sanft.

«Wieland. Ist für die Schule.» Er lächelte. Selbst bei dem schwachen Licht konnte Rietschel erkennen, dass es sich um ein Buch mit Gespenstergeschichten handelte, aber er nickte nur, strich seinem Sohn über den Kopf und ging weiter in das Zimmer der Kleinen.

Hier herrschte Stille, die nur gelegentlich durch ein leises Schnarchen Georgs unterbrochen wurde, der leicht erkältet war. Hermann dagegen schlief tief und fest. Rietschel zog unter dem Bett den Nachttopf hervor, deckte seinen schlafenden Sohn vorsichtig ab, richtete ihn auf und setzte ihn aufs Töpfchen. Hermann weinte leise, weil man ihn aus dem Bett geholt hatte und er doch nicht wach war, und Rietschel streichelte ihm die Wange.

Als der Junge fertig gepieselt hatte, nahm Rietschel ihn wieder auf den Arm, legte ihn behutsam zurück ins Bett und deckte ihn zu. Hermann drehte sich auf die Seite und schlief sofort wieder ein.

Rietschel blickte aus dem Fenster. Zwischen den Gardinen konnte er einen Halbmond ausmachen und ein paar Lichter in den Fenstern der Nachbarn. Er lauschte auf das Schnarchen und die Atemzüge seiner Söhne, drehte sich zu ihren Betten um und betrachtete im Halbdunkel ihre schlafenden Gesichter.

Es war einfach zu früh, um zu gehen. Es war viel zu früh.

3

Hochverehrter Freund Rauch,

kaum vier Wochen sind vergangen, seit ich aus Italien zurück bin, und doch scheint es mir, als lägen Jahre zwischen meiner Ankunft und dem heutigen Tage. So viel Arbeit, so viele Verpflichtungen!

Ja, ich höre Sie sagen: Halt! Nicht weiter! Soll er sich denn ganz und gar das bisschen Gesundheit ruinieren, welches er aus dem Süden in den Norden retten konnte? Und Sie haben recht, mein Freund.

Doch der Reihe nach. Die letzte Etappe unserer Reise war gleich auch die schönste, denn Kietz und ich hatten das große Glück, einen neuen Reisegefährten begrüßen zu dürfen, sozusagen einen compagnon d'amour: Rike. Sie war mir, ganz gegen meinen Wunsch und alle Vernunft, entgegengereist und ist uns wohl durch göttliche Fügung in Nürnberg in die Arme gelaufen. Welch eine Freude war das! Und so ließ ich sie denn auch keine Minute mehr aus diesen meinen Armen.

Von Nürnberg aus ging es mit der Eisenbahn weiter in Richtung Bamberg, und anschließend planten wir die Heimreise über den Umweg von Leipzig nach Dresden – eine längere Strecke als mit der Kutsche, aber mit der Eisenbahn bequemer, wenn auch teurer zu bestreiten. Ab

Leipzig war dank der einsetzenden Wetter an eine Weiterfahrt nicht mehr zu denken, und Adelheid war so umsichtig, uns eine Kutsche zu senden, denn in der Postkutsche war kein Platz mehr zu bekommen. So zog sich unsere Heimreise bis Dresden hin. Schließlich kamen wir mit allerlei italienischen Gewürzen, getrockneten Zitronen, Tuch, feinstem Papier und, ja, auch Nürnberger Würsten in Dresden an.

Und nun stellen Sie sich unsere Ankunft daheim vor! Wir hatten kurz vor der Abfahrt aus Leipzig telegraphiert, wir seien endlich unterwegs und kämen dann und dann, und was geschah? Auch die Telegraphenleitung war zwischenzeitlich einer nahezu biblischen Sintflut zum Opfer gefallen, und kein Mensch erwartete uns. So schlichen wir uns denn im schönsten Abendlicht in unser Haus, und siehe da – vier Freudenschreie hießen uns lauthals willkommen! Die Kinder waren außer sich und klammerten sich mal an meinen Rock, mal an Rikes. Und selbst der treue Kietz bekam gleich ein Dutzend Umarmungen ab. Haben Sie richtig gezählt, mein Freund? Vier Schreie nur? Was war mit Johanna, werden Sie sich fragen. Nun, die schlug unentwegt die Hände überm Kopf zusammen und jammerte, weil sie uns kein Nachtmahl bereitet hatte, unsere Betten noch nicht frisch bezogen waren und die Kinder die allerschönste Unordnung im Hause angerichtet hatten. Aber genau das war es ja, was mir so gefehlt, was ich so schmerzlich entbehrt hatte! Und im Nu hatten die Kleinen die Würste entdeckt, und wir veranstalteten ein Picknick im Salon. Gemeinsam saßen wir auf dem Boden, kullerten allweil durcheinander, jeder redete, wann es ihm in den Sinn kam (wie es sich versteht, alle zur selben Zeit), und wir schliefen erst nach Mitternacht ein.

Welch ein Glück ist es, nach so einer langen Reise alle seine Lieben wohlbehalten wieder anzutreffen! Und welche Wohltat, sich so willkommen zu fühlen!

Gleich am nächsten Tag löste ein Besuch den anderen ab, und so gaben sich viele Freunde und Schüler die Klinke in die Hand und gratulierten mir zum Goethe-Schiller-Auftrag. Das machte mich gleich ganz verlegen, denn ich bin weiß Gott kein Mann von großen Worten und doch nur stolz und glücklich, wenn meine Hand uns ernährt mit meiner Kunst. Und das sage ich, ohne allzu bescheiden oder gar kokett sein zu wollen!

Aber ach, was war der Jammer groß, da mich am nächsten Tage schon ein sonderbares Fieber ergriff und mich aufs Lager warf. Wie gern hätte ich mich umgehend der neuen Herausforderung gewidmet, und wie wenig war es mir auch nur im Entferntesten möglich, diesem Wunsch nachzukommen. So plagten mich mein Gewissen und mein Husten gleichermaßen, und ich sorgte mich sehr. Doch nun, nach vier Wochen der familiären Pflege, des Ankommens und Einrichtens sehe ich mich in der Lage, mit meiner Arbeit zu beginnen.

Haben Sie tausend Dank für Ihre Skizzen! Ich studiere sie mit Eifer und kann vieles davon verwerten. Auch die Dannecker-Büste Schillers, deren Kopie man mir versprochen hat, wird ihr Gutes dazutun. Ich bin hoffnungsfroh, nicht zuletzt weil ich mich Ihrer Unterstützung sicher weiß. Nichts könnte mir teurer sein, nichts mein Wirken so beflügeln wie Ihre guten Worte und Ihr Ideenreichtum, aus dem ich schöpfen darf. Und so umarmt Sie aus der Ferne Ihr innig an Sie denkender und Ihnen von Herzen zugetaner

E. Rietschel

4

«Ist es wirklich notwendig, dass du schon wieder fortgehst?», fragte Friederike mit vorwurfsvollem Blick. Sie standen vor dem Haus auf der Straße.

«Es ist doch nur für eine Woche», versuchte Rietschel sie zu beschwichtigen, aber er fühlte sich selbst unwohl bei der

Vorstellung, Rike mit den Kindern erneut allein zu lassen, und sei es auch nur für ein paar Tage. Schließlich hatte er ihr vor kurzem erst das Gegenteil geschworen. Aber es stand nun mal eine wichtige Reise nach Weimar bevor: Das Denkmalkomitee würde seine ersten Entwürfe zu dem Goethe-Schiller-Standbild begutachten und endgültig entscheiden, ob er der ausführende Künstler werden würde. Außerdem hatte er im Hause Sayn-Wittgenstein, also auf der Altenburg, zu tun.

«Am Sonntag bin ich zurück», versprach er.

Rikes Gesicht verfinsterte sich. «Sonntag ist unser Hochzeitstag.»

«Und ich werde dich ausführen, versprochen! Mit allem Aufwand. Wir gehen in den Ratskeller. Was sagst du?»

Rike schnaubte. «Wenn du müde aus Weimar zurückkommst, werde ich dich wohl kaum am gleichen Abend in den Ratskeller hetzen.»

«Dann hetze mich nicht, sondern freue dich darauf!», gab Rietschel zur Antwort. Doch Rikes Stirn blieb umwölkt. «Mein Gott, Rike, was soll ich denn machen? Ich muss dem Komitee die Entwürfe zu Goethe und Schiller vorlegen. Dieser Auftrag ist unendlich wichtig für mich. Und das Liszt-Medaillon gibt auch gutes Geld.»

«Ja, ja, das und die Büste von der Fürstin.»

«Aha», sagte er, «daher weht also der Wind. Du bist doch nicht etwa eifersüchtig?»

«Hm.»

«Rike? Bist du denn tatsächlich eifersüchtig? Weil ich ein Bildnismedaillon der Fürstin anfertigen werde?»

«Hm.»

«Rike, zum Kuckuck, weißt du eigentlich, wie albern das

ist? Ich porträtiere ihren Kopf! Sie sitzt mir ja nicht nackt Modell!»

Doch Rike schien das nicht im Mindesten zu beruhigen. «Es ist die Fürstin. Wenn sie einen Vorwand finden will, um dir nackt Modell zu sitzen, dann wird sie ihn finden.»

«Und wenn schon? Was macht es? Ich hab doch dich.» Daraufhin nahm er seine Tasche unter den Arm und pfiff nach einer Droschke. «Bekomme ich wenigstens einen Abschiedskuss?»

«Bring den Kindern etwas mit», erwiderte sie, küsste ihn schnell auf die Wange und ging ins Haus zurück.

In der folgenden Nacht träumte Rietschel, dass er dem Denkmalkomitee Zeichnungen vorlegte, auf denen Goethe und Schiller nackt zu sehen waren. Sein Entwurf wurde abgelehnt.

5

Weimar

Ernst Förster war nicht eben der beliebteste Mann Weimars. Er selbst hielt sich auch nicht dafür und war sich im Klaren darüber, dass die Stadt schon klügere und begabtere Köpfe gesehen hatte. Eine Eigenschaft allerdings besaß er, die ihm den Erfolg und langfristig auch einen Adelstitel einbringen würde – den er zu verdienen glaubte: Beharrlichkeit.

So belagerte er Großherzog Carl Alexander und König Ludwig, damit die Kosten für das Denkmal baldmöglichst gedeckt wären. Man schuldete es in der Tat ihm, dass ein Teil der Gelder – vor allem aufgrund von König Ludwigs Großzügigkeit – bereits gesichert war. Dennoch fehlte weiterhin ein nicht unerheblicher Betrag in der Denkmalskasse. Förster begann zu rechnen.

Da waren zum einen die Materialkosten, an denen wohl kaum zu rütteln war. Zwar würde man Rietschel darauf hinweisen, dass er eine bestimmte Summe nicht zu überschreiten habe, aber an den Maßen der Bronzestatue konnte auch er nichts ändern, und diese waren immens. Sollte König Ludwig sein Versprechen tatsächlich einlösen und die Bronze alter Kanonen stiften, wäre dieses Problem möglicherweise gelöst – so Rietschel keine Einwendungen gegen die Qualität der Bronze vorbrachte.

Dann der Sockel: Man konnte Goethe und Schiller wohl kaum auf die Erde stellen, daher brauchte es einen anständigen Block Granit, um sie angemessen zu «erhöhen». Und selbstverständlich hatte man hier zu bedenken, ob eine Bronzetafel mit Inschrift anzubringen sei und, wenn ja, in welcher Größe. Da ließe sich vielleicht etwas sparen, dachte Förster und blickte zufrieden auf die Zahlenkolonnen, die er auf einer langen Liste vor sich niederschrieb.

Andererseits, und bei diesem Gedanken verdüsterte sich seine Miene wieder, waren die irrwitzigen Transportkosten zu bedenken, nachdem König Ludwig auf dem Guss in München beharrte. Und München, das kam noch dazu, war um so vieles teurer, als es etwa die Gießerei in Lauchhammer gewesen wäre. Also stiegen sowohl die Kosten für den Transport als auch die personellen Aufwendungen. Gut, Rietschel selbst konnte man in Schach halten, aber von Miller und seine Leute von der Gießerei würden sich wohl nicht so einfach im Preis drücken lassen.

Förster spielte alle Möglichkeiten durch, Mittel für das Denkmal zu beschaffen, aber nur sehr wenige davon kamen wirklich in Betracht: Eine öffentliche Sammlung, Bittschriften an die verschiedenen Fürstenhäuser, private Gönner und Geber – es galt, noch einer Menge hochrangiger Persönlichkeiten den Hof zu machen, bevor die Materialkosten auch nur annähernd gedeckt wären. Möglicherweise würden sich ja die Weimarer selbst, obgleich äußerst sparsam, für ein solches Denkmal begeistern lassen. Förster rechnete immer verbissener.

«Wenn jeder Einwohner Weimars einen geringen Beitrag zum Denkmal leistet, sagen wir einen Groschen, dann macht das …»

Am Ende kam er zu dem Schluss, dass Weimar schlichtweg zu klein war, um seiner großen Bedeutung in pekuniärer Hinsicht gerecht zu werden, weshalb das Dichterdenkmal zu einer Sache von nationaler Bedeutung erklärt werden musste.

«Und das hier werden wir vorerst etwas senken …», sprach Förster leise vor sich hin, während er mit seiner Feder einen dicken Strich durch den Posten «Honorar: Rietschel» zog, um dann einen geringeren Betrag daneben zu notieren.

6

Auf dem Weg nach Weimar

Er musste eingeschlafen sein, und das, obwohl die Straßen in keinem guten Zustand waren und es im Innern der Kutsche beständig wackelte. Außer Rietschel befand sich nur ein älteres Ehepaar darin, das einander mit Bibelzitaten den bevorstehenden Weltuntergang verkündete.

Sektierer!, hatte Rietschel gedacht und den beiden keine

weitere Beachtung geschenkt. Stattdessen hatte er aus dem Fenster geblickt, Äpfel gegessen und versucht, zur Abwechslung einmal an nichts zu denken, denn die bevorstehende Begutachtung seines Denkmalentwurfs nagte an seinem Nervenkostüm. Er begann Kietz zu vermissen, den er diesmal zu Hause gelassen hatte, damit er die Arbeit in der Werkstatt und an der Akademie beaufsichtigte.

«Ich passe schon auf, dass deine Studenten keine fünfarmigen Putti fabrizieren», hatte Kietz ihm lachend zum Abschied gesagt. Nun erschien es Rietschel so, als ob er selbst davor stünde, der Kommission ein vierbeiniges und vierarmiges Untier zu präsentieren, das zufällig die Köpfe von Goethe und Schiller trug, und je näher er Weimar kam, umso größer wurde seine Unsicherheit. Also versuchte er sich einfach nur der Landschaft zu überlassen und vor sich hin zu träumen, wenngleich das bei den apokalyptischen Visionen seiner Mitreisenden eine erhebliche Herausforderung darstellte.

Dann jedoch war die Kutsche abrupt stehen geblieben, und Rietschel wurde aus einem leichten Schlaf gerissen. Erschrocken hielt auch das Ehepaar ihm gegenüber inne und starrte wie gebannt aus dem Wagen. Rietschel klopfte gegen den Kutschbock.

«Was ist? Warum halten wir?»

«Sehen Sie sich das an!», rief der Kutscher.

Rietschel trat ins Halbdunkel hinaus. Es dämmerte bereits. Wie lange hatte er bloß geschlafen?

«Wie spät ist es?», fragte er den Kutscher.

«Ein Uhr mittags», gab der zur Antwort.

Da erst wurde Rietschel die Stille um sich herum bewusst. Es war, als hätte sich die Erde schlafen gelegt. Er richtete die Augen gen Himmel, doch es war unmöglich, irgendetwas zu erkennen. Rietschel begann hastig in seinen Taschen zu kramen und förderte schließlich eine Packung Zündhölzer zutage, in der noch drei Hölzchen lagen. Er ging zur Kutsche zurück und wühlte in seiner Reisetasche nach dem Glas mit Eingemachtem, das Friederike ihm als Wegzehrung mitgegeben hatte. Er öffnete es, entleerte den Inhalt achtlos neben den Weg und begann mit Hilfe der Zündhölzer das Glas rußig-schwarz zu färben. Dann hob er das geschwärzte Glas vor sein rechtes Auge.

Der Mond stand ganz vor der Sonne, als schwarzer Kreis mit einer brennenden Corona. Und dann löste sich alles um ihn herum auf. Ihm war, als hätte er noch nie einen solchen Frieden um sich wahrgenommen, geschweige denn in sich selbst. Er sah und staunte und konnte sich nicht sattsehen. Erst das Husten des Kutschers ließ ihn wieder zu sich kommen. Er reichte ihm wortlos das geschwärzte Glas und zeigte ihm, wie er hindurchzuschauen habe. Das frömmlerische Ehepaar stand verschreckt neben der Kutsche und war mit einem Mal ganz schweigsam. Das Lächeln auf Rietschels Gesicht weckte sie aus ihrer Angststarre, und sie wagten sich neben Rietschel und den Kutscher, der das Glas an den Mann weiterreichte.

Es dauerte nur einige Minuten, dann begann, ganz zaghaft, ein erster Vogel zu singen. Es hätte nicht viel gefehlt, und Rietschel hätte jubelnd mit eingestimmt. Es wird schon alles gut gehen, dachte er und lächelte.

7

Weimar

Seit einer geschlagenen Viertelstunde beugten sich die Männer nun schon über seine Zeichnungen, gaben hin und wieder ein Nuscheln von sich, blickten einander an und versenkten sich erneut in die Betrachtung der Entwürfe. Rietschel, der von Minute zu Minute unruhiger wurde, verlagerte beständig das Gewicht von einer Seite auf die andere, doch zu allem Übel war der Stuhl, den man ihm angewiesen hatte, ausnehmend unbequem, und wenn er sich gar zu sehr bewegte, begann er zu knarren, wofür Rietschel jedes Mal ein irritiertes Flüstern der Männer und einen kurzen, beinahe strafenden Blick des Großherzogs erntete. Als Rietschel sich außerstande sah, das Verhalten der fünf Herren am Tisch und seinen höllisch schmerzenden Rücken noch länger zu ertragen, stand er auf. Sofort richteten sich die Blicke der Männer auf ihn, deren Formation Rietschel an ein Richterkollegium erinnerte, wogegen er sich, nunmehr vor seinem klapprigen Stuhl stehend, als bemitleidenswerter Delinquent fühlte, der ein zweifellos hartes Urteil entgegenzunehmen hatte. Carl Alexander, der in der Mitte saß, lehnte sich zurück, nahm behutsam seine Brille ab und heftete dann seine Augen auf ihn.

«Nun, Professor Rietschel?»

«Ich … ich bitte Sie, sagen zu dürfen, dass …» Er stockte.

«Nur freiheraus, Rietschel, was möchten Sie sagen?»

Das war doch lächerlich, dachte Rietschel. Man hatte ihn mit den Entwürfen beauftragt, und nun behandelte man ihn wie einen Studenten, der eine Prüfung abzulegen hatte und alles andere als sicher sein durfte, dass er sie auch bestand. Er räusperte sich.

«Freiheraus, meine Herren, ich bitte um Ihr klares Urteil: Gefallen die Entwürfe?»

Carl Alexander, immer noch die kleine Brille mit den runden Gläsern in den Händen haltend, zog seinen Mund zu einem schmalen Strich zusammen.

«Nun, ein Urteil wird alsbald erfolgen. Man hätte aber noch einige Fragen an Sie, mein werter Herr Rietschel – sofern es Ihnen beliebt.»

«Bitte», forderte Rietschel ihn auf.

Nach einer kurzen Pause ging Carl Alexander zum Angriff über.

«Mein lieber Rietschel … Sicher ist Ihnen die Tragweite unserer Entscheidung bewusst. Ein solches Denkmal besitzt zweifelsohne nicht nur einen künstlerischen Wert, sondern zeugt vielmehr von einer herausragenden Symbolik. Es hat eine *nationale* Bedeutung.»

Rietschel konnte beim besten Willen nicht erkennen, worauf der Großherzog hinauswollte.

«Und …?», fragte er.

«Und», Carl Alexanders Stimme klang jetzt eisig, «ein solcher Auftrag erfordert, wie sich von selbst versteht, einen Mann von höchstem Wissen und Gewissen, einen wahrlich großen Geist.»

«Was wollen Sie damit sagen?»

«Was ich damit sagen will, *Professor* Rietschel, ist Folgendes: Für den Sohn eines Beutlers mag es vielleicht angehen, den großen Schiller in einem ordinären Gehrock zu porträtieren, aber mit etwas Sachverstand beurteilt, gebührt einem so edlen Geist wohl ein vornehmeres Gewand!»

Rietschel zögerte kurz, dann machte er wortlos auf dem Absatz kehrt. Er riss die Tür auf, trat hindurch und schlug sie hinter sich zu. Der laute Knall war Balsam für seine Seele. Erst als er bereits auf der Straße stand, vernahm er die hastigen Schritte hinter sich und eine Stimme, die rief: «Warte, Ernst! Auf ein Wort!»

8

Förster benötigte einige Sekunden, um zu Atem zu kommen. Derweil trat Rietschel von einem Fuß auf den anderen und schnaubte aufgebracht durch die Nase. Man hatte ihn zutiefst beleidigt, und es würde Förster reichlich Mühe kosten, um ihn dazu zu bringen, dieses Gebäude noch einmal zu betreten.

Dieser jedoch dachte offenbar gar nicht daran, Rietschel von einer Rückkehr zu überzeugen.

«Ernst, ich verstehe deinen Unmut.»

«Meinen Unmut?», brach es aus ihm heraus. «Man hat mich soeben zu einem lächerlichen Subjekt herabgewürdigt. Nicht einmal mit meinen unbegabtesten Schülern würde ich so umspringen.»

Förster nickte, und Rietschel machte sich weiter Luft.

«Rauch hatte recht, diesen Auftrag abzulehnen! Wer will schon mit einer solchen Bagage von Philistern und Adligen arbeiten? Und was soll das überhaupt bedeuten: ein Denkmal von nationalem Charakter, ein wahrlich großer Geist … Das ist doch alles Pferdemist!»

Förster war erstaunt, kannte er Rietschel doch bisher nur als äußerst bescheidenen und zurückhaltenden Mann. Fluchend hatte er ihn noch nie erlebt.

«Wie gesagt», Förster trat einen Schritt näher an ihn heran, «ich verstehe dich. Aber es gibt da etwas, das du wissen solltest: Vorgestern kam es innerhalb des Komitees zu einem Eklat.»

Rietschel horchte auf. «Und das erklärt, warum der Großherzog auf meiner niedrigen Herkunft herumreitet?»

«Nun, die Wiege Carl Alexanders stand tatsächlich in einem recht anderen Elternhaus als deinem …» Förster beendete den Satz nicht, sondern lächelte verlegen, und Rietschel verstand. Er nickte Förster zu, tippte sich mit dem Finger an die Schläfe, um eine Verabschiedung anzudeuten, drehte sich um und ging.

9

Es war stockfinster, als Rietschel Goethes Stimme vernahm: «Ich für meinen Teil halte diesen Hochmut dem niederen Volk gegenüber für unangemessen!»

«Das ist ja auch nicht anders zu erwarten», sagte Schiller, «von einem Mann, der sich das niedere Volk ins Bett geholt hat.»

Goethes Miene versteinerte sich augenblicklich. «Mir ist durchaus bewusst, dass Sie, Herr von Schiller, Christiane nie etwas abgewinnen konnten, aber ich verbitte mir, sie als Betthupferl abzutun. Nur weil Sie sich durch den niederen Adel halb Deutschlands geschlafen haben, steht es Ihnen nicht zu, mein Liebesleben zu kritisieren.»

«Der Mensch sollte nach Höherem streben, Herr von Goethe, auch in der Liebe», erwiderte Schiller, doch er klang dabei ernstlich beleidigt.

Rietschel dagegen blieb schweigsam. Er dachte an seinen

Vater, der nie die Möglichkeit gehabt hatte, höhere Bildung zu erwerben so wie er. Leidenschaftlich gern hätte er ein Studium der Theologie absolviert, doch das Geld reichte nicht, und so war ihm der Zugang zur Universität verwehrt geblieben, und er musste ein Handwerk erlernen. Er wurde Beutler. Später hatte er das große Glück, die Küsterstelle von Pulsnitz antreten zu können, und er war stets sehr stolz auf seinen Sohn gewesen, der es bis an die Dresdner Akademie gebracht hatte. Dessen Erfolg als bildender Künstler, seine Berufung an die Akademie als lehrender Professor hatte er jedoch nicht mehr miterleben dürfen.

«Nein!», rief Schiller unvermittelt.

«Doch!», brüllte Goethe.

«NEIN!», gab Schiller zurück.

Rietschel schreckte aus seinen Gedanken auf. «Halten Sie den Mund! Muss denn jede Ihrer Unterhaltungen in Zank und Geschrei enden?», fuhr er die beiden Dichterfürsten an.

«Aber dieser Kretin hat damit angefangen!» Schiller zeigte auf Goethe.

«Fassen Sie sich an die eigene Nase, Herr von Schiller, groß genug ist sie ja», blaffte Goethe zurück. «Und Sie sind *doch* ein Polygamist!»

«Nein!»

«Doch!»

«Nein, ich …»

Rietschel griff nach dem erstbesten Gegenstand in Reichweite und warf ihn in Richtung der streitenden Geister. Der Zeichenblock, den er durchs Zimmer schleuderte, ging glatt an Schiller vorbei und prallte dann mit Wucht an die Wand hinter ihm. Die beiden Dichter blickten erstaunt auf.

«*Sie* waren doch gar nicht gemeint, Rietschel, warum echauffieren Sie sich denn so?», fragte Goethe.

«Ganz recht», sagte Schiller, «Ihnen wirft ja niemand vor, mit zwei Schwestern gleichzeitig … im Übrigen eine unglaubliche Bodenlosigkeit, Herr Goethe!»

«*Von* Goethe. Man sagte mir unlängst, ich solle nach Höherem streben!»

«Von mir aus können Sie es mit beiden Schwestern Lengefeld gleichzeitig getrieben haben», schrie nun auch Rietschel, «aber es wird Sie doch zu nichts anderem machen als zu zwei zänkischen Hurenböcken mit Adelsprädikat!»

«Was soll uns das nun sagen?», fragte Goethe.

«Ich glaube, er will uns mitteilen, dass er an seiner Herkunft nun einmal nichts ändern kann, und so wie die Mitglieder des Denkmalkomitees in ihm immer nur den Küstersohn aus Pulsnitz sehen werden, bleiben wir für alle Zeit die großen Geister Weimars. Richtig, Herr Rietschel?», fasste Schiller zusammen.

Rietschel brummte zustimmend.

«Nun», schloss Goethe, «wenn man Sie nicht aufsteigen lässt, dann werden wir eben von unserem Sockel zu Ihnen herabsteigen.»

«Was soll das nun wieder heißen?», fragte Schiller.

«Das, mein Freund, werden Sie noch früh genug erfahren.» Goethe lächelte.

Und Rietschel hatte zum ersten Mal in dieser Nacht das Gefühl, in Goethe einen Verbündeten gewonnen zu haben. Zumindest wusste der Geheimrat, wovon er sprach. Bei Schiller war Rietschel da nicht so sicher. Der schien seine Mannheimer Jahre vollkommen vergessen zu haben.

10

Rietschel war müde. Die Auseinandersetzung mit dem Komitee hatte ihn erschöpft. Aber was blieb ihm anderes übrig, als weiterzumachen? Er hatte die halbe Nacht an den Entwürfen gesessen und konnte nur hoffen, dass sie das Komitee aufgrund ihrer Qualität und unabhängig von seiner Herkunft überzeugen würden.

Nun saß er völlig entkräftet im kleinen Salon der Altenburg und wartete seit mehr als einer halben Stunde auf die Fürstin. Man hatte ihn zwar um neun Uhr früh hierherbestellt, doch die Fürstin beliebte heute offenbar länger zu schlafen, und von Liszt, der den Tag stets früh begann, war ebenfalls nichts zu sehen, dafür aber zu hören. Irgendwo im oberen Stockwerk donnerten zwei Hände eine Beethovensonate in die Tasten. Rietschel versuchte sich zu erinnern, um welches Stück es sich genau handelte, und wunderte sich ein wenig über den groben Anschlag, bis das Spiel abrupt unterbrochen wurde und von neuem begann, diesmal sanfter, auf eine Art, die das Ohr des Zuhörers beinahe zu streicheln schien. Offenbar erteilte Liszt einem Schüler Unterricht.

Rietschel schloss die Augen und überließ sich der Musik. Es hätte nicht viel gefehlt, und er wäre in einen seligen Dämmerzustand hinübergeglitten, wenn nicht plötzlich neben ihm die Tür geöffnet worden wäre. «Die Fürstin wäre jetzt bereit, Sie zu empfangen», sagte ein Diener.

So stand er, noch immer benommen von Musik und Schläfrigkeit, vor der Chaiselongue, auf der ihn die Fürstin empfing.

Rietschel musste auf einmal an Friederike denken, denn ihre Vermutung, die Gräfin werde sich nackt porträtieren lassen, hatte nicht weit gefehlt. Was die Fürstin trug, konnte man mit Mühe und Not einen Morgenrock nennen, und es war offensichtlich, dass dieses Kleidungsstück ihren Körper mehr preisgeben als verhüllen sollte. Durch die hauchzarten Lagen Seide zeichneten sich Brüste, Bauch und Hüften deutlich ab. Die Fürstin reichte ihm die Hand zum Kuss.

«Sehr erfreut», sagte sie mit stark russischem Akzent.

Rietschel hauchte einen Kuss über ihre Hand. In diesem Augenblick polterten laute Schritte die Treppe hinunter, und die Tür zum Salon, die sich gerade erst hinter ihm geschlossen hatte, wurde aufgerissen.

«Rietschel!»

Im Türrahmen standen zwei Männer. Der eine war Liszt, dessen schlanke, fast ätherische Gestalt sich seltsam zart gegen den Bären ausnahm, der neben ihm stand: ein grober Mensch mit wildem Bartwuchs, breitem Kreuz und Händen, die neben den zarten Fingern Liszts wie Kohlenschaufeln wirkten.

«Wie schön, Sie in unserem Hause willkommen zu heißen», sagte Liszt. Er ergriff Rietschels Hand und schüttelte sie herzlich. Dann drehte er sich um und winkte den Bären herbei, der ein paar Schritte hinter ihm stand.

«Darf ich vorstellen: August Heinrich Hoffmann von Fallersleben, ein enger Freund und gerngesehener Gast auf der Altenburg.»

«Und ein lausiger Pianist», fügte die Gräfin treffend hinzu.

«Allzu wahr», lachte von Fallersleben und ergriff mit seiner Pranke Rietschels Hand. «Sehr erfreut. Man hört nur Gutes von Ihnen, Rietschel.»

Als er verlegen die Vorschusslorbeeren zurückweisen wollte, hielt Liszt ihn mit einer Geste zurück.

«Nur Gutes? Freund Fallersleben untertreibt maßlos. Ganz Weimar schwärmt von Ihren Entwürfen für das Goethe-Schiller-Denkmal!»

«Ganz Weimar trifft es wohl nicht ganz. Das Denkmalkomitee …» Doch Rietschel kam nicht weit mit seinem Einwand.

«… besteht aus lauter Holzköpfen», vollendete von Fallersleben den Satz, «allen voran Großherzog Carl Alexander, obgleich man ihm einen gewissen Kunstsinn nicht absprechen kann. Machen Sie sich nichts aus ihrem Urteil. Wahre Größe setzt sich durch, Sie werden sehen, Rietschel.»

Der nickte nur still.

Es entstand eine kurze Pause. Die Fürstin räusperte sich, um die ihr gebührende Aufmerksamkeit einzufordern. Doch während von Fallersleben sie anscheinend keines Grußes für würdig befand, zog Liszt nur eine Augenbraue hoch und sagte: «Carolyne, mein Augenstern, dieses Negligé ist umwerfend! Ich bewundere deinen Mut, diesem guten Mann ganz ohne Korsett entgegenzutreten – und das nach dem gestrigen Diner!»

Die Fürstin lächelte eisig. «Wenn die Herren mich kurz entschuldigen würden – ich hatte noch keine Gelegenheit, mich anzukleiden.» Sie stand auf und entschwand nahezu lautlos durch eine Seitentür des Salons.

«Sie ist so leicht zu beeinflussen! Sie befürchtet ständig, zu üppig zu werden, dabei liebe ich jedes Pfund an ihr», sagte Liszt lachend und wirkte dabei so gelöst, wie Rietschel es bei seinem gestrengen Äußeren niemals erwartet hätte.

«Ich hoffe, ich komme nicht ungelegen, aber man bat mich, um neun zu erscheinen», sagte Rietschel.

«Aber wo denken Sie hin? Sie stören ganz und gar nicht.

Ich brauchte ohnehin eine Pause vom Unterricht.» Dabei zwinkerte Liszt von Fallersleben zu, was der mit einem Brüllen beantwortete, das nur entfernt an ein Lachen erinnerte.

Dann klopfte Liszt Rietschel aufmunternd auf die Schulter. «Von Fallersleben ist mir eine große Stütze, in jeder Hinsicht. Ich wäre verloren ohne ihn. Na ja», fügte er lächelnd hinzu, «fast verloren. Kommen Sie, fangen wir gleich mit der Arbeit an.»

Und noch während Rietschel seine Utensilien auspackte, drehte Liszt sich zur Salontür um und rief seinem Diener zu: «Jakob, bringen Sie Kaffee und Gebäck für unseren Gast! Und sagen Sie Carolyne, wenn sie nicht binnen der nächsten zehn Minuten unten ist, lasse ich Professor Rietschel ihr Medaillon mit Hakennase und Dreifachkinn ausführen!»

II

Mein liebster Freund Rauch,

was waren das für zwei aufregende Tage! Ich kann nicht ruhen, ehe ich Ihnen von den Ereignissen berichtet habe, die meinen Geist, mein Herz und meine Seele so vollumfänglich in Beschlag nehmen.

Ich brauche Ihnen kaum zu erklären, welch Druck auf mir lastete, als ich dem Denkmalkomitee zu meinen Entwürfen für das Goethe-Schiller-Denkmal Rede und Antwort stehen sollte. Stellen Sie sich daher meine überschäumende Wut vor, als aus anderen als ästhetischen Gründen gegen meinen Entwurf zu Felde gezogen wurde. (Sie können sich denken, von wem!) Man schalt mich wie einen Schuljungen und behandelte mich derart herablassend, dass ich meine Sachen packte und mich davonmachte. Es gab nichts zu sagen, und hätte ich auf diese Dreistigkeiten geantwortet, welch böse Worte hätten dann mich und mein Inneres vergiftet! Man hielt mir vor, der Sohn eines kleinen Beutlers aus Pulsnitz könne unmöglich solch wichtigen Auftrag ausführen, und schon gar nicht dieses Denkmal von «nationaler» Bedeutung. In mir kochte der Zorn und schäumte schließlich über, und so verließ ich das Komitee ohne ein Widerwort, lief durch die Straßen Weimars, kehrte irgendwo ein, trank ein Glas Wein und fand doch keine Ruhe, ebenso wenig wie in der folgenden Nacht.

Dann, am anderen Morgen, war ich in der Früh zu Franz Liszts Haus einbestellt, was eigentlich das Haus der Fürstin Carolyne zu Sayn-Wittgenstein ist, um von beiden ein Medaillon in Marmor auszuführen. Ich kam diesem Wunsch umso lieber nach, als ich hoffte, dieser Auftrag möge mich die Ereignisse des Vortages ein wenig vergessen lassen. Und welch ein Empfang wurde mir dort bereitet!

Seit Goethen und Schillern hat es in Weimar keinen so erhabenen Geist mehr gegeben wie den Liszts! Welch ein Genie, muss man ausrufen! Welch unerschöpfliches Talent! Und dabei ist er von so unfassbarer menschlicher Güte und, ja, auch das, mit Witz und Herzenswärme gesegnet. Ich führte meine Arbeit wohl kaum jemals freudvoller aus.

Auch die Fürstin, obgleich zunächst eitel, selbstverliebt und herrisch, entpuppte sich binnen der folgenden Stunden als im Herzen und im Geiste gebildete und feinsinnige Person.

Nur der ewige Hausgast von Fallersleben hat mir einiges Unbehagen bereitet. Gar so liebenswürdig, so dienernd und dabei so auf der Hut – da fiel es schwer, den Charakter dieses Mannes zu fassen, obwohl Liszt große Stücke auf ihn hält. Die beiden scheinen den Kern einer Gesellschaft Weimars zu bilden, die so gar nicht zur offiziellen Hofgesellschaft zu passen scheint, wenn auch Liszt am Hofe gern gesehen ist. Sie nennen sich «Neu-Weimar-Verein» und scheinen recht heitere Zusammenkünfte abzuhalten. Auch mich lud man anderntags dazu, aber ich dankte nur und beschloss, die Heimreise zu Friederike und den Kindern anzutreten, weil mich die Sehnsucht nach meinen Lieben schon sehr plagte. Die langen, einsamen Monate in Italien stecken mir noch immer in den Knochen.

Auf der Altenburg wurde nach getaner Arbeit Likör gereicht, und von Fallersleben dankte mir im Namen Liszts, der schon zur Probe im Theater weilte, für mein Tun. Dabei raunte er mir zu: «Es ist halt für unser Deutschland ein Glück, dass es Männer wie Sie hat, Rietschel.» Ich antwortete schlicht: «Ich tue mein Möglichstes.» Was hätte ich auch sagen sollen, ich alter Sachse.

So verbrachte ich also den Tag mit Genuss, und dass man mich so freundlich willkommen hieß, tat meiner armen Seele wohl. Welch ein Gegensatz zum Gebaren der Brüderschaft des Denkmalkomitees, die mich so erniedrigt hatte! Allein, die Abschiedsworte des Herrn von Fallersleben klangen beunruhigend in mir nach, wollte ich doch um alles in der Welt mit diesem Denkmal ausschließlich der Kunst zu ihrem Recht verhelfen und zum Gedenken dieser zwei großen Männer beitragen und nicht zum Deutschtum. So ging ich denn, glücklich und zugleich unruhigen Herzens, von dannen.

Aber, guter Freund, denken Sie sich, der Tag war noch nicht vorüber. Kaum hatte ich mich zu Fuß auf den Weg zu meinem Quartier gemacht, noch ganz in Gedanken, hält mich ein Bote an und bittet mich, ihm zu folgen. Das Komitee sei erneut zusammengetreten, und man wünsche mich dringendst zu sprechen. Ich, der ich schon mit allem Dortigen abgeschlossen hatte, lasse mich nicht umstimmen, will dem Boten einen guten Tag wünschen und mich fortmachen, da fasst mich der Mann am Arm und bittet mich so inständig und freundlich, dass ich nicht weiter ablehnen kann und ihm folge.

Wie verblüfft war ich, als man mich erneut vor das Komitee führte, das bereits vollzählig versammelt auf mich zu warten schien, und das Wort an mich richtete. Die Ereignisse des Vortags bedauere man zutiefst. Man bitte mich inständig, die Kränkung, welche man mir zugefügt, zu vergessen und mit der Arbeit fortzufahren. Auch wolle man mich das Werk so ausführen lassen wie von mir vorgeschlagen, man lasse mir freie Hand, und was das Salär angehe, so könne ich mit einer höheren Entlohnung rechnen als vereinbart.

Da rieb ich mir die Augen und dachte, ich träume, bis ich schließlich wieder vor der Tür stand, mit genügend Geld ausgestattet und das Ansehen wiederhergestellt, sodass ich nunmehr fragen musste, woher dieser neue Wind auf einmal wehte und was ich von diesem Sinneswandel zu halten hätte.

Kurz darauf trat Förster an mich heran und raunte mir zu, ich hätte einen Gönner, und dessen Fürsorge sei es geschuldet, dass ich nun endgültig der glückliche Empfänger des Auftrags für Goethen und Schillern sei. Auf meine Bitte, mir doch den Mann zu nennen, dem ich dieses zu verdanken habe, lächelte er nur und sagte: «Das erfährst du zu einem späteren Zeitpunkt, Ernst.»

Und so ging er seiner Wege und ich der meinen.

Nun sitze ich da, gesegnet mit allem, was das Künstlerherz begehrt, und weiß doch gar nicht recht, wie mir geschehen ist.

Ich grüße Sie innigst und werde Ihnen weiter berichten von den hiesigen Ereignissen,

immer der Ihrige,

E. Rietschel

12

«Noch Wein?»

Rietschel reichte dem Geheimrat einen Becher, den dieser bereitwillig entgegennahm. Auch Schiller wurde erneut eingeschenkt.

«Ein Trinkspruch: Auf die Kunst!», rief Rietschel aus und

stürzte den Inhalt seines Bechers hinunter. Goethe schenkte ihm nach.

«Hört, hört!», sagte Schiller. «Unser Freund ist gut aufgelegt!»

«Und weinselig obendrein!», fügte Goethe hinzu. «Das verlangt einen weiteren Trinkspruch, von Schiller!»

«Jawohl, Herr Geheimrat, einen Toast! Angesichts Ihrer Erfahrung als Trinker gebührt dieser Part allerdings Ihnen.»

«Danke, von Schiller. Für dieses Bonmot revanchiere ich mich beizeiten! Also, Männer, erheben wir unsere Becher auf den Mann, der die Weimarer das Fürchten gelehrt hat! Er lebe hoch!»

«Hoch!», riefen Schiller und Rietschel.

Rietschel lächelte. Er dachte an Friederike, an seine vier Kinder, denen er jetzt ein besseres Auskommen bieten konnte, und daran, wie stolz seine Eltern gewesen wären, hätten sie dies noch erlebt. Dann aber zog er die Stirn in Falten und überlegte, ob er wohl den Gönner, dem er diesen fulminanten Triumph verdankte, gerade vor sich hatte.

«Ich weiß, was Sie denken, Rietschel», sagte Goethe, der ihn beobachtet hatte. «Sie wollen erfahren, wer dieser Mann ist, dem Sie diesen Sieg schulden.»

Rietschel blickte auf. «Ich dachte eigentlich, den verdanke ich Ihnen.»

«Nun, ich bin zwar Johann Wolfgang von Goethe, doch selbst ich kann kein Schwein das Fliegen lehren.» Schiller kicherte, ganz gegen sein Naturell, in seinen Weinbecher. «Nein, mein Plan sah vor, dem Großherzog bei Nacht zu erscheinen und ihm die Leviten zu lesen, gewissermaßen als Vorbote aus dem Jenseits.»

«Leider», fügte Schiller hinzu, «nutzt sich dieser Trick langsam ab, auch wenn er bei Ihnen», und dabei blickte er zu Rietschel, «immer erfolgreich ist.»

«Richtig», sagte Goethe. «Carl Alexander war dank seiner starken Schlafpulver nicht zu wecken.»

«Weshalb es ihn recht gewundert haben mag, als er am nächsten Morgen mit einem schwarzen Kohlerußschnurrbart aufgewacht ist», fügte Schiller hinzu.

«Na, etwas Spaß muss schon erlaubt sein», sagte Goethe. «Dennoch fragt man sich, wer dieser ominöse Gönner unseres jungen Freundes hier ist, der Carl Alexander den Kopf zurechtgerückt hat.»

«So, so, fragt man sich das?», meinte Schiller belustigt. «Rietschel, wollen Sie nicht raten? Vielleicht ist es jemand am Hofe, jemand aus den oberen Rängen?»

«Womöglich», sagte Goethe. «Womöglich aber auch nicht. Vielleicht ist es jemand, der großen Einfluss auf den Herzog hat, jemand aus südlicheren Gefilden.»

«Auf solcher Art Spiele verstehe ich mich nicht besonders gut», gab Rietschel zurück. «In jedem Fall muss es ein aufrichtiger Mann sein, der die Kunst über alle Ränke stellt.»

«Dann sollten wir unsere Gläser erheben auf diesen aufrechten Mann!», sagte Goethe lachend. «Ob wir mit diesem Trinkspruch richtig liegen, wird sich hoffentlich bald erweisen. Also, auf König Ludwig!»

Und Schiller stimmte mit ein: «Auf König Ludwig, den Abgedankten! Er lebe hoch!»

«König Ludwig?», fragte Rietschel ungläubig.

«Ja, mein Freund», sagte Goethe, «der Wind weht jetzt aus Bayern. Möge er Sie weit tragen!»

13

Dresden

Der Alltag hatte sie fest im Griff. Aufwachen, Kinder wecken, waschen und anziehen, Frühstück bereiten, Streit schlichten, Wolfgang und Georg zur Schule schicken, Hermann beschäftigen, Haushaltspflichten, Briefe, Besuche, Mittagessen, Kinder betreuen, Abendessen, alle ins Bett schicken und dann – fiel Friederike meistens neben Hermann in dessen Bett in tiefen Schlummer, bis sie ein, zwei Stunden später in ihrem Taggewand neben dem leise schnarchenden Stiefsohn wieder erwachte.

Wenn Ernst da war, verliefen die Tage anders. Dann war die Stimmung im Haus verändert. Es war lauter, denn es wurde viel mehr durcheinandergeredet, um dem oft abwesenden Vater auch ja noch alles Wichtige vor dem Frühstück zu erzählen. Jetzt, während Ernsts Reise, war das Haus voller Verwandter, weil die vielen Großmütter und Großväter der Kinder zur Unterstützung herbeigerufen worden waren. Und nicht selten hatte Friederike das Gefühl, ihr werde alles aus der Hand gerissen, statt dass sie Hilfe erfahre.

Sie sehnte daher die Rückkehr ihres Mannes von ganzem Herzen herbei. Noch zwei Tage, sagte sie sich, während sie Hermann und Georg zum zehnten Mal «Guter Mond, du gehst so stille» vorsummte, bis ihnen endlich die Augen zufielen und ihr Atem ruhiger wurde.

«Heute schlafe ich nicht hier ein», hatte sie sich selbst noch ermahnt, aber das Nächste, was Friederike wahrnahm, war ein sanfter Kuss auf ihre Stirn. Draußen war es stockfinster. Sie musste bereits einige Stunden geschlafen haben. Trotz der Dunkelheit erkannte sie in dem Kinderzimmer die Gestalt ihres Mannes, der an Hermanns Bett stand und sie offensichtlich wach geküsst hatte.

Sie hatte erst übermorgen mit ihm gerechnet, weshalb sie einige Augenblicke brauchte, um Ernsts Anwesenheit zu begreifen. Dann aber sprang sie aus dem Bett, warf die Arme um seinen Hals und küsste ihn. Dabei stieß sie mit dem Fuß gegen einen Turm aus Bauklötzchen, den Hermann am Abend noch neben seinem Bett errichtet hatte. Sofort waren die zwei Buben wach.

«Hermann?» Georg saß aufrecht im Bett. Er rieb sich erschrocken die Augen.

«Wir sind es nur», flüsterte Friederike.

«Papa ist wieder da», fügte Rietschel leise hinzu.

«Papa …», murmelte nun auch Hermann, und es dauerte nicht lange, da stand Wolfgang gleichfalls an der Tür, und mitten in der Nacht erwachte das Haus zum Leben.

«Lasst mich die Häupter meiner Lieben zählen», lachte Rietschel. «Eins, zwei, drei … wo ist Adelheid?»

«Bei der Tante in Pulsnitz», antwortete Wolfgang.

«Aha, sehr gut. Da bleibt uns mehr von den Leckereien, die ich mitgebracht habe.»

Im Nu wurde Georgs Bett zum Picknickplatz erklärt, man saß eng beieinander und knabberte an Weimarer Nüsschen, lutschte Quittengelee und Kandiszucker, ein Abschiedsgeschenk der Fürstin Carolyne. «Für Ihre lieben Kinder», hatte sie gesagt und Rietschel mit einem Sack voller Zuckerbrocken bedacht.

Friederike genoss ein Stück und fragte: «Und? Wie nackt war sie?»

Rietschel grinste. «Nackter als nackt! Du hattest, wie immer, recht.»

«Hm», machte Rike und verzog den Mund.

«Aber Kinder, jetzt, wo ich den großen Auftrag endgültig in der Tasche habe, können wir vielleicht einmal alle zusammen nach Weimar fahren!»

«Ich will lieber nach Warmbad», maulte Hermann. «Omama Carus sagt, es gibt da Wasser, das stinkt wie der Teufel!»

«Na, wenn das so ist …», sagte Rietschel. «Dann ist es abgemacht. Wir fahren alle zusammen zu den Quellen von Warmbad und stinken wie die Teufel.»

«Also, ich würde Weimar den Schwefelquellen vorziehen», warf Rike ein, «mit Ausnahme der Altenburg.»

«In Ordnung, wir fahren zuerst zu den stinkenden Quellen von Warmbad und dann ins sittenlose Weimar!» Rietschel klatschte in die Hände. «Die Hauptsache ist, wir riechen hinterher alle gleich schlecht!»

Dem konnten die anderen nur zustimmen.

14

Warmbad bei Wolkenstein

Warmbad hielt, was es versprach: Durch den Tiefdruck einer Schlechtwetterfront, die sich hartnäckig über dem Ort zu halten schien, war der Schwefelgeruch der Quellen allgegenwärtig. Nach und nach schienen sich sämtliche Familienmitglieder daran zu gewöhnen – alle bis auf Friederike. Der penetrante Geruch rief bei ihr einen Zustand dauerhafter Übelkeit hervor, sodass Rietschel schließlich einen Arzt rufen wollte, um abzuklären, ob es sich hier nicht vielmehr um die Anzeichen einer Schwangerschaft handele. Doch Rike winkte ab.

«Du weißt doch genau, dass das nicht sein kann», sagte sie gereizt.

«Aber vielleicht hat sich dein Arzt damals geirrt?»

Der Hausarzt der Oppermanns hatte bei Friederike bereits im Alter von sechzehn Jahren Unfruchtbarkeit vermutet. Seitdem hatte für sie festgestanden, dass sie keine Kinder haben würde. Sie hatte damit gehadert, sie hatte getrauert, und schließlich hatte sie sich damit abgefunden, so gut es eben ging. Bei ihrer dritten Begegnung mit Ernst hatte sie es ausgesprochen. Sie hatte ihm gesagt, sie könne keine Kinder bekommen und wünsche sich daher sehr, einmal einen Mann zu heiraten, der schon welche habe. Das hatte sie so dahingesagt, ohne darüber nachzudenken, dass der Mann, mit dem sie während eines harmlosen Spaziergangs Seite an Seite schritt, ein Witwer mit vier Kindern war. Erst als es ausgesprochen war, wurde ihnen beiden bewusst, wie gut sie zueinanderpassen könnten, trotz des nicht geringen Altersunterschiedes.

Rietschel hatte sie danach immer häufiger besucht und ihr nach wenigen Wochen einen Antrag gemacht, den sie mit Freuden annahm. Liebe war es nicht, was sie für ihn empfand, aber große Zuneigung und auch so etwas wie Dankbarkeit, weil sich nun ein Lebenswunsch von ihr erfüllen würde.

Die Verlobungszeit wurde jedoch unerwartet durch die schwere Erkrankung Rietschels getrübt. Rike reiste in Begleitung ihres Bruders von Leipzig nach Dresden, wo sie in einem Gasthaus unterkamen, sie besuchte Rietschel Tag um Tag, saß über Stunden bei ihm und versuchte, so gut es ging, Johanna und Adelheid bei der Betreuung der Kinder zu unterstützen. Vor allem Hermann und Georg litten sehr unter der Stimmung im Haus, und Friederike war bemüht, etwas Leichtigkeit zu verbreiten. Sie spielte mit ihnen, las ihnen vor, unternahm hin und wieder kurze Ausflüge, an den Tagen, an denen es Ernst besser zu gehen schien.

Nach knapp vier Wochen war er einigermaßen wiederhergestellt, und für die Geschwister Oppermann stand die Heimreise an. Am Tag vor ihrer Abfahrt schützte sie Kopfschmerzen vor, sodass ihr Bruder allein mit den Kindern einen Sonntagsausflug an den Ufern der Elbe unternahm. Rike aber suchte Rietschel heimlich zu Hause auf. Sie passte dabei die Zeit ab, in der Johanna in der Kirche war. So öffnete ihr Rietschel selbst die Tür.

«Komm», sagte sie nur leise und führte ihn, der sie fragend ansah, wortlos an der Hand in sein Zimmer, schloss leise die Tür und entkleidete sich. Sie erwartete nicht viel, doch sie hatte das überwältigende Bedürfnis, ihm nahe zu sein, näher als irgend sonst jemandem, wenigstens dieses eine Mal. Sie ahnten beide, wie schnell der Tod sie für immer trennen konnte.

Überrascht stellte sie in den folgenden Wochen fest, dass dieser gestohlene Vormittag ihre Zuneigung in Liebe verwandelt hatte, und auch ihm erging es nicht anders. Was sie gar nicht hatte erzwingen wollen, war von selbst eingetreten, und von diesem Tag an liebte und begehrte Friederike Rietschel aufrichtig und rückhaltlos.

Über gemeinsame Kinder hatten sie nach ihrer ersten Unterhaltung nie wieder geredet. Umso verstörter war Rike jetzt, als Ernst es an diesem Morgen in Warmbad plötzlich zur Sprache brachte.

«Ich bin dennoch der Meinung, dass du dich untersuchen lassen solltest», sagte er.

«Geh, nimm die Kinder mit, macht einen Waldspaziergang und lasst mich in Frieden», erwiderte Friederike. Sie hatte beim Frühstück keinen Bissen zu sich genommen und sich danach sofort wieder ins Bett gelegt. Nun wünschte sie sich nichts sehnlicher, als endlich allein zu sein. Rietschel zog sich zurück, rief nach den drei Buben, die sich im Nebenzimmer lautstark über einem Spiel zerstritten hatten, und verließ das Gasthaus Zum Jungbrunnen, in dem sie während ihrer Zeit in Warmbad Quartier bezogen hatten.

Friederike beunruhigte die Vorstellung tief, der Arzt habe sich geirrt und sie könne doch Kinder bekommen. Was, wenn es stimmte und sie tatsächlich schwanger war? Gegen elf Uhr ließ die Übelkeit etwas nach. Friederike schlüpfte in ihren Mantel und verließ das Gasthaus. Ein paar Fragen nur, und man wies ihr den Weg zu einem kleinen Haus unweit des Friedhofs.

«Herein!», rief eine forsche Stimme, nachdem sie angeklopft hatte, und Friederike trat ins Halbdunkel.

15

Georg war verschwunden. Wie vom Erdboden verschluckt. Einfach fort. Wie zum Teufel hatte das passieren können?

Nachdem Rietschel, Hermann auf den Schultern tragend, gemeinsam mit Wolfgang erfolglos den ganzen Waldabschnitt durchkämmt hatte, blieb ihm nichts anderes übrig, als Hilfe herbeizurufen. So schickte er Wolfgang mit seinem Jüngsten zurück zum Gasthaus, während er den sich stetig verdunkelnden Wald nach Georg absuchte.

Bald darauf erschien eine kleine Gruppe von fünf Mann,

angeführt von Wolfgang. An der Stelle, an der Wolfgang seinen Bruder das letzte Mal gesehen hatte, trafen sie auf Rietschel, der mit inzwischen heiserer Stimme immer wieder nach Georg rief. Hermann hatte Wolfgang im Gasthaus gelassen. Nun stimmte er sogleich in die Rufe des Vaters ein, hatte er doch ein besonders schlechtes Gewissen, weil er gebeten worden war, auf seine Brüder zu achten, während Rietschel eine Zeichnung der Quellen von einer Waldlichtung aus anfertigte. Und da war Wolfgang sein jüngerer Bruder abhandengekommen.

«In ein paar Minuten ist es stockfinster», gab der Wirt zu bedenken, der zurückwollte.

«Bitte, meine Herren, nur noch eine halbe Stunde! Ich flehe Sie an!», bat Rietschel verzweifelt. Der Wirt schüttelte den Kopf.

«Morgen wieder, Herr Rietschel, beim ersten Licht brechen wir wieder auf. Ich gebe Ihnen mein Wort. Wir stellen einen Suchtrupp zusammen und durchstreifen das ganze Gelände. Aber heute finden wir Ihr Kind nicht mehr. Es tut mir leid.»

Niedergeschlagen machte sich die Gruppe auf den Rückweg in die Stadt. Rietschel war den Tränen nahe, wenn er an sein verängstigtes Kind dachte, das sich in dem dunklen Wald zu Tode fürchten musste. Was, wenn Georg verletzt war?

Im Gasthaus angekommen, lief ihnen Hermann entgegen, weinend und schreiend.

«Papa!» Hermann warf sich ihm in die Arme.

«Alles wird gut», flüsterte er dem Kind ins Ohr, «alles wird gut.»

«Ich will noch die Geschichte hören», schniefte Hermann.

«Hermann, ich kann jetzt keine Geschichte erzählen. Ein andermal vielleicht», sagte Rietschel tonlos.

«*Du* doch nicht. Der Mann soll noch eine Geschichte erzählen.»

«Welcher Mann?»

«Der große Mann, der so komisch spricht und der Georg mitgebracht hat.»

Rietschel setzte das Kind mit einem Ruck ab. «Ist Georg wieder da?»

«Ja», schniefte Hermann, «und Rikemama sagt, ich muss ins Bett, aber ich will, dass der große Mann noch eine Geschichte erzählt.»

«Verstehe ich dich richtig – du weinst, weil du ins Bett musst, und Georg ist wieder da?» Rietschels Blick wanderte ungläubig von Hermann zu Wolfgang, der neben ihm stand, und zurück.

Hermann nickte. Darauf eilte Rietschel die Stufen zum Empfang hinauf und in den Salon. Dort saß, vor einer dampfenden Schale Kaffee und eng an seine Stiefmutter gelehnt, sein verlorengeglaubter Sohn und lauschte angeregt der Erzählung eines grotesk in die Länge gezogenen Menschen, der mit unverkennbar dänischem Akzent eine sentimentale Geschichte von einem hässlichen Entlein zum Besten gab, das einst ein Schwan werden sollte.

16

«Da lief sso ein Bürsschlein im Wald allein herum, und nu, dass kam mir eben komiss vor!», erzählte der Mann. «Alsso nahm ich ihn mit hierher. Gibt ess noch Wein?»

Rietschel schenkte dem Retter seines Kindes mit Freuden nach und ließ einen zweiten Krug kommen, den der Mann in wenigen Minuten leerte.

«Nu, ich habe mich noch gar nicht richtig vorgesstellt: Hanss Chrisstian Anderssen isst mein Name. Möglicherweise haben Sie von mir gehört. Zu Diensten!»

Rietschel wusste nicht, was er sagen sollte, denn der Name war ihm bisher noch nicht zu Ohren gekommen. Sehr zu seiner Überraschung schaltete sich nun Friederike in das Gespräch ein und erklärte ihrem Mann: «Herr Andersen ist der dänische Grimm und sehr bekannt für seine Märchen und Sagen.»

Andersen fand offenbar, dass dies nicht die treffendste Beschreibung seiner Person war, und ergänzte: «Ja, aber ich bin viel lusstiger als diesse Grimm-Brüder, und meine Geschichten gehen viel mehr an die Herz!»

Rietschel begriff. «Herr Andersen, ich bin untröstlich, dass ich Sie nicht gleich erkannt habe. Ich war noch so gefangen von den Schrecken dieses Nachmittages. Sie müssen entschuldigen.»

«Tu ich, tu ich!», sagte Andersen und lächelte, was seinem unverhältnismäßig großen Mund beängstigend viel Raum in seinem Gesicht verlieh.

«Wie kann ich je wiedergutmachen, was Sie …», wollte Rietschel fortfahren, aber Andersen lachte nur, winkte mit seiner Pranke ab und sagte: «Wein iss immer gut! Sstoßen wir an: Auf dass Bübsschen und sseine glückliche Heimkehr!» Dabei zerzauste er Georgs Haare und knuffte ihn freundschaftlich in den Arm, was dieser sich grinsend gefallen ließ.

«Und nu», sagte Andersen, «lass ich Ssie mal alle hübsch

schlafen. Ihre Frau iss ssicher müde. In ihrem Zusstand iss sso viel Aufregung gar nicht gut. Biss morgen alsso!» Sagte es, erhob sich und war mit wenigen Schritten aus dem Salon des Gasthauses gewankt und verschwunden.

Als endlich alle Kinder im Bett lagen, Wolfgang und Georg erleichtert, weil die Schelte für ihr Betragen im Wald ausblieb, Hermann glücklich darüber, dass er nun doch so lange hatte aufbleiben dürfen, nahm Rietschel seine Frau in den Arm, hielt sie lange umschlungen und sagte schließlich leise:

«Dann stimmt es also?»

«Ja», sagte Friederike.

«Ich freue mich so, Rike, ich freue mich so.»

Friederike löste sich aus seiner Umarmung und setzte sich vorsichtig aufs Bett, um Georg, der heute bei den Eltern hatte einschlafen dürfen, nicht zu wecken. «Dieser Andersen ist mir unheimlich – er scheint mehr zu sehen und zu wissen als wir alle zusammen.»

«Nu, sso isst dass wohl», ahmte Rietschel den dänischen Akzent Andersens nach. «Immerhin verdanken wir ihm die Rettung unseres kleinen Georgs. Vielleicht sollten wir ihn zu Ehren von Herrn Andersen fortan Hans nennen.»

«Nein, Hans klingt so schlicht. Aber wie wäre denn Christian?», fragte Friederike.

«Christian also. Morgen werden wir ein Essen zu Ehren von Andersen ausrichten und die Taufe unseres Sohnes begießen. Und bis dahin», Rietschel ließ sich erschöpft auf der anderen Seite des Ehebettes nieder, «sollten wir vielleicht etwas Schlaf suchen und uns über das große Glück freuen, das da auf uns zukommt.» Er strich ihr mit der Hand über den Bauch.

«Wo warst du eigentlich am Nachmittag? Wolfgang hat gesagt, du wärest gerade erst ins Hotel zurückgekommen, als er mit Hermann im Schlepptau hier auftauchte.»

«Ich war bei einer Hebamme», sagte Friederike. «Ärzten traue ich nicht mehr über den Weg.»

«Recht so», gähnte Rietschel. «Und in Zukunft brauchen wir nur noch auf unseren dänischen Schutzengel zu hören.»

«Für einen Engel ist er reichlich hässlich, findest du nicht?»

«Rike, meine Schöne, glaube mir, im Inneren dieses seltsamen Kerls hält sich ganz sicher ein Schwan verborgen.»

«Und der schwimmt auf einem See aus Moselwein», sagte sie leise und schloss dann die Augen.

17

Weimar

«Sind wir für den heutigen Abend vollzählig?»

Von Fallersleben blickte in die Runde. Elf Mann waren es bislang, die sich beim Treffen des Neu-Weimar-Vereins die Ehre gaben. Offenbar erwartete man niemanden mehr, und so erhob sich von Fallersleben und gab den Trinkspruch und damit das Motto des Tages aus:

Es schweigen die Kanonen!
Sie tönten so hohl.
Jetzt klingen die Dichter!
Auf Euer Wohl!

Darauf stießen die Anwesenden an und ließen die Dichter im Allgemeinen und den Schöpfer dieses Vierzeilers im Besonderen hochleben. Nur der Kritiker Pohl wirkte leicht irritiert.

«Kanonen?», fragte er in die Runde. «Wollt ihr einen Sängerkrieg vom Zaune brechen, werte Freunde?» Von Fallersleben wirkte verärgert ob dieses Einwands.

«Mein lieber von Fallersleben, Sie müssen unseren Freund Pohl entschuldigen», sagte Preller lachend, «er war zwei Wochen nicht in der Stadt und kann daher nicht wissen, dass der ehemalige Bayernkönig uns die Bronze für das Denkmal von Goethe und Schiller liefern wird, und zwar nicht irgendeine Bronze, sondern die der türkischen Kanonen aus der Schlacht von Navarino.»

«Verstehe», sagte Pohl. «Na dann, auf Goethe und Schiller!»

Man hob erneut die Gläser und stieß auf die beiden Dichterfürsten an.

«Möge dieses Denkmal das neue Deutschland einem Kanonendonner gleich zum Leben erwecken!», fügte von Fallersleben hinzu.

Daraufhin trat plötzlich Stille ein, denn obgleich von Fallerslebens deutschnationale Haltung allen bekannt war, wurde sie längst nicht von jedem der Anwesenden gebilligt, geschweige geteilt. So meldete sich denn auch Liszts Assistent Raff zu Wort:

«Zweifellos stehen Goethe und Schiller für eine Glanzzeit Weimars, und ihr Denkmal soll die Weimarer ruhig daran erinnern, dass man zu ihren Lebzeiten Kultur an großen Geistern maß und diese hinlänglich in ihrem Sein und Tun förderte. Doch wie soll dieses Kunstwerk, wie soll Weimar für ganz Deutschland stehen?»

Raff hatte kaum zu Ende gesprochen, da entspann sich in der Runde ein hitziger Disput über Weimars Rolle in einem vereinten Deutschland und darüber, ob dessen Verwirklichung überhaupt anzustreben sei. Als die Wortbeiträge immer ausfallender wurden, sodass die Stimmung zu kippen drohte, bat man schließlich Liszt als Ehrenvorsitzenden des Neu-Weimar-Vereins um ein Machtwort, das die entzweiten Lager der Konservativen und der Neudeutschen versöhnen sollte.

Liszt, der die Auseinandersetzung still verfolgt hatte, setzte sich in seinem Stuhl auf und richtete das Wort an die Runde:

«Ich selbst bin Ungar, wie ihr alle wisst, und als solcher stehe ich der Debatte über das Für und Wider eines vereinten Deutschlands neutral gegenüber. Ich sage nur so viel: Die Deutschen tun gut daran, sich ihrer großen Geister zu erinnern. Sie, und nicht Soldaten und Generäle, sind die Pfeiler, auf denen eine Nation ruht.»

«Wahr gesprochen», sagte von Fallersleben, und auch die anderen in der Runde stimmten zu, indem sie mit den Fingerknöcheln auf die Tischplatte klopften. «Und außerdem plädiere ich dafür, dass man nicht den Herrscherhäusern die Deutungshoheit über ein solches Denkmal überlässt, denn, Freunde, es geht in dieser Angelegenheit vor allem um uns Bürger, um unser Selbstverständnis, um unsere Zukunft!»

Und obgleich nicht alle der Anwesenden überzeugte Neudeutsche waren, so erkannten sie doch die Bedeutung dieses Denkmals an – sei es für Weimar, für die deutsche Kultur oder eben für die Bürger Deutschlands.

18

Warmbad bei Wolkenstein

Die Kinder saßen mit Andersen am Tisch und zeigten sich höchst angetan von dem Tempo, in dem sein Mund ein üppiges Frühstück verschlingen konnte. So wanderten an diesem Morgen nicht weniger als vier Eier, ebenso viele Stücke Gebäck, dazu drei Kannen Kaffee, Brot, ein kleiner Laib Käse, eine Brühe und zwei Würste in seinen Schlund.

Andersen erklärte: «Ich kann umsso mehr dichten, je mehr ich esse», während gerade ein Wurstzipfel in seinem Rachen verschwand.

«Bei diesen Mengen muss am Ende mindestens eine Enzyklopädie herauskommen», stellte Friederike fest, als ihr die Kinder nach dem Frühstück über Andersens unmäßigen Appetit Bericht erstatteten. Sie selbst war einmal mehr im Bett geblieben, denn die Morgenübelkeit hatte sie fest im Griff, und vor zehn Uhr erhob sie sich nur ungern, weil sie es sonst nur die zwei Meter bis zum Waschtisch schaffte, um dort würgend den Tag zu beginnen – kein besonders verheißungsvoller Auftakt, befand Rietschel, der seiner Frau Gesellschaft leistete, weil er sich auf der nächtlichen Suche nach Georg «Christian» verkühlt hatte.

«Ich denke, seine Unersättlichkeit hängt vielmehr mit der Einladung zusammen, die ich ausgesprochen habe», sagte Rietschel.

«Welche Einladung?», wollte Wolfgang wissen.

«Ich habe Herrn Andersen angeboten, für den Rest seines Aufenthalts in Warmbad all seine Kosten zu übernehmen.»

«Nun wundert mich gar nichts mehr», sagte Friederike mit einem Lachen. «Du bist einfach viel zu gutmütig, mein liebster Ernst, und dieser dürre Däne wird dir und mir und unserem Wirt bald die Haare vom Kopf fressen. Überhaupt fragt man sich, wo der Mann das ganze Essen lässt, bei dieser Statur!»

«Nun, da verhält es sich wahrscheinlich so, wie er gesagt hat: Er dichtet es sich einfach wieder vom Leib herunter», sagte Rietschel – und lag damit wohl gar nicht so falsch.

Etwa zehn Minuten später klopfte es leise an ihrer Tür, und der «dürre Däne», wie Friederike ihn fortan nannte, überbrachte als Geschenk zur Erholung der «werten Frau Rietschel» eine doppelbändige deutsche Ausgabe seiner Märchen. Die Widmung, die er hineingeschrieben hatte, lautete wie folgt: «Für die hochgeschätzte Familie Rietschel – von einem aufrichtigen, verfressenen und versoffenen Freund. Herzlich, Ihr H. C. Andersen».

Man dankte überschwänglich und verbrachte den Rest des Vormittags damit, sich und den Kindern im Bett vorzulesen. Dann begann die Familie mit der Planung der Patenfeier für Georg «Christian». Andersen hatten sie in ihr Vorhaben bereits eingeweiht, und dieser zeigte sich gerührt. Er freue sich, ließ er die Familie wissen, und feiere gerne mit ihnen, noch dazu aus so fröhlichem Anlass. Außerdem steuere er gerne etwas zu der Feier bei. Friederike fragte sich, was dies wohl sein könnte, und dachte dabei an etwas Handfestes wie ein paar Flaschen Wein oder etwas Süßes aus der Konditorei. Doch stattdessen hatte sich der Schriftsteller einige Zeilen einfallen lassen, deren Gegenstand das abendliche Erlebnis im Wald und die Auffindung des Jungen bildeten. Es war eine Variation der Goethe'schen Zeilen *Ich ging im Walde so für mich hin.* Am Ende ward das Kind gefunden, der seligen Mutter übergeben und das Idyll wiederhergestellt. Im Moment größter Rührung griff der Schriftsteller schließlich zu einem Weinglas, tauchte seine Finger hinein und benetzte das Haupt Georgs mit ein paar Tropfen Riesling.

«Auf dass dir diesser Name Schutz verleihe: Georg Chrisstian ssollsst du heissen!» Und obwohl diese Handlung nicht weit von Ketzerei entfernt war, flößte sie doch allen Mitgliedern der Familie Vertrauen und Hoffnung auf eine gelingende Zukunft ein.

«Und nu dass Essen!», rief Andersen. Man ließ auftischen, was die Küche des Wirtes hergab, saß bis spät in die Nacht beisammen und freute sich, einander begegnet zu sein. Am Ende war es beschlossene Sache: Andersen würde sie als Gast zurück nach Dresden begleiten.

19

In derselben Nacht wachte Rietschel davon auf, dass er seine Frau laut wimmern hörte. Sie hatte heftige Schmerzen und bat ihn, die Hebamme zu holen. Wenig später kam er mit Arzt und Hebamme zurück, doch auch sie konnten wenig für Friederike tun. Sie erlitt eine Fehlgeburt.

In den folgenden Tagen musste Friederike weiter das Bett hüten. Den Jungen erklärte man ihren Zustand in wenigen, knappen Sätzen, doch die drei waren bereits so oft in ihrem Leben mit Tod und Verlust in Berührung gekommen, dass sie ohnehin keine weiteren Fragen stellten. Andersen setzte man darüber in Kenntnis, dass man Warmbad erst in ein bis zwei Wochen verlassen könne, bis sich Friederike so weit erholt hatte, dass sie reisefähig war. Der Däne verlieh seinem tiefen Bedauern über Friederikes und Rietschels Unglück

Ausdruck und wollte sich weiter in ihrer Nähe bereithalten, falls man ihn brauchen sollte.

Rietschel, selbst noch gesundheitlich angeschlagen, überließ die zwei Kleinen, Hermann und Georg, der Fürsorge und Aufsicht Wolfgangs und Andersens und wich fortan kaum von Friederikes Seite, die viel schlief und ansonsten ungewöhnlich wortkarg war.

Mitten in der Nacht drehte sich Rietschel, von seinem eigenen Husten geweckt, im Dunkel des Schlafzimmers um und gewahrte, dass Friederike neben ihm aufrecht im Bett saß.

«Du solltest schlafen», sagte er.

«Du hustest», gab sie zur Antwort.

«Soll ich mich zu den Kindern legen?»

«Nein, bleib bei mir.» Sie griff nach seiner Hand und zog seinen Arm um ihre Taille. «Zwei Tage nur», sagte sie leise.

«Zwei Tage?», fragte er.

«Nur zwei Tage lang durfte ich mich auf unser Kind freuen. Und dann war es schon wieder vorbei …» Sie begann leise zu weinen.

«Schsch…» Er wollte sie trösten und fand doch in sich selbst keinen Trost. Er wagte nicht auszusprechen, was er dachte.

«Ich weiß, was du jetzt denkst», sagte sie. «Du denkst, es ist vielleicht besser so. Nicht wahr?»

«Nein», log er.

«Doch, gewiss denkst du das. Und wer weiß, ob du nicht recht hast.»

«Es ist nur so, dass …» Er brach den Satz ab. Er wollte ihr nicht sagen, wie sehr ihn die Vorstellung einer erneuten Geburt geängstigt hatte, nachdem er schon drei seiner Frauen im Kindbett verloren hatte. Womöglich auch Friederike entrissen zu bekommen – das wäre das Ende gewesen. Stattdessen sagte er: «Du brauchst jetzt viel Ruhe. Du solltest dich erholen, so gut es geht, und dann reisen wir heim.»

Friederike tat, wie ihr geraten, schlief viel, aß mäßig und verließ erst nach einigen Tagen das Bett, um ein paar Schritte an der frischen Luft zu machen. Unweit des Gasthauses setzte sie sich auf eine Bank in die Sonne. Rietschel hatte sie mit den Kindern in den Ort zur Poststation geschickt, sie sollten Johanna durch einen Brief Bescheid geben, wann sie in Dresden eintreffen würden.

Sie war ganz in Gedanken und sah erst auf, als sich Andersen ruhig neben sie setzte.

«Ess isst halt sso, dass ich Ihnen nur ssagen wollte: Ganzs gleich, wann wir ein Kind fortlassen müssen – ess bleibt immer ein Teil von unss, und den kann Ihnen niemand nehmen.»

Und irgendwie gelang es diesem seltsamen Dänen, der selbst keine Kinder hatte, der nie verheiratet gewesen war und der auch niemals einen Menschen an sein Innerstes herangelassen hatte, Friederike mit seinen Worten zu trösten. Sie blickte Andersen ins Gesicht, sah die im landläufigen Sinn durchaus nicht gefälligen Züge des Dichters und fand doch, dass er in diesem Augenblick eine schwanengleiche Schönheit an sich hatte.

20

Dresden

In der Akademie ging es drunter und drüber. Kietz hatte zwar sein Möglichstes getan, aber die Wochen von Rietschels Abwesenheit hatten sich doch bemerkbar gemacht. Die Lagerbestände an Ton mussten dringend aufgefrischt werden, dafür hatte man sich offenbar bei einer Sammelbestellung von Meißeln in der Zahl geirrt und tatsächlich 750 Stück bestellt statt der erforderlichen 150 – Grund war ein Schreibfehler gewesen. Glücklicherweise konnte Rietschel die Bestellung noch rückgängig machen.

Mit den Arbeiten seiner Studenten stand es gleichfalls nicht zum Besten. Dem einen geriet ein Putto in der Gruppe «Amor und Psyche» so unfassbar fett, dass keine Flügel der Welt ihn vom Boden hätten abheben lassen, dem anderen misslang ein Bildnismedaillon mit dem Titel «Die Lyra» derart, dass Rietschel ihm den Untertitel «Totenabgesang» verlieh, da das Instrument die Muse gänzlich unter sich zu begraben drohte.

Rietschel ging also durch die Akademie, verbesserte hier, lobte da, widmete sich ausgiebig der Buchhaltung der letzten Monate, eine Aufgabe, die er nur wenig schätzte, die aber dennoch erledigt werden musste, und wurde alles in allem von seiner Tätigkeit so sehr in Anspruch genommen, dass er in diesen Wochen ein seltener Gast im eigenen Haus war.

Dafür kamen andere Gäste: Die vielen Omamas und Opapas der Kinder schauten vorbei oder blieben gleich einige Tage auf Besuch und bemühten sich, Friederike wenigstens zeitweilig zu entlasten. Carus, Rietschels Schwiegervater und

Leibarzt, wachte zudem über das physische Wohl der Familie, und selbstverständlich griff auch Adelheid Friederike unter die Arme. Die Jungen benahmen sich allerdings ungewohnt vorbildlich dieser Tage, und so war Friederike schon nach kurzer Zeit wieder vollständig genesen und öffnete das Haus auch anderen Besuchern, darunter einigen engen Freunden der Familie. Rietschels Jugendfreund Julius Thaeter blieb mit seiner Familie gleich einige Tage in Dresden, was alle sehr genossen, band er doch wenigstens in dieser kurzen Zeit Ernst enger an das Haus. Kaum waren die Thaeters abgereist, verschwand allerdings auch Rietschel wieder in der Akademie.

Andersen hatte sich bereits auf der Heimfahrt nach Dresden von ihnen verabschiedet und versprochen, sie bei seiner nächsten Reise durch Sachsen wieder zu besuchen. Auf die Frage Georg «Christians» – der ganz besonders an seinem dänischen Namenspatron hing –, wann das denn sein werde, hatte Andersen nur mit dem Kopf gewackelt und gemeint: «Dass wird man ssehen ... sspätesstenss, wenn die Elbe rückwärtss fliesst!»

So fiel es bei diesem vielen Kommen und Gehen im Hause Rietschel im ersten Moment niemandem auf, als erneut eine Kutsche vor dem Haus hielt, der ein besonderer Gast entstieg. Und selbst wenn sie von dem Besuch vorab gewusst hätten, so hätten sie es doch kaum geglaubt, bis die Person mit dem Schellen der Türglocke einen denkwürdigen Nachmittag einläutete.

21

«Was soll ich ihr denn noch anbieten?», fragte Johanna verzweifelt.

«Was hast du ihr denn schon angeboten?», gab Friederike zurück.

«Kaffee. Wollte sie aber nicht», antwortete Johanna.

«Keinen Kaffee? Dann vielleicht Likör», schlug Friederike vor. «Oder haben wir noch etwas von dem Wein der Thaeters im Haus?»

«Alkohol will sie auch nicht», sagte Johanna mit verdrießlicher Miene.

«Johanna, denk nach! Wir können ihr doch nicht einfach nur Wasser servieren! Wie sieht denn das aus? Was wird der große Liszt denken, wenn wir seine … seine … also wenn *sie* bei uns nur Gänsewein bekommt? Wir machen uns doch zum Gespött!»

Die Tür zur Küche flog auf. «Was treibt ihr denn hier so lange? Und wo bleibt Papa?» Adelheid hatte ein dringendes Bedürfnis vorgetäuscht und die Fürstin Carolyne zu Sayn-Wittgenstein für einen Augenblick im Salon allein gelassen, um nach Friederike zu suchen. Wolfgang hatte man ausgesandt, um Rietschel schleunigst aus der Akademie nach Hause zu holen, und nun kam man mit der Frage, was man dem Gast denn anbieten solle, nicht weiter.

«Was ist mit Tee?», fragte Adelheid.

Johanna schüttelte den Kopf.

«Heiße Schokolade?», warf Friederike verzweifelt in die Runde.

«Wo wollen Sie die jetzt herbekommen, gnädige Frau? Wir haben keine im Haus, aber Milch ist da.»

«Und Pulsnitzer Pfefferkuchen!», rief Adelheid. Da hellten sich die Gesichter der drei endlich auf, und Johanna machte sich daran, den Herd anzuheizen, während Adelheid nach den Pfefferkuchen suchte – sie hatte eine Portion von Groschkys Leckereien in einem sicheren Versteck vor dem Zugriff der Brüder verwahrt. Friederike eilte also wieder in den Salon und kam gerade rechtzeitig dazu, als Georg die Fürstin fragte, warum es in Weimar eigentlich so heiß sei.

«Heiß, mein Kind?», fragte die Fürstin leicht verwirrt. «Ich würde meinen, es ist nicht kälter oder heißer als in Dresden.»

«Na ja, weil man doch nicht so viel anziehen muss in Weimar!», beharrte Georg.

«Anziehen?» Der Fürstin schien langsam zu dämmern, worauf das Kind hinauswollte, doch Georg ließ sich nicht aufhalten.

«Rikemama hat gesagt, in Weimar muss es ja so heiß wie in Afrika sein, wenn da alle so nackig rumlaufen wie …»

«Georg Christian Rietschel! Lauf hinaus und hilf Johanna in der Küche!» Friederikes Stimme hatte einen ungewohnt harten Klang, sodass Georg verdutzt innehielt und tatsächlich das tat, was man von ihm verlangte. «Und nimm deinen Bruder mit!», befahl Friederike, woraufhin Georg den gleichfalls eingeschüchterten Hermann an der Hand hinauszog.

In der Stille, die darauf folgte, tickte die Wanduhr so unerhört laut, dass sie das Schweigen der beiden Frauen auf ein geradezu unerträgliches Maß steigerte. Mangels einer Tee- oder Kaffeetasse konnten sie über diese Stille mit nichts hinwegklappern, weshalb die Fürstin schließlich das Gespräch eröffnete.

«Das ist ein hübscher kleiner Salon, den Sie hier haben.»

Friederike nickte zustimmend. «Ja, wir sind sehr gerne hier. Das Licht ist am Nachmittag ganz besonders reizvoll.»

«So?»

«Ja.»

«Ah …»

Nach einer weiteren Pause nahm Friederike das Gespräch wieder auf.

«Sie reisen allein?»

«Ja, Franz gibt derzeit in Paris ein Gastspiel und besucht die Kinder.»

«Die Kinder?»

«*Seine* Kinder.»

«Und was führt Sie nach …»

«… Dresden? Nun, ich besuche Freunde in der Stadt und dachte mir, ich mache Professor Rietschel gleichfalls meine Aufwartung. Ihr Mann ist …»

«… auf dem Weg hierher.» Da Friederike gehört hatte, dass der Freundeskreis der Fürstin eher klein war, rätselte sie noch, weshalb diese wohl wirklich in der Stadt war, als sie schon das Geräusch der Wohnungstür vernahm und wenige Sekunden später Ernst im Salon stand. Sein Keuchen verriet, dass er sich in der Tat sehr beeilt hatte.

«Meine hochverehrte Meisterin!» Rietschel warf sich mit Schwung in Pose, küsste die ihm dargebotene Hand, warf einen vorsichtigen Blick auf seine Frau und lächelte die Fürstin daraufhin gewinnend an. Tatsächlich war diese binnen weniger Augenblicke wie ausgewechselt, machte Komplimente zu den wohlgeratenen Kindern und zu den ihr nun dargebotenen Pfefferkuchen und kicherte, lächelte und flirtete mit Rietschel in einem Maß, das man gerade eben noch als schicklich bezeichnen konnte.

Man tauschte sich über Bekannte aus, sprach über das Wetter der letzten Tage, erkundigte sich nach dem Gesundheitszustand des jeweils anderen und verplauderte so nicht weniger als eine halbe Stunde. Am Ende erhob sich die Fürstin, bedankte sich herzlich für die Gastfreundschaft der Rietschels und rauschte schließlich aus dem Haus.

Als sich die Tür hinter ihr geschlossen hatte, drehte sich Friederike zu Rietschel um und sah ihm fragend ins Gesicht.

«Schau mich nicht so an», sagte er, «ich weiß auch nicht, was dieser Auftritt zu bedeuten hatte.»

«Na, irgendetwas muss er wohl bedeuten, denn sonst hätte sich dieses Frauenzimmer wohl kaum die Mühe gemacht, uns heimzusuchen.»

«Vielleicht wollte sie tatsächlich nur sehen, wie es uns geht?», sagte Rietschel und klang nicht eben überzeugt. Dann gab er seiner Frau einen Kuss und eilte zurück ins Atelier.

Erst am Abend fanden die beiden Gelegenheit, den Besuch noch einmal Revue passieren zu lassen, wobei Rike ihrem Mann von Georgs Fauxpas berichtete.

«Wie lange waren die Kinder denn mit der Fürstin allein im Raum?», wollte er wissen. Er hatte plötzlich einen Verdacht.

«Nur wenige Augenblicke, vielleicht zwei, drei Minuten. Warum?»

Wortlos stapfte Rietschel aus dem Raum und ging die Treppe hinauf. Er klopfte bei Georg und Hermann an, die schon im Bett lagen.

«Meine allerliebsten Lausbuben! Wie war euer Tag?»

«Gut!», antworteten die zwei Kleinen wie aus einem Munde und begannen von Blindschleichen und Spinnen, die sie gesehen hatten, und einer kleinen Rauferei mit den Nachbarskindern zu erzählen. Rietschel hörte sich alles an und fragte dann möglichst beiläufig: «Und die feine Dame, die heute hier war – was habt ihr mit der so geplaudert?»

«Gar nüscht!», sagte Hermann. «Die hat uns was gefragt.»

«So, so, und was hat sie euch gefragt?»

«Ob ich schon zur Schule gehe», sagte Georg.

«Und ob wir auch so gerne zeichnen wie du», sagte Hermann.

«Und was hast du da geantwortet?», fragte Rietschel.

«Nein, hab ich gesagt.»

«Nein, hast du gesagt?»

«Jawohl, weil du doch gar nicht so viel zeichnest. Du machst doch Figuren», sagte Hermann. «Und dann wollte sie wissen, ob Goethe und Schiller schon fertig sind. Da hab ich ihr meine Pferdchen zeigen wollen, die aus Brotteig, aber Georg hat gesagt, ich soll nicht, weil die eklig sind.»

«Ich schnitze dir bei Gelegenheit welche aus Holz», sagte Rietschel.

«Ui, wirklich?», fragte Hermann.

«Dann will *ich* aber ein Boot!», maulte Georg.

Rietschel erhob sich von Hermanns Bett. «Dann schlaft mal schön, ihr zwei.» Er wollte gerade wieder aus dem Raum gehen, als er Georg zu seinem Bruder sagen hörte: «Und überhaupt sind deine Pferde so dick wie Goethe!»

«Goethe war gar nicht dick! Das hat die feine Dame auch gesagt!»

«Was war das?», fragte Rietschel. «Ich hab mich wohl verhört! *Goethe* dick?»

«Na, weil du doch immer so über den Goethe schimpfst, dass er zu dick wird», sagte Georg etwas kleinlaut.

«Und das habt ihr der feinen Dame erzählt?», fragte Rietschel ungläubig.

«Ja», antwortete Georg.

Als Rietschel wieder im Salon war, griff er zur Weinkaraffe, goss sich ein kleines Glas ein, leerte es in einem Zug, hustete kurz und blickte dann zu Friederike hinüber, die ihn tadelnd ansah. Sein Schwiegervater und behandelnder Arzt Carus hatte ihm schon vor einiger Zeit geraten, keinen Wein zu trinken, seiner angegriffenen Gesundheit wegen.

«Schau nicht so, ich habe gerade einen leichten Schock erlitten», er lachte und hustete erneut.

«Schock? Welcher Art?», fragte Friederike.

«Der Wir-hatten-eine-Spionin-im-Haus-Art!» Rietschel keuchte leicht. «Nun bleibt nur noch die Frage, für wen sie spioniert.»

22

«Ich bin nicht dick, mein Herr!» Der Geheimrat war ungewöhnlich schlecht gelaunt. «Ich bin vielleicht kräftig gebaut, das ja, aber …»

Schiller wiegte den Kopf hin und her.

«Wenn ich Sie so im Profil betrachte, dann haben Sie seit Rietschels letztem Entwurf in der Tat zugelegt.»

«So, habe ich das? RIETSCHEL! Ändern Sie das!», donnerte Goethe und deutete auf seinen Bauch.

Rietschel sah von oben auf seine beiden Figuren herab. Die zwei Dichter reichten ihm nicht einmal bis zum Knie und hatten eine eigentümlich lehmige Farbe angenommen. Widerwillig griff er zum Spatel und wollte gerade Goethes

Vorderseite zu Leibe rücken, als dieser sich zu verbiegen begann.

«Halte ein, Wahnsinniger, ich bin doch noch gar nicht hart!»

«Das sollen Sie ja auch gar nicht, wie könnte ich Sie sonst verschlanken? Halten Sie still!»

Jetzt zappelte Goethe aufgeregt mit den Beinen und verlor dabei seinen rechten Fuß. Schiller wurde von irrem Gelächter ergriffen, worauf Goethe ihn mit seinem verlorenen Körperteil bewarf.

«Das also ist der Welten Lohn! Hier hast du's, Kanaille!», schrie Schiller und riss sich kurz entschlossen den eigenen Kopf ab, um wiederum Goethe im Kreuz zu treffen.

Nun wurde es Rietschel zu bunt. Er packte die protestierenden Reste seines Entwurfs und wickelte sie in ein feuchtes Tuch. So drangen die Beschimpfungen der beiden Heroen deutscher Dichtkunst kaum noch zu ihm durch, und das war auch gut so, denn da sich in ihren Köpfen vornehmlich Lehm befand, waren die Verwünschungen, die sie Rietschel unter ihrer Abdeckung noch entgegenwarfen, weit weniger geistreich, als man es hätte erwarten können.

Als Rietschel einige Stunden später im Morgengrauen an seiner Werkbank erwachte, standen die Figuren still und vor allem unbeschadet in feuchtes Tuch gewickelt neben ihm. Da wurde Rietschel klar, dass er Abstand brauchte.

23

München

Die Gelegenheit, Abstand zu gewinnen, bot eine Reise nach München. Rietschel wollte der Gießerei Ferdinand von Millers einen Besuch abstatten und war außerdem zusammen mit von Miller bei König Ludwig zu einer kurzen Visite eingeladen.

Die bayerische Gießerei hatte man bei Hofe schon früh als einzig mögliche Werkstatt für die Umsetzung der Goethe-Schiller-Gruppe auserkoren und Rietschel dringend anempfohlen. Ein Widerspruch war aus Sicht des abgedankten Königs nicht vorgesehen, immerhin bezahlte er die Bronze, da konnte er wohl auch die Gießerei bestimmen.

Diesmal begleitete ihn Kietz auf seiner Reise. Es war nicht so, dass Rietschel ihn direkt gefragt hätte; eigentlich hatte er ihn nur zum Packen aufgefordert, aber nach den langen Monaten in Italien hatten sie sich so sehr aneinander gewöhnt, dass sie mittlerweile ungern aufeinander verzichteten. Sie waren Freunde geworden.

Friederike nahm zwar ihrem Mann die Notwendigkeit der Reise nicht ab, aber sie ließ ihn ziehen, weil sie wusste, dass er jeden Schritt bei der Entstehung des Denkmals persönlich verfolgen wollte, und so fanden sich Rietschel und Kietz an einem sonnigen Montagmorgen in München bei Familie Thaeter ein, wo sie für die Dauer ihres Aufenthalts Quartier bezogen.

Die ersten Tage brachte man mit allerlei Besuchen zu, darunter bei verschiedenen Studienfreunden Rietschels, die er aus Dresden und Berlin kannte. Die zwei Männer ließen sich bereitwillig die neuesten Arbeiten ihrer Kollegen zeigen, kritisierten und lobten viel. Als dann das Treffen in der Gießerei anstand, stellte Rietschel schnell fest, dass er und von Miller einander auf Anhieb verstanden und in ihrer Kunst achteten, was ein großes Glück war. Rietschel und Kietz waren besonders beeindruckt davon, wie viele wichtige Aufträge von Miller gleichzeitig zu bearbeiten imstande war. Nach der Besichtigung diskutierten die drei Männer bei einem Besuch im Biergarten ausführlich über die Schwierigkeiten bei der Beförderung der Gipsvorlagen von Dresden nach München sowie die Art der Ziselierung nach dem Bronzeguss. Man war sich zwar einig über das hohe Risiko, dem das Modell durch die Reise ausgesetzt sein würde, aber während Rietschel besorgt die Stirn in Falten legte und Kietz unruhig mit dem rechten Bein wackelte, schien dieser Umstand von Miller nicht sonderlich zu beunruhigen.

«Wissen S', meine Herren, es ist hoid amoi so: Bayern hod de sichersten Strassn, und dem Gips wead bestimmt gar nix passier'n.» Von Miller schien vollkommen unerschütterlich, wie er so dasaß, mit einem Bierkrug und den Überresten eines halben Schweins vor sich, und Rietschel tat es wohl, sich von der Zuversicht dieses Mannes anstecken zu lassen. Kietz pflichtete ihm auf dem Heimweg zu den Thaeters bei, dass man bei von Miller, bei dem sich Besonnenheit mit Kunstfertigkeit auf das Beste zu paaren schienen, an der richtigen Adresse sei.

Umso erstaunter waren sie am nächsten Tag, als sie einen sichtlich angespannten von Miller vor dem Tor von der Residenz trafen, um mit ihm zusammen Einlass bei Hof zu finden. König Ludwig gewährte den drei Männern eine kurze Audienz, und obwohl Kietz und Rietschel ebenfalls eine gewisse Aufregung verspürten, wunderten sie sich doch sehr über die

Schweißperlen auf von Millers Stirn, seine unentwegt herumnestelnden Hände und das beständige Räuspern.

Nach einer halben Stunde Wartezeit, die man sich mit dem herrlichen Ausblick aus den Fenstern des Residenzschlosses vertrieben hatte, wurden die Männer vorgelassen. Ludwig hatte ihnen den Rücken zugewandt und war gerade in ein Schachspiel vertieft. Das Ungewöhnliche daran war nicht so sehr die Tatsache, dass der abgedankte König während einer Audienz ein Spiel bestritt, sondern vielmehr der etwa sechsjährige Knabe, der ihm am Spielbrett gegenübersaß. Er wurde den Männern als Ludwig Otto, der zukünftige Thronfolger, vorgestellt und war ein auffallend hübsches Kind. Nachdem man schweigend dem raschen Ausgang der Partie beigewohnt hatte, die selbstverständlich der Großvater für sich entschied, bat Rietschel darum, den Knaben aquarellieren zu dürfen.

«So, so, und ich dachte, Sie seien Bildhauer, mein Herr», sagte Ludwig.

«Gewiss, aber mit einer großen Leidenschaft fürs Zeichnen, Majestät», antwortete Rietschel lächelnd, während von Miller weiter der Schweiß übers Gesicht lief. Das blieb selbst dem ehemaligen König nicht verborgen.

«Dann schlage ich vor, Sie nehmen sich meines Enkelsohnes gleich einmal an, und wir lassen derweil dem Herrn von Miller ein Gläschen servieren. Der gute Mann schaut ganz so aus, als könne er einen Schluck vertragen.»

«Euer Majestät sind zu gütig! Ich weiß gar nicht, wie ich Euer Majestät für so viel Freundlichkeit …», setzte von Miller an, aber Ludwig unterbrach ihn launig: «Gehns, setztns Eana hi und trinkens wos! Und Sie, Rietschel, sehen Sie zu, dass Sie das Denkmal fristgerecht fertigstellen und in der Qualität, wie wir sie von Ihnen erwarten dürfen. Mehr verlang ich gar nicht. Sie sind der richtige Mann, Rietschel, das hab ich auch Großherzog Carl Alexander gesagt. Also machen Sie was draus! Wenn mich die Herren dann entschuldigen würden, ich habe heute noch ein paar, nun ja, Verpflichtungen ...», woraufhin sich Ludwig abrupt von seinem Stuhl erhob und die Audienz beendete.

Rietschel und Kietz verbeugten sich wortlos, dann nahm Rietschel Papier und Griffel zur Hand, die er aus Gewohnheit stets in einer kleinen Tasche bei sich trug, und die beiden Männer folgten dem jungen Prinzen in sein Kinderzimmer.

«Ich bin schon ein paar Mal gemalt worden», sagte das Kind stolz.

«Na, dann hast du ja Erfahrung», sagte Rietschel lachend und vergaß jede Etikette, indem er den kleinen Ludwig schlicht und einfach duzte, was dem Buben aber zu gefallen schien.

Im Zimmer angelangt, suchte man nach einem passenden Hintergrund.

«Was spielst du denn gern?», fragte Rietschel.

«Ich spiele nicht mehr, ich lerne», antwortete das Kind unsicher und blickte auf das Heer aus mehr oder weniger achtlos umgeworfenen Zinnsoldaten, Pferden und Kanonen auf dem Fußboden.

«Und hast du ein Steckenpferd?», wollte Rietschel wissen.

Das Kind schüttelte zunächst den Kopf, doch dann hellte sich sein Gesicht auf. «Ich musiziere. Man sagt, ich sei sehr begabt.»

«Wunderbar. Dann setze ich mich hier einen Augenblick zu dir, und du spielst mir etwas auf dem Klavichord vor.»

Das Kind nickte eifrig und nahm Platz. Es klappte das Instrument auf und griff beherzt und gänzlich ohne Noten in die Tasten.

«Lohengrin!», entfuhr es Kietz, der sich im Hintergrund gehalten hatte.

In der Tat spielte der Bube eine stark vereinfachte Fassung der Ouvertüre zu «Lohengrin» und tat dies sogar mit einiger Kunstfertigkeit. Als er nach wenigen Minuten das Stück beendet hatte, drehte er sich erwartungsvoll zu seinen Zuhörern um.

Diese applaudierten überschwänglich, vor allem Kietz, der sich den Ausspruch nicht verkneifen konnte: «Wundervoll, Euer Majestät, wundervoll! Wenn ich Wagner davon erzähle, wird er mir ganz sicher beipflichten, wie überaus kunstsinnig der bayerische Hof ist.»

Das Kind riss die Augen auf. «Sie kennen Wagner?»

«Ja, ich betrachte ihn in der Tat als Freund», antwortete Kietz. «In dem Sommer, in dem er den ‹Lohengrin› komponierte, damals in Graupa, habe ich ein paar Tage mit ihm verbracht.»

Der Prinz war wie ausgewechselt. In seinen Augen flammte Begeisterung auf, nun gab es kein Halten mehr. Er setzte sich ans Klavier und spielte alle Wagner-Melodien, die er kannte. Auf die Frage, wer ihn diese denn gelehrt habe, antwortete er, seine Erzieherin sei eine glühende Wagner-Verehrerin, und er schätze ihn ebenfalls über die Maßen. Sein Herr Papa finde allerdings keinen Gefallen an Wagners Musik, und es sei ihm nur selten erlaubt, sie zu spielen – im Grunde nur unter der Aufsicht seines Großvaters.

Kietz zeigte sich entrüstet, Rietschel dagegen war der Ansicht, dass Wagner wirklich keine Musik fürs Kinderzimmer sei, und stimmte im Inneren mit dem König überein. Doch er behielt seine Meinung für sich.

Nach etwa einer Dreiviertelstunde des Musizierens erinnerte sich das Kind an den eigentlichen Zweck ihrer Zusammenkunft und fragte Rietschel, ob er ihn jetzt am Klavichord zeichnen wolle.

«Ich würde ein Porträt des ganzen Körpers bevorzugen», antwortete Rietschel. «Könntest du dich bitte vor das Klavichord stellen? Vielleicht mit einem Buch in der Hand? Wir können ja die Notenblätter heimlich hineinlegen.» Dieser Vorschlag gefiel dem kleinen Ludwig offenbar sehr, und er nahm bereitwillig Aufstellung im Raum, ein Buch in der Hand, in das er zuvor die Ouvertüre zu «Lohengrin» gelegt hatte, freilich ohne dass sie über den Rand des Buchrückens hinausgeragt hätte. Nach etwa einer halben Stunde war Rietschels Werk getan, und man verabschiedete sich freundlich von dem Kind.

Im Eingang zu den Audienzräumen trafen sie wieder auf von Miller, der sich offenbar beruhigt hatte, jedenfalls schwitzte er nicht mehr so stark und resümierte ihren Ausflug in die bayerische Aristokratie mit dem Satz, er sei froh, nur zweimal im Jahr hierherkommen zu müssen, denn die Welt höfischer Etikette sei nicht die seine, und er ziehe die Arbeit am Schmelzofen in jedem Fall vor, da habe man mit weit schwächer erhitzten Gemütern zu tun. Auf die Frage, was er damit meine, deutete er mit dem Zeigefinger auf den Lippen den Kollegen an, ihre Neugier zu zügeln, bis man den königlichen Hof verlassen habe. Hier hätten die Wände Ohren, murmelte er, das könne er selbst bezeugen. Aber das bespreche man besser an einem anderen Ort.

24

«Ich scheiß auf König Ludwig!», brüllte Kietz, der sich außerordentlich echauffierte, wenig später in einem Biergarten. Allein die Zurückhaltung Rietschels hinderte ihn daran, lautstark den Abbruch ihrer Reise sowie aller Beziehungen zum bayerischen Hof vorzuschlagen. Von Miller bemühte sich nach Kräften, die gestörte sächsisch-bayerische Freundschaft wiederherzustellen, indem er auf seine Kosten ein Bier nach dem nächsten kommen ließ, was Kietz' Gemüt aber nur noch mehr zu erregen schien und Rietschel wiederum kaltließ, denn der rührte seinen Krug kaum an und schwieg.

Während der Zeit, in der Rietschel und Kietz sich in den Räumen des Kronprinzen befunden hatten, war von Miller unfreiwillig Zeuge einiger Äußerungen König Ludwigs gegenüber einem persönlichen Adjutanten geworden. Unter Lachen hatte der ehemalige König gesagt, er habe selten so etwas Einfältiges erlebt wie diese zwei Sachsen. Den Rietschel werde er schon dazu bringen, zu machen, was er von ihm wolle, mit dem werde man leicht fertig.

«Einfältige Sachsen, ha, dass ich nicht … also, dass ich nicht lache», sagte Kietz. «Als ob wir geradezu alles mit uns machen ließen! Lieber arbeite ich für den Teufel persönlich, statt mich als einfältigen sächsischen Esel vor den bayerischen Viehkarren spannen zu lassen, und sei es nur, um den Preußen in diesem aberwitzigen Rennen den ersten Rang in Deutschland streitig zu machen!»

Als Kietz sich endlich genug über die Niedertracht deutscher Fürstenhäuser und die verlockende Aussicht der Ausrufung einer deutschen Republik nach französischer Manier, nämlich qua Köpfung des Adelsstandes, ausgelassen und von Miller sich ob dieser Äußerungen in der Öffentlichkeit einen Schweißausbruch nach dem nächsten aus seinem rundlichen Gesicht gewischt hatte, war es längst dunkel geworden. Um sie wurden Laternen angezündet, und Rietschel sah einem Liebespaar nach, das einen der ersten warmen Frühlingsabende des Jahres genoss und Hand in Hand spazieren ging.

So sollte es sein, dachte er. Was sitze ich hier in München herum, statt mit meiner Rike an der Elbe entlangzuflanieren? Heimweh überkam ihn, und er musste mit einem Mal so bedrückt gewirkt haben, dass von Miller sich über den Tisch beugte und besorgt fragte: «Rietschel, Sie werden doch nicht am Ende den Auftrag abgeben?»

Kietz, in seiner volltrunkenen Entrüstung, war drauf und dran, ein «Selbstverständlich!» hervorzustoßen, doch Rietschel brachte ihn mit einer Handbewegung zum Schweigen.

«Selbstverständlich nicht, lieber Freund. Ich bin Vater von vier Kindern … Ich denke, Sie verstehen.»

Von Miller verstand durchaus und lehnte sich erleichtert zurück, während Kietz beleidigt seine Unterlippe nach vorn schob und schmollte.

«Es ist so», fügte Rietschel hinzu: «Zu welchem Zweck auch immer jemand dieses Denkmal gebrauchen will, am Ende wird es all solche Indienstnahme abschütteln und für das stehen, was ich das beste Deutschland nenne, und frei, in Würde, der großen Geister und ihrer Kunst gedenken.»

«Das sagst du so einfach …», lallte Kietz.

«Nein», antwortete Rietschel, «das verspreche ich.»

Am nächsten Morgen reisten sie ab.

25

Während Rietschel und sein Assistent Bayern verließen, war Förster auf dem Weg dorthin, genauer gesagt, ebenfalls zu König Ludwig.

Er fühlte sich bereits als Sieger. Ihm gebührten, da war er sicher, Ruhm und Anerkennung für seine Dienste. Wer, wenn nicht er, sorgte dafür, dass die Anliegen des Weimarer Herzogs am Münchner Hof Gehör fanden? Und wem sonst war es zu verdanken, dass Bayerns Macht und Ansehen als Förderer des deutschen Kulturguts im Allgemeinen und des Goethe-Schiller-Denkmals im Besonderen in allen Landen bekannt würde? Eben! Außerdem lag es schlicht im Interesse beider Länder, Bayerns wie auch Sachsens, wenn man sich gegen die Interessen Preußens im Reichsbund und, wer weiß, eines Tages auch innerhalb eines geeinten Deutschlands durchsetzte. Und er war der richtige Mann, um zwischen beiden Ländern zu vermitteln. Vielleicht sprang schon sehr bald ein Adelsprädikat für ihn dabei heraus!

Förster versprach sich also einiges von dem Besuch beim bayerischen König.

«In diesen Zeiten», hatte er vor seiner Abreise dem Vorsitzenden des Denkmalskomitees, Hofrat Sauppe, in einem Gespräch anvertraut, «braucht man mächtige Verbündete, um nicht unterzugehen. Und der König von Bayern ist mächtig.»

Als Antwort hatte er ein leichtes Kopfschütteln geerntet, was Förster auf Sauppes misstrauischen Charakter zurückführte. Tatsächlich lag er mit dieser Annahme nicht ganz falsch, denn Hofrat Sauppe sah in Förster nichts anderes als eine blauäugige Hofschranze. Letztlich war er Förster aber auch dankbar, dass dieser die Korrespondenz mit den Fürstenhöfen übernommen hatte, denn das Anbiedern an Geldgeber war Sauppe zutiefst zuwider. Natürlich wusste er, wie wichtig es war, den Mächtigen um den Bart zu gehen, und Sauppe und Förster sowie der Rest des Denkmalkomitees waren sich zudem darin einig, dass man, um ein geeintes Deutschland mitzugestalten, dafür auch einiges tun musste. Nur entsprach die Vorstellung Försters von einem geeinten deutschen Reich nicht zwangsläufig der Vorstellung der anderen Mitglieder des Denkmalkomitees. Während Förster Weimars Zukunft an der Seite eines politisch starken Bayerns sah, gründete sich für die anderen Weimars Einfluss nicht auf Macht und Gewalt, sondern auf Kunst, Kultur und Geist. Was bedeutete schon ein bayerischer König im Vergleich zu Weimars Heroen Goethe und Schiller? Könige wurden geboren und starben wieder, Goethe und Schiller jedoch blieben unsterblich durch ihre Kunst. Und eben solch ein kleines Stück Unsterblichkeit wollten sie zu einem neuen, geeinten Deutschland beitragen. Doch dazu bedurfte es finanzieller Mittel, weshalb Förster zu einer neuerlichen Audienz beim ehemaligen König von Bayern entsendet worden war. Der Zweck heiligte die Mittel, und diese trugen den Namen Ludwig von Bayern.

«Na, Förster, was ist es diesmal?», eröffnete Ludwig das Gespräch, kaum dass er den Raum betreten hatte. «Mehr Geld? Mehr Macht für das kleine Weimar? Oder darf es etwas anderes sein? Vielleicht ein kleines *von* in Ihrem Namen gefällig?»

«Majestät …» Förster fühlte sich ertappt.

«Nun tun Sie nicht so, als wüssten Sie nicht, wovon ich rede. Raus mit der Sprache: Geld, Macht oder Adel?

Oder alles auf einmal? Nennen wir die Dinge doch beim Namen.»

Förster überlegte kurz. Dann beschloss er, der Aufforderung des Königs zu folgen, und sagte freiheraus: «Alles, Majestät, alles auf einmal!»

Da schlug sich Ludwig in einem Anfall von Heiterkeit mit der flachen Hand auf den Oberschenkel und entgegnete: «Na, dann legen Sie los, Förster! Schauen wir, ob Sie genug zu bieten haben, damit wir Ihren Namen beizeiten um drei kleine Buchstaben erweitern können.»

Förster atmete auf. Wenn alles gut ging, käme er seinem Ziel heute ein großes Stück näher.

26

Und noch eine dritte Person sprach in diesen Tagen bei Ludwig vor. Während der ehemalige König von Bayern – bei entsprechender Gegenleistung – seinem vorigen Besucher zu einem Adelstitel verhelfen sollte, ging es der Dame, die nun vortrat, darum, ihren adeligen Namen baldmöglichst abzulegen.

Tatsächlich gab sich Carolyne zu Sayn-Wittgenstein bei ihrer Audienz die allergrößte Mühe, Ludwig davon zu überzeugen, über seinen Sohn beim russischen Zaren ein gutes Wort für ihre Scheidung einzulegen und ihr damit den Weg für eine Ehe mit Franz Liszt zu ebnen. Und sie tat dies mit einem Ausmaß an Charme und Esprit, dass es Ludwig offensichtlich nicht leichtfiel, ihr seine Zustimmung zu verweigern.

«Sehen Sie, Fürstin», er räusperte sich, «ich kann da wenig

für Sie tun. Scheiden kann Sie nur der Tod, der Zar oder der Papst. Ich selbst bin da machtlos.»

Carolyne hatte mit nichts anderem gerechnet, daher beugte sie sich vor, legte damit ein nicht unbeträchtliches Stück ihres Busens frei und sagte leise: «Gewiss, Majestät, gewiss. Zumal Majestät ja an die Vorgaben der Kirche gebunden sind.»

«Richtig, das auch.» Der König tupfte sich den Schweiß von der Stirn.

Carolyne verharrte weiter in ihrer Stellung und fächelte sich zusätzlich Luft zu, was die Aufmerksamkeit des Königs nun vollends auf ihre nahezu entblößte Brust lenkte.

«Aber Majestät müssen verstehen, in welcher Lage ich mich befinde.»

«Gewiss, gewiss.»

«Man hatte mich förmlich in meine Ehe gezwungen, ein junges Mädchen, kaum den Kinderschuhen entwachsen. Und nun sehen Sie mich an: eine Mutter, geächtet und verstoßen von ihrem Gatten, der ihr die offizielle Trennung verweigert, gedemütigt, schutzlos.» Beim Wort «schutzlos» brachte sie es tatsächlich fertig, zwei Tränen ihre Wangen hinabrinnen zu lassen, was den König, obgleich er ihr Gebaren sehr wohl durchschaute, ein ganz klein wenig zu berühren schien.

Mit bebenden Lippen, und dieses Beben hatte sie über Tage hinweg vor dem Spiegel einstudiert, fuhr die Fürstin fort: «Nur Liszt gab mir Halt, nur er nahm sich meiner und meines Kindes an, und zur Strafe wird er nun dafür geächtet. Ein *Genie* wie er, *geächtet*!», hauchte sie, und dann brach es aus ihr heraus: «Helfen Sie uns, Majestät! *Seinetwegen*! Um seiner *Kunst* willen!»

Sie ließ den Fächer zuschnappen, sich und ihr Dekolleté

zurücksinken und verbarg nunmehr das Gesicht hinter ihren Händen. «Geächtet! *Geächtet!* Was soll aus uns werden? Was aus seinen Kompositionen? Seinem *Faust*?»

«Sagten Sie *Faust*, Fürstin?»

Sie legte die Hände auf den Schoß. «Ja, Majestät. Eine symphonische Dichtung über Goethes *Faust*, wie geschaffen für Weimar.»

«So, so …» Man sah dem König an, dass es in ihm arbeitete. «Goethes Faust. Nun, wie der Zufall es will, habe ich vor nicht allzu langer Zeit ein Denkmal in Auftrag gegeben. Goethe und Schiller, ein Doppelstandbild für Weimar. Vielleicht haben Sie davon gehört.»

«Ob ich davon gehört habe? Oh Majestät, ganz Weimar spricht von nichts anderem! Und da ich mit dem Künstler gut bekannt bin, durfte ich bereits einen Blick auf den verheißungsvollen Entwurf …»

«Sie kennen den Künstler persönlich?», fragte der König.

«Natürlich, Professor Rietschel war kürzlich erst bei uns in Weimar zu Gast, weil er von Franz und mir je ein Medaillon anfertigt. Meisterhaft, kann ich nur sagen! Und da er mich so herzlich nach Dresden einlud, nun, da bin ich seiner Einladung gefolgt und durfte die Entwürfe zu Goethen und Schillern betrachten.» Sie hüstelte. «Ich verstehe mich ausgesprochen gut mit der Familie Rietschel. Man könnte auch sagen, wir sind befreundet.»

«Fürstin», Ludwig klopfte sich begeistert auf den Oberschenkel, «Sie sind ein Geschenk des Himmels. Sagen Sie, wie fanden Sie Rietschels Entwürfe?»

Keine zehn Minuten später entließ der König Carolyne zu Sayn-Wittgenstein mit der berechtigten Hoffnung darauf, dass sich ihr Familienname bald in *Liszt* ändern würde. Sie hatte dafür nur eine winzige Aufgabe zu erfüllen, nämlich Ludwig stets persönlich über die Fortschritte des Denkmals auf dem Laufenden zu halten.

Später, in der Droschke, war die Fürstin einige Momente damit beschäftigt, ihren Busen wieder ins Korsett zurückzuzwingen, und ärgerte sich im Stillen über das erbärmliche Verführungsspiel. Hätte sie sich gleich als Spionin im Dienste der Kunst angetragen, hätte sie darauf auch verzichten können.

27

Dresden

Als er das Haus betrat, war alles still. Er schlich durch den Hausflur, ging in den ersten Stock, schloss die Wohnung auf, durchquerte die Flure und gelangte schließlich in die Küche. Auch hier war alles ruhig. Rietschel trat durch die Verbindungstür in den kleinen Salon, und endlich fand er sie vor. Da lag Friederike, ausgestreckt auf dem Sofa, ein Kissen zwischen den Knien, in tiefem Schlaf.

Weil er sie nicht wecken wollte, behielt er Mantel und Schuhe an, setzte sich behutsam in den Sessel und ließ den Blick auf seiner Frau ruhen. Die Wanduhr zeigte auf halb elf. Johanna musste auf dem Markt sein, die Buben in der Schule. Hermann hatten sie wahrscheinlich bei den Großeltern Carus abgegeben, oder er war mit Adelheid unterwegs.

Rietschel hatte angenommen, dass ihn seine Rückkehr nach Dresden beleben würde. Er war wieder dort, wo er sein wollte, an der Seite Friederikes, bei den Kindern, in Dresden, bei seiner Kunst, in seinem Atelier. Stattdessen fühlte er sich jedoch einfach nur erschöpft. Er spürte, wie er von Minute zu Minute mehr in sich zusammensackte und wie dankbar er dafür war, dass ihn dieses Mal keine lärmende Horde empfangen hatte, keine Gäste im Haus waren, und sogar Johannas geschwätzige Freundlichkeit wäre ihm jetzt zu viel gewesen.

Also fiel er langsam in einen Dämmerzustand, aus dem ihn erst Rikes Stimme wieder weckte.

«Seit wann bist du zurück?», fragte sie. Als er aufblickte, sah er, wie sie ihn vom Sofa aus anlächelte.

«Ich weiß es nicht. Ein, zwei Stunden vielleicht?» Er wischte sich mit der Hand übers Gesicht. «Wie geht es dir, mein Schatz?»

«Es geht mir gut. Ich habe dich vermisst.»

«Ja», sagte Rietschel leise.

«Ich bin wieder schwanger.»

Da stand er auf, ging zum Sofa hinüber, gab Rike einen Kuss und rief nach Johanna. Er wollte anstoßen, und zwar mit dem Besten, was im Hause war.

«Den hat irgendein Gast mitgebracht», sagte Johanna, als sie wenig später mit einer Flasche Wein ins Zimmer kam, «ich kann mich nicht mehr erinnern, wer es war.»

«Wird schon recht sein», sagte Rietschel, nahm ihr die Flasche aus der Hand, schenkte drei Gläser ein, die Friederike ihm hingestellt hatte, und drückte dann sowohl Friederike als auch der verblüfften Johanna eins in die Hand.

«Ja, gnädiger Herr, was wird denn gefeiert?», fragte das Hausmädchen.

«Teure Johanna, unsere Familie wird noch einmal wachsen», rief Rietschel aus. «Also hoch die Gläser: Auf das

Neue!» Er nahm einen Schluck, hielt dann verblüfft inne und griff zur Weinflasche.

«Donnerwetter!», sagte er.

«Sie sprechen ein wahres Wort gelassen aus, gnädiger Herr.» Und damit leerte Johanna ihr Glas in einem Zug, strich ihre Küchenschürze glatt und verschwand mit dem Hinweis aus dem Salon, es tue ihr ausgesprochen leid, aber sie habe für heute nur Klitscher vorbereitet.

«Nichts habe ich in München mehr vermisst, liebste Johanna!», rief Rietschel ihr hinterher, worauf er ein leicht beschwipstes Lachen aus Richtung der Küche erntete.

«Soweit ich mich erinnere, hast du keine besondere Vorliebe für Kartoffelpuffer, mein Liebster», wandte Friederike ein.

«Rike, wenn du wüsstest! Ich äße für den Rest meines Lebens mit Freuden Johannas Klitscher, wenn ich dafür nie wieder nach München müsste!»

28

Dresden, etwa acht Monate später

«Herrgott, Gustav!», hörte er Rietschel aus seinem privaten Arbeitsraum in Richtung Werkstatt rufen. «Wo zum Kuckuck ist schon wieder der Abguss von Dannekers Schiller hin?»

«Den hab ich auf deinen Wunsch hin in der Werkstatt im dritten Regal unten rechts verstaut», rief Kietz.

«Ach ja, richtig.»

Kietz verdrehte die Augen, denn er selbst hatte zurzeit wahrlich Besseres zu tun, als seinem Freund und Meister noch die Sachen hinterherzutragen. Die Studenten bestürmten ihn mit Fragen und Bitten, und die Vorarbeiten zu den

Porträtmedaillons sowie die Arbeiten am Bauschmuck der Dresdner Gemäldegalerie, die Rietschel in weiten Teilen nur anleitete und von ihm und Schilling ausführen ließ, nahmen Kietz stark in Anspruch. Mit den fünf Musen, in die Kietz viel Zeit gesteckt und die ihn einige schlaflose Nächte gekostet hatten, war Rietschel immer noch nicht zufrieden. Ständig regte er Änderungen an, teilweise auch auf Druck seines Kollegen Hähnel, mit dem zusammen er den Auftrag auszuführen hatte. Außerdem litt Kietz an Zahnschmerzen und stocherte gerade mit dem Zeigefinger in der Nähe seiner Backenzähne herum, als ihm Rietschel wie aus dem Nichts die Hand auf die Schulter legte. Kietz fuhr zusammen.

«Es tut mir leid, mein Freund», sagte Rietschel besänftigend. «Meine Arbeit an Amor und Psyche verdrießt mich mehr, als ich es sagen kann, und, nun ja, ich mache mir Sorgen. Es ist wegen Friederike.»

«Geht es ihr nicht gut?», fragte Kietz, als er die tiefen Falten auf Rietschels Stirn sah. Seit ihrer kurzen gemeinsamen Reise von Nürnberg nach Dresden hing auch er mit großer Zuneigung an Friederike. Über die Nachricht der neuerlichen Schwangerschaft hatte er sich beinahe ebenso gefreut wie der Rest der Familie Rietschel, als deren Teil er sich insgeheim betrachtete.

«Doch, es geht ihr sogar hervorragend. Carus ist bislang sehr zufrieden mit dem Verlauf der Schwangerschaft.»

«Aber?», hakte Kietz nach.

«Das kannst du dir doch denken!», gab Rietschel zur Antwort, klopfte seinem jungen Freund nochmals auf die Schulter und schritt dann zurück ins Atelier, um an seinem Amor weiterzuarbeiten.

Und mit einem Mal verstand Kietz, dass sich Rietschel,

der drei Frauen an den Folgen des Kindbetts verloren hatte, zu Recht sorgte und auch ein gewisses Anrecht darauf hatte, Kietzens Thalia eine «fette Nymphe» zu schimpfen. Und wenn er ehrlich war, dann musste Kietz ihm beim Anblick seiner Muse recht geben.

29

Anders als bei allen Geburten, die er zuvor miterlebt hatte, bahnte sich diese in langen, kaum enden wollenden Vorwehen und schlaflosen Nächten an. Seit drei Tagen kam Friederike nicht mehr zur Ruhe, und dennoch versicherte ihnen die Hebamme, dies seien noch nicht die echten Wehen, man müsse abwarten. Die werdende Mutter solle sich ausruhen, so gut es gehe, sie brauche Schlaf. Friederike erklärte ihm daraufhin zwischen zwei Wehenschüben, dass sie den Nächsten, der ihr sage, sie solle sich entspannen, versuchen zu schlafen oder aufhören, sich zu sorgen, ganz sicher erdrosseln werde. Zunächst hielt Rietschel dies für ein Beispiel von Rikes bisweilen grobem Humor, aber als sie in der folgenden Stunde einen Strick verlangte, weil Johanna sie mit beruhigendem Kamillentee behandeln wollte, sah er, dass es ihr ernst war.

Fortan wich er ihr nicht mehr von der Seite, es sei denn, Friederike schickte ihn aus, frisches Wasser zu holen oder neue Lektüre, denn während der langen Stunden las er ihr manchmal vor. Aber die meiste Zeit schien sie ihre Umgebung kaum wahrzunehmen und war weder an der Lyrik Heinrich Heines noch an irgendetwas anderem interessiert.

Zweimal am Tag schaute die Hebamme vorbei und blieb

nachts ganz im Haus, verlangte jedoch, nur dann gerufen zu werden, wenn es denn «wirklich losgeht». Aus lauter Angst und Sorge hatte man sie auf Rietschels Geheiß in der ersten Nacht mehrmals aus dem Schlaf gerissen, was sie mit einem leichten Knurren und einigen Ermahnungen dem Kindsvater gegenüber kommentierte. Er müsse doch wissen, wann es so weit sei, dies sei ja nicht sein erstes Kind. Und sie müsse wissen, so Rietschel, in welcher Lage er sich befinde: Friederike sei seine vierte Ehefrau, und sie könne sich doch wohl denken, was in ihm vorgehe! Letzteres brüllte er, ganz gegen sein Naturell, so laut, dass die Kinder im anderen Stock einen ordentlichen Schrecken bekamen. So hatten sie ihren Vater noch nicht erlebt.

Die Hebamme nahm es jedoch mit einem Achselzucken hin und ging zurück ins Bett, das sie in der Kammer neben der Johannas aufgestellt hatten, während Rietschel sorgenvoll Rikes Hand hielt und weiter mit ihr im Zimmer auf und ab lief.

«Weißt du», sagte er in einer Wehenpause, «ich habe mir überlegt, dass wir in ein paar Wochen vielleicht zur Erholung aufs Land fahren sollten. Es muss ja nicht gerade Warmbad sein. Wir könnten auch ans Meer reisen oder in die Berge.»

«Was treibt dich denn fort?», fragte Rike.

«Ach, nichts Besonderes, nur der Wunsch nach Ruhe.»

Die nächste Wehe kam und ging.

«Den hätte ich auch, den Wunsch nach Ruhe», sagte sie gequält.

«Dann lass es uns tun. Lass uns fort von Dresden, nur eine Weile.»

«Du warst doch gerade erst verreist, und es hat dir nicht gefallen. Warum willst du schon wieder weg?»

«Ich … ich halte diese Zwänge nicht mehr aus. München, Weimar, der Hof, dieser Auftrag – alle mischen sich ein, alle versuchen mir in die Gestaltung hineinzureden … Gestern kam schon wieder ein Brief von Sauppe, in dem …»

Die nächste Wehe.

«Es tut mir leid. Das ist jetzt wohl nicht der richtige Zeitpunkt.»

Sie setzten sich auf die Bettkante.

«Mir ist furchtbar übel», sagte Friederike.

«Carus hat gesagt, das ist normal. Mach dir keine Sorgen.»

«Nein, Ernst, mir ist speiübel. Ich muss mich übergeben.»

In den folgenden Stunden war es Rietschel, der seiner Frau alle paar Minuten eine Schüssel reichte, weil sie nach jeder Wehe zu brechen begann. Sie wurde zusehends schwächer. Man rief nach Carus. Der sorgenvolle Ausdruck auf seinem Gesicht versetzte Rietschel in Angst.

«Was kann man tun?», fragte er leise.

«Es bleibt uns nichts, als abzuwarten.» Carus legte ihm die Hand auf die Schulter. «Nur Mut, Ernst», fügte er hinzu.

Doch es gab nichts, was Carus ihm zur Aufmunterung hätte sagen, nichts, was ihn beruhigt hätte. Rietschel wusste nur, dass er, sollte ihm Friederike oder das Kind sterben, den Weg zurück in sein Dasein nicht mehr beschreiten würde. Er würde nicht die Kraft haben, noch einmal einen solchen Verlust hinzunehmen.

Eine weitere Stunde verging, und das Kind war noch immer nicht geboren. Friederike schrie unter jeder Wehe und erbrach sich in den Pausen dazwischen. Außerdem schwitzte sie stark. Ihr Puls raste. Und obwohl die Abstände zwischen den Wehen immer kürzer wurden, sah es nicht so aus, als würde es bald zur Geburt kommen.

Die Hebamme redete Friederike gut zu, gab ihr kleine Schlucke Wasser zu trinken und war bemüht, Zuversicht auszustrahlen, was ihr jedoch immer weniger gelang.

«Wollen Sie nicht lieber draußen warten?», fragte sie mit einem ernsten Blick auf Rietschel.

«Nein!», war seine Antwort. Die Hebamme nickte und reichte ihm ein Glas Wasser. Vielleicht war es die Aufregung, die ihn dazu brachte, sich nun zu verschlucken, aber in einem gewaltigen Hustenkrampf rang Rietschel plötzlich nach Luft. Die Hebamme klopfte ihm geistesgegenwärtig auf den Rücken, während ihm Carus einen Hocker unterschob, damit er sich setzte, aber der Husten wollte und wollte sich nicht beruhigen. Tränen rannen Rietschel übers Gesicht.

Friederike sah vom Bett aus mit an, wie ihr Mann um Atem rang. Und obwohl sie ihm nicht helfen konnte, schien sie plötzlich noch einmal all ihre Kräfte zu sammeln und bäumte sich auf. Die Hebamme, die einen Augenblick lang nur auf Rietschel geachtet hatte, fuhr herum.

«Doktor!», rief sie aus.

Auch Carus ließ augenblicklich von Rietschel ab und eilte ans Bett. Als hätte das Kind nur auf diesen Augenblick gewartet, schien es nun endlich kommen zu wollen. In einer Spontangeburt erblickte um Viertel vor zehn in den späten Abendstunden des 6. Juni 1853 ein Mädchen das Licht der Welt. Es wurde auf den Namen Gertrud getauft.

Dritter Teil
Gute und böse Geister

I

Weimar

In den frühen Morgenstunden des 7. Juni begab sich Hoffmann von Fallersleben mit großen Schritten zur Altenburg. Er hielt einen Brief in der Hand, der ob seiner ausladenden Armbewegungen hin und her flatterte. Von Fallersleben hatte sich nicht einmal die Mühe gemacht, das Schreiben wieder zusammenzufalten. Er war in größter Eile aufgebrochen, und sein wutverzerrter Gesichtsausdruck deutete darauf hin, dass der Brief nichts Gutes verhieß.

Er läutete am Eingang zur Altenburg, wartete aber nicht ab, bis ihn der Diener Jakob hereinbat, sondern riss die Tür auf und trat ins Haus. Von oben drang Klaviermusik zu ihm, was nur bedeuten konnte, dass der Maestro derzeit übte, und es war ein ungeschriebenes Gesetz im Hause Liszt, dass man ihn unter keinen Umständen dabei zu stören hatte. Da Liszt sich herausnahm, zu jeder Tages- und Nachtzeit zu üben, war es nicht eben leicht, ihm mit einem Anliegen zu kommen. Gelang es, hatte er jedoch stets ein offenes Ohr für seine Schüler oder Freunde. Aber wehe, man wagte es, ihn beim Komponieren oder während der Unterrichtsstunden zu stören; dann nahm die schmeichelnde Stimme des Meisters einen ungewohnt scharfen Tonfall an. Liszts Wutausbrüche, so selten sie auch vorkamen, waren unter dem Personal der

Altenburg gefürchtet, und von Fallersleben musste es entweder selbst riskieren, Liszt in seinem Spiel zu unterbrechen, oder aber, wenn er denn Glück hatte, Marie finden, Liszts Stieftochter, deren freundliches Wesen den Meister notfalls ein wenig beschwichtigen würde.

«Marie? Marie, sind Sie da?»

Der Diener erschien.

«Guten Morgen, gnädiger Herr. Die Comtesse ist ausgegangen, und Meister Liszt übt und möchte nicht gestört werden. Ich bedaure, aber wenn der gnädige Herr am heutigen Nachmittag noch einmal …»

«Nein, ich muss ihn jetzt sprechen. Jetzt!», beharrte von Fallersleben.

«Bedaure, aber das ist unmöglich.»

Von Fallersleben war nicht gewillt, sich vor dem Diener geschlagen zu geben. Also richtete er sich zu voller Größe auf, was ihm bei seinen ein Meter zweiundneunzig etwas Bedrohliches verlieh, schob den Diener mit der linken Pranke einfach zur Seite und erklomm wortlos und mit schnellen Schritten die Treppe in den ersten Stock. Ohne anzuklopfen, betrat er den Salon.

Liszt, der gerade noch am Beethovenflügel gesessen hatte, fuhr herum.

«Heinrich! Was zur Hölle …»

Doch der ließ ihn gar nicht erst zu Wort kommen.

«Hier, lies den Brief, und du wirst mich verstehen», sagte von Fallersleben und gab das Schriftstück Liszt, der davon absah, ihn wegen seines Überfalls zu rügen. Stattdessen begann er zu lesen, und binnen weniger Sekunden verdüsterte sich auch seine Miene.

Wohlgeborener Herr,

mir wurde kürzlich zugetragen, dass Ihnen das Gedenken der deutschen Dichtkunst ein ganz besonderes Anliegen sei. Mir kam gleichfalls zu Ohren, ein guter Freund von Ihnen, ein Genie in seinem Fache, wäre mit einer Komposition beauftragt worden, die zu Ehren unserer beiden großen Dichter aus Anlass der Denkmalsenthüllung aufgeführt werden soll. Gleichfalls beabsichtige dieses Genie, eine noch verheiratete Frau zu seinem Weib zu machen. Mein guter Rat an Sie lautet daher, auf diesen besagten Freund einzuwirken, dass er sich der Dame entledige, bevor es zu einer unrechtmäßigen Eheschließung kommt – ein Umstand, der wohlmeinende Gönner der deutschen Dichtkunst dazu bewegen könnte, ihre Unterstützung zurückzuziehen und die Aufführung eines musikalischen Faustus zu unterbinden. Sollte Ihnen also an der Errichtung einer Gedenkstätte der großen Weimarer Dichterfürsten gelegen sein, dann sollten Sie und Ihr Freund sich entscheiden, auf welcher Seite Sie stehen.

Ein wohlmeinender Freund

«Was wollen wir jetzt tun?», fragte Liszt, nachdem er zu Ende gelesen hatte.

Von Fallersleben war froh, dass Liszt im Plural sprach, denn er wusste um sein eigenes schwaches Ansehen am Weimarer Hof und brauchte Liszts Unterstützung unbedingt. «Der Brief wurde in München aufgegeben. Vor zwei Tagen.»

«Kennen Sie die Handschrift?», fragte Liszt.

«Nein, Sie etwa?»

Liszt schüttelte energisch den Kopf. «Ich wusste ja, dass ich einige Feinde am Hof habe, aber mir war nicht klar, wie weit die Intrigen dort schon gediehen sind. Die Frage ist, wer ein Interesse daran hat, Carolyne und mich zu entzweien.»

«Ich glaube, dem Absender dieses Briefes geht es weniger darum, Sie und Ihre Liebste zu entzweien, als die Fürstin unter allen Umständen aus der Planung des Goethe-Schiller-Denkmals herauszuhalten.»

«Aus der Planung heraushalten? Aber Carolyne ist doch überhaupt nicht mit der Angelegenheit befasst!»

«Drehen Sie den Brief um», sagte von Fallersleben.

Liszt tat, wie ihm geheißen. Auf der Rückseite des Briefes stand:

Post scriptum: Sollte Ihnen mein Brief Rätsel aufgeben, dann fragen Sie die Fürstin.

«So hinterhältig der Absender dieses Schreibens auch ist, wundere ich mich doch, was Carolyne mit dem Denkmal zu schaffen hat. Ich denke, es ist an der Zeit, meiner unrechtmäßigen Ehefrau einen Morgenbesuch abzustatten. Kommen Sie, mein Freund, begeben wir uns in die Höhle der Löwin.»

2

Mein liebster Freund Rauch,

nach einigen Wochen des Schweigens sollen Sie heute nun einige Zeilen aus meiner Hand erhalten, in denen ich Sie nicht nur meiner allergrößten Wertschätzung versichern will, sondern auch von den glücklichen Ereignissen berichten, die uns kürzlich widerfahren sind.

Am 6. dieses Monats gebar Friederike eine gesunde Tochter, die wir Gertrud genannt haben und die bereits jetzt unser aller Herzen im Sturm erobert hat. Sie können sich das große Glück ausmalen, das solch ein kleines Wesen um sich verbreitet! Zumal Friederike nach einer schweren Geburt sich nunmehr blendend erholt und Carus mit ihr sehr zufrieden ist. Bislang hat sie nicht angefiebert, und ich bete innigst, sie möge alles weiterhin so gut überstehen. Auch das Kind wächst kräftig, hat, nach anfänglichem Gewichtsverlust, nun gut zugenommen und wirkt sehr aufgeweckt. Gertrud war kaum zwei Stunden auf der Welt, da hob sie bereits das kleine Köpfchen sanft an, gerade so, als wollte sie unter keinen Umständen etwas verpassen.

Die Buben tragen ihr Schwesterchen mit großer Liebe hierhin und dorthin, bis es unserem guten Geist Johanna zu viel wird und sie ihnen das kleine Goldstück wieder entreißt und in die Wiege zurückbettet. Dann huschen sie heimlich am Körbchen vorbei und zwicken, wenn sie denken, es sehe sie keiner, dem Schwesterchen in die prallen Beine. Sogar unser Großer, Wolfgang, zeigt reges Interesse an der Kleinen und lässt keinen Besuch von Opapa Carus aus, um ihm bei seiner Visite über die Schulter zu schauen. Nur hin und wieder muss ich unseren Jüngsten trösten, wenn er gar zu wenig Aufmerksamkeit bekommt, und nehme ihn jetzt häufiger mit ins Atelier, wo er emsig und weiß von Kopf bis Fuß den Gips anrührt, freilich unter Aufsicht und großer Heiterkeit meiner Studenten.

Was ist es doch für ein Glück, solch ein Heim sein Eigen zu wissen! Nach all der Härte und Traurigkeit der letzten Jahre, nach all den Verlusten, den Sorgen und dem Schmerz kommt es mir nun so vor, als sei das Glück bei uns eingekehrt, um zu bleiben. Gebe Gott, dass es tatsächlich anhält!

Und um diesen Zustand gebührend zu befeiern, wurde der Tag der Taufe auf den kommenden Montag gesetzt. Daher ist dieser Brief mit der allergrößten Bitte und dem nicht geringeren Wunsch verbunden, Sie, mein Freund, als Paten für das neue Leben zu gewinnen. Da ich um Ihren Gesundheitszustand weiß, würde Carus mit Ihrer Zustimmung die Vertretung am Taufbecken übernehmen.

Wie unendlich froh wäre ich, dem Kind einen solch guten Geist, wie Sie es sind, zur Seite stellen zu können, und bitte Sie daher innigst um Ihre Zustimmung. Wenn ich gar zu fragen wage, ob Sie den Weg von Berlin nach Dresden auf sich nehmen wollten, dann nehmen Sie es mir hoffentlich nicht übel, denn die Freude, Sie bei uns zu wissen, wäre unendlich.

Was meine Arbeit anbelangt, so lag diese ob der vielen familiären Verpflichtungen in den letzten Wochen brach, doch jetzt nehme ich den Faden wieder auf, und dank der Unterstützung meines Zauberlehrlings Kietz kann ich mich sofort der Planung meiner vielen Aufgaben widmen, darunter zwei Medaillons von Franz Liszt und der Fürstin Carolyne zu Sayn-Wittgenstein, eine Neuausfertigung des Doppelbildnismedaillons der Schumanns, das Liszt gleichfalls in Auftrag gab, sowie die Vorarbeiten zum Doppelbildnis Goethes und Schillerns. Außerdem steht in den kommenden Wochen eine Reise nach Braunschweig an, wo mein Lessing aufgestellt werden soll: Am 29. September ist es so weit, und wie lieb wäre es mir auch hier, Sie dabei zu wissen, sofern es Ihre Gesundheit zulässt. Carl Schiller, der Leiter des Denkmalkomitees in Braunschweig, ist redlich bemüht, daraus ein Ereignis zu machen, und ich bin dieser guten Seele zu großer Dankbarkeit verpflichtet. Wie viel angenehmer ist es, mit einem Mann von solch aufrichtigem Charakter zu arbeiten als mit dem Vorsitzenden des Denkmalkomitees in Weimar, Sauppe, dessen Kunstsinn so wenig ausgebildet scheint, wie seine Lust groß ist, zu allem und jedem seinen Senf dazuzugeben. Er mischt mit, wo er kann, und macht mir das Leben schwer. Dabei ist er von einer gar engherzigen Art und mir so unliebsam, dass ich mich oft genug wundere, weshalb mir die Freude am Doppelbildnis nicht bereits vergangen ist. Das allein verdanke ich der Unterstützung durch weitere «gute Geister», von denen ich Ihnen, mein verehrter Freund, beizeiten einmal unter vier Augen berichten werde und die, da bin ich sicher, viel Heiterkeit bei Ihnen auslösen werden!

Mir bleibt nichts, als Ihnen die allerherzlichsten Grüße zu übersenden und die Hoffnung darüber auszudrücken, Sie baldigst in meine Arme schließen zu können.

Seien Sie meiner unerschütterlichen Zuneigung versichert!

Immer der Ihre,

Ernst Rietschel

3

Dresden

«Ich habe beschlossen, mich fortan als Hausgeist heimisch zu machen, denn es gibt hier anscheinend immer einen guten Grund zum Feiern!»

Goethe war aufgeräumter Stimmung. Rietschel hatte ihn verjüngt, indem er sein Doppelkinn auf ein freundliches Maß zurückgestutzt hatte. Außerdem schien die Anwesenheit Gertruds das ganze Haus zu beleben, eingeschlossen Rietschels zweier nächtlicher Besucher, nachdem vor der Geburt die Stimmung mehr als trüb gewesen war. Doch nun hatte sich alle Sorge in Wohlgefallen aufgelöst, und selbst auf den ewig nörgelnden Schiller wirkte die Fröhlichkeit im Hause anregend.

«Ich kann mich dem nur anschließen», sagte dieser. «Mittlerweile fühle ich mich hier ausgesprochen wohl. Wohler übrigens, als ich es je am Frauenplan getan habe.»

«Das ist mir nicht neu. Wenn ich mich richtig erinnere, dann verkrochen Sie sich bei unseren Treffen gern in den hintersten Winkel des Hauses, nur um niemandem etwas von Ihrem scheußlichen Tabak abgeben zu müssen», erwiderte Goethe.

«Es war weniger der Tabak als meine Ideen, an der die Gesellschaft über das angemessene Maß hinaus Anteil haben wollte», gab Schiller zurück.

«Wollen Sie damit sagen, ich hätte Ihnen jemals eine Idee streitig gemacht?» Goethe schien nun richtig erbost zu sein. «Wem hab ich denn den Tell überlassen? Und Don Carlos? Sagen Sie so etwas nie wieder, oder ich vergesse mich, Sie Undankbarer!»

Rietschel war das ewige Gezänk der zwei leid. Er wollte einfach nur glücklich sein. Und das sollte ihm kein Mensch und besonders kein Geist, auch kein großer, verleiden.

«Meine Herren, ist Ihnen jemals aufgefallen, wie häufig Sie sich streiten? Ich will Ihnen ja nicht zu nahetreten, aber wie soll ich das Denkmal einer großen Dichterfreundschaft entwerfen, wenn Sie sich alle fünf Minuten bekriegen wie Napoleon und Zar Alexander?»

«Und wer von uns wäre in diesem Beispiel Napoleon? Sie erinnern sich vielleicht, dass der Zar ihm einstmals unterlag», gab Schiller zu bedenken.

«Und am Ende verlor Napoleon sein Reich an Europa, die sich mit dem Stier auf und davon machte», hielt Goethe dagegen.

«Der Stier? Bin ich jetzt der Stier?», rief Schiller wütend.

«Nein, niemand ist der Stier. Ich wollte nur sagen, dass …»

«Was wollten Sie sagen, Herr Geheimrat Goethe? Dass meine Dichtkunst nichts anderes ist als ein großer stinkender Kuhfladen?»

«Vergessen Sie den Stier, Schiller! Sie wollen meine Metaphern doch grundsätzlich falsch verstehen.»

«Und Sie vergessen das Wesentliche, Herr Geheimrat. Den Brief!»

«Welchen Brief?», fragte Rietschel.

«Setzen Sie sich, junger Freund», sagte Goethe, «wir haben eine unangenehme Neuigkeit für Sie.»

Rietschel nahm an seinem Zeichentisch Platz.

«Wie Sie sich vorstellen können», fuhr Goethe fort, «hat das Denkmal zu Ehren dieses Schmierenschreibers», und dabei deutete er auf Schiller, der ihm dafür eine Fratze schnitt, «und meiner Wenigkeit großes Interesse geweckt, nicht nur in Weimar und Dresden. Auch den Münchnern ist aufgefallen, dass ihr König seit neuestem Geld in Kulturdenkmäler jenseits der bayerischen Grenze steckt, und das missfällt offenbar so einigen Leuten. Und als wäre dies noch nicht genug, gibt es nicht wenige Personen, die von unserem Denkmal auf die eine oder andere Art und Weise profitieren wollen.»

«Ich verstehe Sie leider nicht, Herr Geheimrat», sagte Rietschel.

«Freundschaft ist ein rares Gut, Rietschel. Ich rate Ihnen: Seien Sie wachsam. So mancher Freund könnte sich bei näherem Hinsehen als das Gegenteil erweisen.»

4

Seit Tagen lieferte man Kisten ins Atelier und trug sie gefüllt mit allerlei Armen, Beinen und Köpfen wieder hinaus. Rietschel hatte durchaus das Gefühl, man guillotiniere seine Kunst. In Wahrheit aber verpackten seine Studenten die Arbeiten ihres Meisters voller Umsicht und Sorgfalt, sodass nichts von den Gipsabdrücken oder Modellen zu Schaden kam. Dies ging so weit, dass einer der jungen Männer, durch ein herumliegendes Seil zu Fall gebracht, statt sich abzustützen, lieber die Kiste in seinen Händen festhielt und sich so bei seinem Sturz schwere Prellungen und Blutergüsse zuzog. Dadurch war die Gussform des Doppelbildnisses von Clara und Robert Schumann unversehrt geblieben, sehr zur Freude von Rietschel, der es daraufhin unterließ, den besagten Studenten seiner Tollpatschigkeit wegen zu schelten, und ihm stattdessen zwei Flaschen Roten zukommen ließ, damit er sich mit warmem Wein auskuriere.

Der Umzug auf die Brühl'sche Terrasse, der für die Arbeiten am Goethe-Schiller-Denkmal unvermeidbar geworden war, weil sich die Deckenhöhe des alten Ateliers als zu niedrig herausgestellt hatte, war in vollem Gang, und wer immer eine freie Hand zur Verfügung hatte, half. Auch Rietschels Söhne Wolfgang und Georg fassten mit an, und insbesondere Adelheid war die große Stütze ihres Vaters. In der Tat war es ihr zu verdanken, dass der Umzug so glatt vonstatten ging, denn Kietz, dem die gesamte Planung zugekommen war, schien mehr als nur überfordert mit seiner Aufgabe. So gestand er Adelheid in einer kurzen Verschnaufpause denn auch, er sei nun eben einmal ein schöpferischer Geist, und Ordnung könne er selbst in seinem Zimmer nicht halten. Ihn mit dem Umzug zu betrauen, sei blanker Wahnsinn gewesen – «Ich sage Ihnen, Fräulein, ich bin vom Bock zum Gärtner avanciert!» –, und er sei unendlich dankbar, dass sie ihm diese Aufgabe abnehme.

«Abnehmen tue ich Ihnen nichts, Herr Kietz, im Gegenteil: Da steht Kiste dreiundvierzig, die bringen Sie jetzt mal hübsch auf den Wagen draußen, und sagen Sie dem Fahrer, er soll gefälligst vorsichtig kutschieren.»

Kietz schlug die Fersen zusammen und salutierte.

«Zu Befehl!» Als er auf dem Absatz kehrtmachte, hätte er mit seiner schwungvollen Drehung beinahe den kleinen Hermann umgerissen. Der trug in seinen Armen eine Damenbüste aus Gips, die ihm einer der Studenten anvertraut hatte. Sie sei sein bislang gelungenstes Werk, so der Student, und er sei zutiefst beruhigt, wenn Hermann seine ganze Aufmerksamkeit diesem wertvollen Stück widme. Hermann fühlte sich sehr geehrt und gab die Kopfstudie nicht mehr aus der Hand. Behutsam wankte er zwischen den Kisten hinaus ins Freie.

«Ist das nicht eine der Übungsplastiken vom Meister?», fragte Kietz den Studenten verwundert.

«Ja, ist es. Aber der Kleine wollte unbedingt mithelfen, da hab ich mir gedacht …»

«Ist schon recht so.» Kietz grinste. «Haben Sie Professor Rietschel gesehen?»

«Hinten, in seinem Zimmer.» Der Student deutete mit einer Kopfbewegung nach rechts.

Kietz nickte ihm dankend zu und bahnte sich samt Kiste dreiundvierzig seinen Weg nach draußen, als er plötzlich einen Aufschrei vernahm, die Kiste ruckartig auf den Boden setzte und sich erschrocken umwandte.

«Was ist? Was ist passiert?» Doch die jungen Männer um ihn herum blickten ebenso fragend wie er um sich, weshalb Kietz nach Adelheid Ausschau hielt, die er nun tatsächlich aus dem Atelier auf sich zulaufen sah.

«Kietz, zu mir! Papa hatte einen Anfall und ist ohnmächtig geworden!»

Kietz fasste den erstbesten Studenten an den Schultern und befahl ihm, er solle sofort Doktor Carus holen, dann folgte er Adelheid mit raschen Schritten.

Neben Rietschel, der mit Blut befleckt und ohnmächtig am Boden lag, knieten Wolfgang und Georg und hielten die Hände ihres Vaters. Adelheid griff nach einem Glas Wasser, das am Boden stand, tauchte ein Taschentuch hinein und wischte ihm das Blut aus dem Gesicht, während Kietz seine Jacke auszog und unter den Kopf seines Freundes schob.

«Ich habe nach Carus geschickt», sagte er zu Adelheid.

«Gut», antwortete sie.

«Bekommt er genügend Luft?», fragte Kietz besorgt. Rietschel schien zu keuchen, hatte die Augen aber fest geschlossen.

«Er hat viel Blut gespuckt, vielleicht hat er auch etwas davon eingeatmet», sagte Wolfgang.

«Warst du denn dabei?»

«Ja, wir beide, Georg und ich. Papa hat gelacht, weil wir so weiß waren vom Kreidestaub. Er sagte, wir sollten schauen, dass uns die Studenten nicht aus Versehen in einer der Kisten verstauen, und dann hat er plötzlich gehustet und nimmer aufgehört. Und Blut kam auch, ganz viel, und dann ist er ohnmächtig geworden.»

Georg sagte nichts, er weinte leise, ließ aber die Hand seines Vaters nicht los. Kietz griff sanft nach seinem Arm, entzog ihm die Hand des Vaters und drückte ihn an sich. Georg schmiegte sein Gesicht an Kietzens Hals und weinte bitterlich.

Nach ein paar Minuten kam Rietschel wieder zu sich, und man richtete ihn auf und gab ihm einen Schluck Wasser. Als er wieder sprechen konnte, fragte er nach Carus.

«Wir haben ihn schon rufen lassen, Papa», sagte Adelheid. «Er müsste bald hier sein.» In ebendiesem Moment vernahmen sie von draußen das Geräusch einer Droschke, und kurz darauf stürzte Carus in den Raum und übernahm sofort das Regiment. Er schickte Wolfgang und Georg, der sich wieder gefangen hatte, nach frischem Wasser und Seife und bat Kietz und Adelheid um Hilfe. Sie mussten Rietschel aufsetzen, damit Carus ihn abhorchen konnte.

«Gut, dass du da bist», flüsterte Rietschel seinem Schwiegervater zu.

«Wir bringen dich jetzt nach Hause, Ernst», sagte Carus, «und dann brauchst du Schonung.»

Rietschel war zu kraftlos, um widersprechen zu können. Von Adelheid und Kietz gestützt, schleppte er sich an den in Gruppen herumstehenden und zutiefst erschütterten Studenten vorbei in die Droschke, wo ihn ein neuer Anfall überkam. Als der vorbei war, rollte der Wagen vom Hof. Zurück blieben Kietz, Wolfgang und Georg.

«Ich bring die beiden Buben dann heim!», rief Kietz der Droschke nach, und Adelheid drehte sich, einer plötzlichen Eingebung folgend, um und rief zurück: «Vergesst mir Hermann nicht!»

Tatsächlich, in dem ganzen Aufruhr hatte man den Kleinen vollkommen aus den Augen verloren.

«Wo steckt er denn?», fragte Wolfgang.

Es dauerte einige Zeit, bis sie ihn fanden. Hermann saß unter einer Plane zusammengekauert auf einem der Umzugswagen, weinte und klammerte sich an der Büste fest, die ihm der Student anvertraut hatte und die dank der Kindertränen bereits von einer klebrigen Schicht aus aufgeweichtem Gips überzogen war.

5

Weimar

«Wie kannst du keine Ahnung haben?» Liszt war außer sich.

«Das sagte ich doch bereits. Ich kenne die Handschrift nicht, ich bin in München niemandem begegnet, und im Übrigen bin ich empört, dass du mich einer Verschwörung gegen dich für fähig hältst!»

«Was haben Sie denn eigentlich in München gemacht, Fürstin?», fragte nun von Fallersleben.

«Das geht den Herrn Großinquisitor Fallersleben einen feuchten Kehricht an! Wie komme ich dazu, Ihnen Auskunft über mein Privatleben zu geben?»

Sie wussten beide, dass sie zu weit gegangen waren, denn Carolyne am Morgen einfach in ihrem Schlafzimmer zu überfallen und auszufragen, stieß natürlich auf wenig Verständnis bei der Fürstin. Stattdessen änderte Liszt nun sein Vorgehen.

«Liebling, es ist von großer Wichtigkeit, dass du uns dabei hilfst, dieser Intrige entgegenzuwirken. Ohne dich bin ich doch verloren – und das weißt du auch.»

«Was weiß ich? Dass du dich in Paris mit weiblicher Gesellschaft amüsiert hast, dich hast hofieren und umschwärmen lassen von einem ganzen Rudel williger Weiber, die nichts lieber tun würden, als deinem Genie horizontal auf die Sprünge zu helfen, irgendwo zwischen Kanapee und Konzertsaal? Glaubst du, das weiß ich nicht?»

Hoffmann von Fallersleben spürte offenbar, dass er hier nichts mehr beizutragen hatte, und dennoch schien es ihm nicht möglich, den Raum zu verlassen. Er trat nur sachte in den Hintergrund und überließ Liszt das Feld.

«Und du? Mit wem warst du in München zusammen?»

«Mit niemandem!»

«Lügnerin!»

Die Fürstin griff nach einer Schale, die auf ihrem Nachttisch stand, und schmetterte sie an die gegenüberliegende Wand. Die Splitter aus Meißner Porzellan sprangen in alle Richtungen. Während sich von Fallersleben duckte, stand Liszt kerzengrade und unerschrocken am Bett seiner großen Liebe und verfluchte den Tag, an dem er sie bei einem Konzert in Kiew zum ersten Mal gesehen hatte.

«Carolyne!», rief er. «Beherrsche dich!»

«Ich beherrsche mich, wann ich es für richtig halte!»

«Ich flehe dich an: Wen hast du in München getroffen?»

Sie atmete heftig ein und stieß dann hervor: «Ich war beim König, wenn du es genau wissen willst.»

«Du warst beim König? König Maximilian? Und dann sagst du mir, du hättest in München *niemanden* getroffen?»

«Nein, ich war bei seinem Vater, König Ludwig, dem Abgedankten, aber selbst der, Franz, schreibt wohl kaum solche Briefe.»

Bevor Liszt antworten konnte, fuhr von Fallersleben dazwischen.

«Hat jemand Sie gesehen? Ich meine: Sind Sie jemandem am Münchner Hof begegnet?»

«Selbstverständlich bin ich das, mindestens einem halben Dutzend Dienern und Hofschranzen.» Und nach einer kurzen Pause fügte sie hinzu: «Und da war jemand, in einer Kutsche.»

«Wer?», fragten Liszt und von Fallersleben wie aus einem Munde.

«Ich weiß es nicht, ein Mann eben. Ich bin mir nicht sicher. Ein hagerer Mann in teurer Kleidung.»

«Erinnere dich, zum Teufel, wer war der Kerl?», schrie Liszt sie an.

«Ich sage doch, ich weiß es nicht! Aber ich habe ihn schon früher ein paar Mal gesehen.»

«In München?», fragte von Fallersleben.

«Nein, hier, in Weimar.» Die Fürstin begann zu weinen. «Ich hab es für dich getan, für uns, für unsere Ehe. Deshalb war ich dort. Ludwig kann uns helfen, er wird …»

«Schsch …», Liszt hatte sich zu Carolyne aufs Bett gesetzt und schloss sie in seine Arme. «Ist schon gut, mein Liebes.»

Von Fallersleben dagegen schien sich nicht sofort beruhigen zu wollen, denn er setzte gerade an, das Verhör fortzuführen, als ihm Liszt mit einem Handzeichen zu verstehen gab, dass es nun genug sei. Tatsächlich hatten sie genug gehört, um zu ahnen, um wen es sich bei dem Absender des Briefes handeln konnte. Und es sollte nur wenige Tage dauern, bis der unbekannte Briefschreiber selbst Post bekam – und eine Einladung auf die Altenburg.

6

Dresden

Das Haus erstarrte unter einer Glocke aus Angst, Schweigen und Warten. Keines der Kinder konnten die ausufernde Zuwendung der Großeltern und die wohlmeinenden Lügen Friederikes darüber hinwegtäuschen, dass es diesmal ernst war. Ihr Vater war sehr, sehr krank. Um das zu wissen, mussten sie weder sein Krankenzimmer betreten noch heimlich die Gespräche zwischen Carus und Friederike belauschen. Es reichte vollauf, den Erwachsenen ins Gesicht zu schauen, und schon wussten sie mehr, als diese sich eingestehen wollten.

In der Nacht auf den 23. Oktober verschlechterte sich Rietschels Zustand rapide. Carus und Friederike blieben die ganze Zeit bei ihm. Adelheid, die die Betreuung von Gertrud übernommen hatte, rief Friederike nur etwa alle drei Stunden zum Stillen, dann verschwand Rike, blass und verhärmt, wieder im Krankenzimmer.

Johanna verlor in der Küche die Nerven, als ihr eine heiße Brühe überkochte. Schluchzend sank sie am Herd nieder. Auf Carus' Geheiß wurden die Buben noch in der Nacht in sein Haus gebracht. Hier konnte sich niemand angemessen um sie kümmern, und nachdem man Hermann und Georg frierend unter der Kellertreppe fand, wohin sie sich ängstlich verkrochen hatten, war allen Beteiligten klar, dass die Kinder in der Obhut der Omama besser aufgehoben waren. Wolfgang, der dagegen Einspruch erhob, wurde von einem strengen Blick seines Großvaters zum Schweigen gebracht.

Vor dem Hause der Rietschels fanden sich nun immer wieder Studenten ein, redeten leise und aufgeregt durcheinander und blickten zum Fenster des Professors auf. Kietz, der sich für kurze Zeit unter sie mischte, suchte sie zu beruhigen, ohne Erfolg. Schließlich schickte er sie fort und ging dann selbst ins Haus, weil er es nicht ertragen konnte, fern von Rietschel zu sein. Ihm war hundeelend. Johanna, die ihn in den Salon schob, war dankbar, dass sie schließlich doch an jemanden ihre Suppe verfüttern konnte, und Kietz schaffte es tatsächlich, über seinen mangelnden Hunger hinwegzutäuschen und die Suppe später heimlich aus dem Fenster zu schütten.

Das einzige Geräusch, das zu vernehmen war, war ein

gelegentliches Greinen von Gertrud, sonst blieb es still. Man wollte den Schlaf des Kranken nicht stören.

Doch Rietschel schlief kaum. Immer wieder schüttelten ihn Hustenkrämpfe, spuckte er Blut, oder wenn er denn in den Schlaf sank, suchten ihn Fieberträume heim.

In einem dieser Träume versuchte er sich gegen eine Quecksilberkur zu wehren, die ihm Schiller angedeihen lassen wollte, in einem anderen sah er seine drei toten Frauen Albertine, Charlotte und Marie schweigend um das Bett stehen, in Charlottes und Maries Armen lag jeweils ein toter Säugling – so als wären sie gekommen, um ihn in ihre Mitte aufzunehmen.

«Geht!», flüsterte Rietschel. «Geht!»

«Was sagt er?», hörte er Carus fragen.

«Er bittet uns zu gehen», wiederholte Friederike seine Worte.

«Ich glaube nicht, dass er uns meint», sagte Carus. «Er fiebert.»

Am Morgen des 23. Oktober fiel er schließlich in einen tiefen Schlaf. Gegen acht Uhr erwachte er unvermittelt. Da war jemand im Raum, eine fremde Gestalt. Rietschel drehte mühsam den Kopf und sah Rike zu seiner Rechten in einem Sessel schlafen, Carus hatte sich zu seiner Linken platziert und war ebenfalls eingenickt. Aber da war noch jemand, und nun löste sich aus dem Dunkel beim Ofen ein Schatten und trat an sein Bett.

«Ich sehe, es geht Ihnen ein wenig besser, mein Freund.» Goethe lächelte. «Das ist schön. Schiller hat also seine unsägliche Quecksilberkur bei Ihnen nicht zur Anwendung bringen können.»

Rietschel versuchte zu antworten, es entfuhr ihm jedoch nur ein heiserer Laut.

«Schon gut, mein Freund, strengen Sie sich nicht unnötig an. Sie brauchen Ihre Kraft noch. Es warten Aufgaben auf Sie, und ich will, dass Sie sie nach bestem Wissen und Gewissen ausführen. Ich habe ein wenig Zeit für Sie erwirken können. Nutzen Sie diese gut, mein Freund! Viel ist es nicht.»

Rietschel versuchte sich im Bett aufzurichten. Er wollte antworten, wollte den Geist vertreiben, wollte sagen, dass er keine Hilfe benötige, nicht einmal von ihm. Es gelang ihm nicht. Mit der Hand, mit der er nach der Kante seines Nachttisches greifen wollte, glitt er ab und stieß dabei einen Wasserkrug um. Das Zerschellen des Gefäßes riss Rike und Carus aus dem Schlaf. Carus sprang auf, legte seine Hand auf Rietschels Stirn und sah dann zu Rike hinüber.

«Er wird es überstehen», sagte Carus, und zum ersten Mal seit Tagen glitt ein Lächeln über sein Gesicht, während Rike die Hand ihres Mannes ergriff und mit Küssen bedeckte. Rietschel blickte noch einmal dorthin, woher der Geist gekommen war. Die Nische beim Ofen war leer.

7

Binnen kurzem holten sie die Kinder zurück ins Haus, wohl vor allem, um Rietschel das Gefühl zu geben, das Leben verlaufe in einigermaßen geregelten Bahnen weiter, obwohl er im Krankenbett lag. Und mit den Kindern kam der Alltag zurück. Rechnungen, Geschwisterstreit, Schulerfolge, Holzlieferungen, Waschtage und zahlreiche Besucher, denen man anfangs noch freundlich die Tür wies, die aber nach und nach ihre Wege fanden, in das Haus hineinzutröpfeln. Angesichts dieses Stroms aus Studenten, Verwandten, Freunden und Quälgeistern gaben die Rietschels am Ende alle Widerstände auf. Doch vor Rietschels Krankenzimmer war Schluss. Rike bestand mit Nachdruck darauf, dass kaum jemand außer den Kindern und engsten Freunden zu ihrem Mann durchgelassen wurde. So blieb ihr nichts weiter übrig, als die tägliche Besucherflut in den Salon umzulenken, sie dort zuvorkommend, aber entschlossen im Zehn-Minuten-Takt abzufertigen, um anschließend ihre üblichen Pflichten und täglichen Aufgaben zu erledigen.

Johanna hatte es sich mittlerweile angewöhnt, täglich kräftigende Brühen und Suppen auf dem Herd parat zu haben, denn nicht nur Rietschel bedurfte ihrer Ansicht nach dringend einer fetten Rinderbouillon, auch Rike verhalf sie damit immer wieder zu neuem Leben, wie Rike nicht müde wurde zu betonen.

«Aber was hältst du davon, Johanna, statt der Suppe einmal etwas festere Nahrung …», setzte Rike an, um sie zur Abwechslung des Speiseplans anzuregen.

«Ich koche Ihnen alles, was Sie wollen, gnädige Frau, aber die Brühe bleibt!»

Es war sinnlos, sich zu widersetzen. Kein Wunder, dass zu Mittag des 28. November ein ganz besonderer Gast bemerkte, es «rieche im Hausse Rietssel sso wunderbar nach Kuh», und daher werde er ganz sicher zum Mittagessen bleiben.

Sosehr Friederike sich auch bemühte, Gäste von ihrem immer noch bettlägerigen und ruhebedürftigen Manne fernzuhalten, so sehr freute man sich im Hause Rietschel doch über die Ankunft von Hans Christian Andersen.

«Danke ssön!», rief der begeistert aus, als Friederike ihm im Salon bereits den vierten Teller Suppe auftragen ließ. Und während nach und nach die Buben aus der Schule heimkehrten und, um Andersens Suppenteller geschart, voll Freude jeden Löffel mitzählten, der in seinen Schlund wanderte, war Johanna geradezu empört über dessen schier unstillbaren Hunger.

«Daran musst du dich gewöhnen, Johanna», sagte Rike lachend, «denn Andersen hat mir gerade erzählt, dass er einige Tage in Dresden zu bleiben beabsichtigt, ehe er in Richtung Bayern weiterreist.»

«Soll er doch bayerische Würstchen futtern, statt unserem gnädigen Herrn die Brühe wegzuschlürfen», maulte sie.

Rietschel selbst hatte man bereits über den Besucher aus dem hohen Norden in Kenntnis gesetzt, und obwohl er ihn von Herzen gern in angemessener Aufmachung begrüßt hätte, fühlte er sich zu schwach, um das Bett zu verlassen.

«Ssie ssollten nicht meinetwegen aufsstehen, mein Lieber», sagte Andersen freundlich, als er, angefüllt mit nicht weniger als sieben Tellern Rindersuppe und acht Scheiben Brot, neben Rietschels Bett Platz genommen hatte.

«Das ist sehr freundlich von Ihnen, aber wann haben wir je so lieben Besuch im Haus? Da wäre es doch nur angemessen, vor Freude aufzuspringen!», antwortete Rietschel lächelnd.

«Oh, gessprungen ssind dafür Ihre Kinderchen! Bessonders der kleine Chrisstian. Iss sschön, wenn man sso freudig begrüsst wird.»

Die drei Buben, Wolfgang, Georg Christian und Hermann, drückten sich derweil kichernd an der Schlafzimmerwand herum, um nur ja nichts von dem Gespräch zwischen

Andersen und ihrem Vater zu verpassen. Rike hatte sich ebenfalls dazugesetzt und schaukelte die kleine Gertrud auf ihrem Schoß.

«Und Ihre Kleine iss so ein herziges Kind», fuhr Andersen fort. «Wie hätte ich in Dressden ssein können, ohne diessem Herzlein einmal in die Backen zu kneifen?» Sprach's und tat es auch sogleich, indem er sich über Rietschels Bett beugte und Gertrud sanft in die Wange kniff. Das Kind, durch die plötzliche Berührung des Fremden ganz verschreckt, begann sofort zu weinen.

«Oh, oh, dass wollt ich nicht!», jammerte Andersen nun. «Da muss ich zur Entssädigung wohl eine Gessichte vorlessen?»

«Ja, ich denke, das müssen Sie wohl», sagte Rietschel. «Und wie ich sehe, kamen Sie nicht unvorbereitet!» Er deutete auf ein paar Bögen Papier, die Andersen nun aus seiner Rocktasche zog.

«Ein Märchen, wie ich hoffe?», fragte Rietschel.

«Ja, sso isst ess. Und ess passt wunderbar zsu Ihnen, mein Freund», gab Andersen zur Antwort und begann mit der Lesung aus «Die alte Kirchenglocke». Darin läutet in Marbach am Neckar zur Geburt eines Kindes die alte Kirchenglocke und begleitet fortan das Schicksal des Knaben bis zu seinem Tod. Danach wird die Glocke zum Denkmal eingeschmolzen und ergibt so Kopf und Brust einer Statue. Und der Name des Knaben, zu dessen Denkmal nun die Glocke geworden ist, lautet Friedrich Schiller.

Rietschel war zutiefst gerührt und drückte seinem Gast still die Hand. «Wie wunderbar», sagte er. «Ich danke Ihnen aufrichtig, mein werter Freund. Was gäbe ich darum, wenn aus meinem Bronzedenkmal nur annähernd so viel Kunstfertigkeit spräche wie aus dem Denkmal Schillers, das Sie uns eben zu Gehör gebracht haben!»

«Ach, papperlapapp!», sagte Andersen lachend. «Ssie können dass viel besser alss ich!»

«Nein, Andersen, Sie übertreffen sogar noch Schiller selbst! In jedem Ihrer Märchen steckt ein Geheimnis, und das bewundere ich.»

Doch Andersen schüttelte energisch den Kopf.

«Wissen Sie, Rietschel, ess liegt nicht an mir, das Geheimnissvolle. Jedes Kind trägt ein Märchen in ssich. Man muss nur nah genug herankommen, um es zu ssehen.»

«Und Sie glauben, das gilt für jedes Kind?», ergriff Friederike das Wort.

«Ja, dass glaube ich in der Tat.»

«Sogar für das Kind, das der alte Geheimrat Goethe einmal war?»

«Ja, ssogar für den.»

«Dann können wir uns auf ein weiteres Dichtermärchen freuen?», hakte Rietschel nach.

«Nu, ich gesstehe, mit Goethe hab ich dann doch sso meine Sschwierigkeiten. Wann immer ich ein paar Zeilen zsu Papier bringe, sso wird darauss kein Märchen, ssondern eine höchsst unansständige Gessichte voller Frauen, Wein und Machtstreben, und sso fürchte ich, mein Goethe isst nichts für Kinderohren! Aber was isst mit Ihnen, Rietschel? Wollen Ssie nicht Ihr eigeness Kindermärchen zu Papier bringen?» Er zwinkerte ihm zu. «Und nun brauche ich eine Sstärkung. Frau Rike, ist noch was von der Ssuppe übrig?»

8

«Als Schriftsteller hat man es gut», sagte Rietschel am Abend, als Friederike ihm das Federbett neu bezog, während er sich, in eine wollene Decke gehüllt, kurzfristig auf einem Stuhl niedergelassen hatte.

«Wie kommst du darauf?»

«Nun, selbst im Liegen ist es einem vergönnt zu arbeiten. Man braucht doch nichts weiter als Papier und Stift. Ich armer Bildhauer kann zwar meine Entwürfe machen, doch der Rest bleibt ungetan. Kein Ton, kein Gips wird je über die Schwelle dieses Krankenzimmers kommen, und dabei bin ich schon jetzt furchtbar im Verzug mit meiner Goethe-Schiller-Gruppe.»

«Dann bleibt dir wohl nichts übrig, als den Beruf zu wechseln», antwortete Friederike heiter, während sie ihren Mann bei den wenigen Schritten vom Stuhl zum Bett stützte und ihn anschließend wieder zudeckte.

«Richtig, mein Engel, doch was hätte ich schon zu erzählen?», gab Rietschel zu bedenken.

«Hast du nicht erst neulich zu mir gesagt, dein Leben sei dir bislang wahrhaftig vorgekommen wie ein Märchen?»

«Stimmt», sagte Rietschel. «Ein kleiner Beutlerssohn aus Pulsnitz darf in Dresden als Professor leben … wahrlich ein Märchen. Nur fehlt mir zum schriftlichen Gestalten jegliches Talent. Und du weißt, was ich für eine grässliche Handschrift habe! Nein, aus mir wird beileibe kein Andersen mehr.»

«Wer sagt denn, dass du gleich zu einem Andersen werden musst?» Rike hatte sich den Stuhl ans Bett gezogen und die Füße auf die Bettkante gelegt. «Ah … das tut gut! Meine

Beine waren schon ganz geschwollen vom vielen Herumgerenne.»

Sein Gesicht verdüsterte sich. «Ich bin dir eine Last!», sagte er.

«Ja, bist du, wenn du weiter Trübsal bläst. Damit gehst du nur dir, mir und dem Rest der Welt auf die Nerven. Ich weiß, dass du dich unbedingt schonen sollst, aber etwas geistige Beschäftigung würde dir gewiss ganz guttun.»

Friederikes Worte gaben Rietschel zu denken, denn in der Tat hatte er selbst das Gefühl, an seinem Gemütszustand etwas ändern zu müssen. Also wehrte er ihren Vorschlag nicht ab, sondern überwand sich zu fragen: «Und was stellst du dir vor?»

«Tun wir doch, was Andersen vorgeschlagen hat. Du diktierst, ich schreibe.»

«Meine Lebenserinnerungen?», fragte Rietschel ungläubig. «Rike, ich stehe vielleicht an der Schwelle des Todes, aber meine Memoiren aufzuzeichnen hat dann doch etwas sehr Endgültiges an sich. Ich bin ehrlich gesagt nicht sicher, ob ausgerechnet das der richtige Weg ist, mich auf andere Gedanken zu bringen.»

«Ach was, wir fangen einfach mit deiner Kindheit und Jugend an, und wenn es dir nicht behagt weiterzuerzählen, dann hören wir eben wieder auf.»

Er lehnte den Kopf an die Wand und schloss die Augen. «Und wen sollten meine Erinnerungen interessieren?»

«Mich zum Beispiel. Und die Kinder! Denk doch nur einmal daran, mit welcher Freude sie deinen Geschichten von früher lauschen. Wenn du deine Erinnerungen nicht veröffentlicht sehen willst, dann schreibe sie doch wenigstens für uns auf.»

Rietschel öffnete die Augen wieder und nickte seiner Frau schließlich zu. «Einverstanden.»

«Du wirst schon sehen», sagte Friederike, «deine Nachkommenschaft wird es dir danken, so viel über dich zu erfahren. Und nun leg dich hin und ruh dich aus, und ich schaue mal nach, ob Andersen noch etwas von Johannas Rinderbrühe übrig gelassen hat. Mit ein bisschen Glück hat er sie zur Gänze weggelöffelt, und du bekommst stattdessen ein Brot mit Heringshäckerle.»

9

«Was für ein rührseliger Schwachsinn!» Schiller konnte sich gar nicht beruhigen. Mit wutverzerrtem Gesicht lief er von einer Zimmerecke in die andere und wirkte auf Goethe und Rietschel wie ein Tier im Käfig, das entlang der Gitterstäbe streift, die Beute vor Augen, und doch unfähig ist, seine Zähne in den Fang zu schlagen.

«Setzen Sie sich in Gottes Namen hin, von Schiller!», schalt ihn Goethe.

«Wie kommt dieser dänische Schreiberling nur darauf, mich in seinem Text zu verwursten?» Schiller schnaubte verächtlich und sah Rietschel an. «Da haben Sie es: Kaum ist man ein paar Jahre tot, schon glaubt die Nachwelt, nach Belieben mit einem verfahren zu dürfen. Sehen Sie sich vor, Rietschel, dass Ihnen in ein paar Jahren nicht das Gleiche widerfährt!»

«Da habe ich keine großen Bedenken», gab Rietschel zurück. «Wenn man sich in einigen Jahrzehnten meiner überhaupt noch erinnern wird, dann nur aufgrund meiner

Werke. Meine Person wird gänzlich in Vergessenheit geraten.»

«Seien Sie sich da nicht so sicher, junger Freund», sagte Goethe mit einem Lächeln. Der Aufruhr, den Schiller wegen Andersens «Die alte Kirchenglocke» veranstaltete, schien ihn zu amüsieren.

«Wenn ich das anmerken darf: Mich hat dieses Märchen sehr gerührt», hielt Rietschel dagegen. «Und ich halte Andersen für weit mehr als einen Schreiberling.»

«Hört, hört», sagte Schiller. «Halte ich Ihnen etwa Vorträge über die Stärken und Schwächen dänischer Bildhauer? Ich sage nur: Schuster, bleib bei deinen …»

«Oh bitte, von Schiller!», rief Goethe. «So schlecht, wie Sie ihn darstellen, ist Andersen beileibe nicht. Und wenn wir schon bei dänischen Bildhauern sind, dann vergessen Sie mir nicht Thorvaldsen!»

«Den ich, wenn ich das an dieser Stelle einmal sagen darf, zu meinen großen Vorbildern zähle», fügte Rietschel hinzu. «Umso verständlicher, dass Andersen mit diesem Märchen Thorvaldsen und seinem Stuttgarter Schillerdenkmal huldigen wollte.»

«Ha!», brüllte Schiller. «Thorvaldsen huldigen – das ist doch lächerlich! Ginge es nach dem, würde mich die Welt mit gesenktem Haupt in Erinnerung behalten, so als schritte ich zu meiner eigenen Hinrichtung! Und was ist es auch anderes als eine geistige Hinrichtung, wenn die Nachwelt einem Genius mit solch lächerlichem Kult derart übel mitspielt!»

Damit löste sich Schiller mit einem Knall in einer Rauchwolke auf und war verschwunden. Rietschel begann zu husten.

«Ich habe ihm gesagt, er soll diesen Spuk lassen, weil er

damit Ihrer Gesundheit schadet, aber er braucht zuweilen den ganz großen Abgang», entschuldigte Goethe seinen Freund. «Dabei macht er sich nach meinem Dafürhalten nur lächerlich. Wer sind wir denn, dass wir solcher Art Schall und Rauch nötig hätten?»

«Ich bin untröstlich, Herr Geheimrat, ich wollte nicht …», begann Rietschel, doch Goethe winkte ab.

«Lassen Sie es gut sein. Was können Sie für die empfindsame Seele Schillers? Das Beste, was Sie für ihn und mich tun können, ist, baldmöglichst gesund zu werden und wieder frisch ans Werk zu gehen. Denn darin sind Schiller und ich uns ausnahmsweise einmal einig: Die Nachwelt wird unsereiner weit gnädiger gedenken, wenn ein Meister wie Sie am Werk ist. Also, Rietschel, kommen Sie zu Kräften und verleihen Sie uns Glanz und Ruhm durch Ihr Bildnis. Machen Sie uns gut!»

Damit erhob Goethe sich von seinem Stuhl und wollte schon durch die Wand entschwinden, als er sich noch einmal zu Rietschel umwandte: «Ehe ich es vergesse: Wenn Sie das nächste Mal nach Weimar reisen, dann erkundigen Sie sich bei Fürstin Carolyne zu Sayn-Wittgenstein nach dem Befinden König Ludwigs. Ich bin gespannt, was sie Ihnen zur Antwort geben wird.»

Und damit verschwand Goethe zwischen dem Waschtisch und einem gerahmten Entwurf von Amor und Psyche durch die Mauer, und Rietschel fiel wieder in einen unruhigen Schlaf.

10

Weimar

Förster betrachtete sich aufmerksam im Spiegel. Ja, der Gehrock saß vorzüglich: Florentiner Seide, taubenblau, er hatte den Stoff bei seinem letzten Aufenthalt in München erstanden. Als Halsbinde wählte er ein Geschenk des Großherzogs zu seinem fünfundvierzigsten Geburtstag. Die Hosen waren schlicht und schwarz, aber von einer gewissen Eleganz, und die Schuhe glänzten. Er würde heute Abend auf der Altenburg eine gute Figur machen, und er freute sich darauf, der Gesellschaft als so elegante Erscheinung unter die Augen zu treten. Man würde nicht umhin können, da war er sicher, seinem Auftritt Beifall zu zollen.

Somit bestieg Förster an diesem Abend mit einer Mischung aus Neugier, Stolz und leiser Furcht eine Droschke und ließ sich in Richtung Altenburg kutschieren, obgleich ihn der Weg dorthin kaum mehr als fünfzehn Minuten zu Fuß gekostet hätte. Doch er wollte unter allen Umständen vermeiden, mit Schlammspritzern an Schuhen und Hose vor der Fürstin zu erscheinen.

Sie waren alle da: Raff, Liszts Sekretär, der Maler Preller, von Fallersleben nebst Gattin natürlich und der halbe Neu-Weimar-Verein. Auch Hofrat Sauppe war anwesend, der Vorsitzende des Denkmalkomitees, und nachdem Förster der Fürstin die Hand geküsst und ein paar lobende Worte über die Einrichtung des Salons geäußert hatte, gesellte er sich zunächst zu Sauppe und begann eine Unterhaltung über die Fortschritte zur Finanzierung des Goethe-Schiller-Denkmals. Sauppe schien schlechter Stimmung zu sein.

«Wir stehen nach wie vor auf wackeligen Füßen», stöhnte

er. «Nicht einmal die Hälfte der notwendigen Gelder haben wir bislang eintreiben können. Sowohl Weimar als auch München geben sich recht zugeknöpft, und man überlegt nun ernsthaft, Anleihen beim Franzosenkönig zu machen, um dieses Denkmal großer deutscher Geister auf die Beine stellen zu können. Man stelle sich das vor: die zwei größten deutschen Dichter, finanziert durch Napoleon!»

«Die Franzosen haben nun einmal einen gewissen Kunstsinn, das lässt sich nicht bestreiten. Und darüber hinaus verfügt Napoleon über die notwendigen Mittel», wiegelte Förster ab.

«Wie ich höre, ist der Kaiser von China auch kein armer Mann. Fragen wir doch gleich den!», erwiderte Sauppe.

«Ich sehe keinen Grund für Ihren Hohn, Sauppe. Es wird sich alles zur rechten Zeit fügen. Wenn Sie möchten», Förster räusperte sich, «könnte ich bei meinem nächsten Aufenthalt an der Isar ein gutes Wort bei Ludwig einlegen und ihn bitten, seinen Beitrag zu erhöhen.»

Sauppe atmete heftig ein, um zu zeigen, wie undenkbar er es fand, Förster um einen derartigen Gefallen zu bitten. Dann aber schien er doch keine andere Lösung zu sehen. Mit einem Kopfnicken gab er Förster sein Einverständnis.

«Ludwig ist ein großzügiger Mann und ein echter Liebhaber der wahren Kunst. Er wird …» Förster hielt inne, denn von Fallersleben näherte sich ihnen.

«Nun, Förster, wie steht es im Boudoir des Bayernkönigs?», fragte von Fallersleben.

«Ich weiß wirklich nicht, was Sie damit sagen wollen, von Fallersleben», sagte Förster.

«Nun, mir scheint, Sie stehen dem ehemaligen König von Bayern näher als irgendjemand sonst auf dieser Welt.»

«Gewiss nicht *so* nahe», entgegnete Förster scharf.

«Und ich dachte, Sie kennen sogar die Art des Klistiers, das dem König jeden Morgen verabreicht wird, wo Sie ihm doch die meiste Zeit in den Arsch kriechen.»

«Das war etwas tief unter der Gürtellinie, Heinrich, selbst für dich», mischte sich nun Liszt in die Unterhaltung.

«Ich bitte vielmals um Entschuldigung», sagte von Fallersleben. «Ich wusste nicht, dass der Unterleib des Bayernkönigs geschütztes Terrain ist, sonst hätte ich wohl kaum gewagt, darüber zu scherzen.»

«Ihre Scherze, von Fallersleben», sagte Förster mit säuerlicher Miene, «entbehren jeglichen Humors.»

«Nun, Ihr Brief auch, mein wohlmeinender Freund», antwortete von Fallersleben, und Förster spürte, wie ihm die Röte ins Gesicht stieg. Hofrat Sauppe blickte betreten zu Boden. Offenbar wusste er nicht recht, wie er diesem Gespräch entkommen konnte.

«Was mein Freund in seinem Feuereifer damit sagen möchte», wandte Liszt ein, «ist wohl Folgendes: Nicht jedermann in diesem Raum verfügt über so ansehnliche und einflussreiche Verbindungen wie Sie, Förster.»

«Dich selbst natürlich ausgenommen», wandte von Fallersleben ein.

«Danke, Heinrich, in der Tat ist meine Person am Weimarer Hofe wohlgelitten. Doch machen wir uns nichts vor: Ein Gerücht, ein Hinweis, ein verleumderischer Brief könnte meinen Einfluss zunichtemachen, so mir jemand nicht gewogen sein sollte.»

Förster richtete sich zu voller Größe auf. «Was wollen die Herren damit andeuten?»

«Nichts, rein gar nichts, lieber Förster.» Liszt lächelte ihm aufmunternd zu. «Ich denke nur, man sollte heutzutage sehr darauf achten, die eigene Stellung nicht zu überschätzen.»

«Und vor allem sollte man seine Feinde nicht *unter*schätzen», ergänzte von Fallersleben. Damit nickten die beiden Herren Förster zu und begaben sich zu der Gruppe um Preller, der gerade lauthals den Untergang der abendländischen Kunst verkündete.

Förster blieb mit verbittertem Gesichtsausdruck und einem sich offensichtlich unwohl fühlenden Sauppe zurück. Letzterer bat Förster denn auch, sich kurz zurückziehen zu dürfen. Förster schaute absichtlich an Sauppe vorbei und hielt sich mit verkrampften Fingern an seinem Weinglas fest, während er so tat, als widme er seine Aufmerksamkeit einem drittklassigen Landschaftsgemälde, das im Salon hing.

«Mein lieber Förster», hörte er plötzlich eine Stimme sagen. Es war die Fürstin. «Sie sind, wie ich vernommen habe, ein Mann von großem Kunstsinn und Geschmack. Wie gefällt Ihnen diese Landschaft? Freiheraus, ich bin gespannt auf Ihr Urteil!»

Förster, durch das vorangegangene Gespräch noch immer irritiert, war nicht gewillt, irgendjemandem zu schmeicheln, also antwortete er: «Ich finde das Gemälde reichlich schlicht.»

«Schlicht, sagen Sie?» Die Fürstin zückte ihren Fächer und wedelte sich Luft zu.

«Nun ja, der Maler hat sich gewiss Mühe gegeben, aber das ist bedauernswerterweise auch schon alles, was ich daran zu loben imstande bin.»

Da lachte die Fürstin unvermittelt auf, doch es klang gekünstelt. «In der Tat hat sich der Maler *groſse Mühe* gegeben.

Ich habe an diesem Bild nicht weniger als zwei Monate gearbeitet.»

Förster schluckte. «Ich muss um Verzeihung bitten! Hätten Sie mich vorher über den Schöpfer dieses Gemäldes unterrichtet, ich hätte gewiss weit treffendere Worte gefunden.»

«Sie scheinen des Öfteren nicht die richtigen Worte zu finden, mein lieber Förster», sagte die Fürstin.

«Wie darf ich das verstehen?»

«Ich habe Sie beobachtet, wie Sie mit Franz und von Fallersleben sprachen. Die beiden wirkten auf mich, nun ja, erzürnt.»

«Ich versichere Ihnen, es lag ganz und gar nicht in meiner Absicht …», setzte Förster verzagt an.

«Gewiss nicht, mein lieber Förster, gewiss nicht. Aber Sie sind doch ein gescheiter Mann. Statt sich mit Liszt und von Fallersleben anzulegen, hätten Sie besser daran getan, in diesem Hause nach Verbündeten zu suchen.»

«Habe ich denn Verbündete in diesem Haus?», fragte Förster überrascht.

«Ich bin mir noch nicht ganz sicher, mein lieber Förster, ob es zu einer Verbindung kommen wird. Doch wir haben zweifelsohne gemeinsame Interessen. Ich sage es in aller Deutlichkeit: Sie wollen einen Titel erhalten, ich will dagegen meinen Namen loswerden. Sprich: Ich will Liszt endlich heiraten. Und der Weg dazu führt für uns beide über König Ludwig. Vielleicht treffen wir ein Arrangement, Förster, zu unserem beiderseitigen Nutzen?»

Im Hintergrund hatte man Liszt dazu gedrängt, am Flügel Platz zu nehmen, und so schlug er gerade die ersten Takte einer Schubert-Sonate an.

«Das klingt wie Musik in meinen Ohren. Wie darf ich Ihnen behilflich sein?», sagte Förster lächelnd, und ihn beschlich das angenehme Gefühl, sein heutiger Besuch in der Altenburg könnte doch noch ein Erfolg werden.

II

Dresden

«Wo waren wir stehengeblieben?», fragte Rietschel.

«Einen Augenblick, Liebster, ich muss erst … ja, hier ist die Stelle. Wir waren in Pulsnitz stehengeblieben, welche Schule du besucht hast und wer dir Unterricht erteilt hat.»

«Ah, richtig. Nun, ich habe auch selbst unterrichtet. Habe ich das schon erwähnt?»

«Nein, nur zu!», forderte ihn Friederike auf, die mit Tintenfass, Feder und Papier neben ihrem Mann am Krankenbett Platz genommen hatte.

«Wenn ich mich richtig erinnere, war ich etwa zwölf Jahre alt, als ich … Was ist das für ein Lärm?»

Friederike schaute auf. «Es klingt ganz nach Georg. Ich sehe mal nach.» Damit verschwand sie aus dem Zimmer und kehrte etwa eine Viertelstunde später mit einem verweinten Georg an der Hand zurück. Sie setzte sich, zog behutsam das Kind auf ihren Schoß und forderte es mit leiser Stimme auf, dem Vater von seinem Unglück zu berichten, während sie ihm die nicht enden wollende Tränenflut von den Wangen wischte.

«Ich hab die Schulaufgabe in Rechnen vergessen. Und der Herr Lehrer hat … er hat …»

«Was hat er getan, mein Kleiner?» Rietschel hatte sich im

Bett aufgerichtet und sah mit ernstem Gesicht auf sein Kind. Doch Georg begann wieder heftiger zu weinen und brachte außer einem Schluchzen keinen Ton hervor. Also übernahm Friederike den Bericht:

«Er hat ihm mit dem Lineal auf die Finger geschlagen. Und weil Georg dabei zu weinen anfing, tat er es gleich noch zweimal. In der Pause ist Georg dann davongelaufen.»

«Hattest du denn deine Rechenaufgabe nicht gemacht?», fragte Rietschel seinen Sohn.

«Ernst! Was spielt das für eine Rolle? Der Lehrer hat ihn geschlagen!»

«Ich wollte doch nur wissen, ob er seine Aufgabe gemacht hat.»

«Und wenn schon? Niemand legt Hand an diese Kinder!»

«Rike, es geht darum, ob der Lehrer einen Grund gehabt hat, so hart vorzugehen.»

Da hob Friederike den schluchzenden Georg von ihrem Schoß, nahm das Kind an der Hand und verließ mit einem wütenden Blick auf ihren Mann den Raum. Sie führte Georg in sein Zimmer und ging dann hinunter in die Küche, um Johanna um eine warme Milch für das Kind zu bitten. Danach stieg sie erneut die Stufen hinauf, öffnete mit einem Ruck die Tür zum Zimmer ihres Mannes und schloss sie geräuschvoll wieder.

Der Streit dauerte gut eine halbe Stunde, während der sich Johanna zu Georg ans Bett setzte und ihm stetig über den Kopf strich. Georg, verstört ob des Disputs seiner Eltern, begann von neuem zu weinen und brachte ein leises «Das wollte ich nicht» hervor.

«Jungchen, du trägst keine Schuld. Glaube mir, die werden

sich bald wieder einkriegen. Und wenn ich unsere gnädige Frau richtig einschätze, dann hebt sie sich noch etwas von ihrer Wut für diesen Unhold von Lehrer auf. Der wird nicht viel zu lachen haben.»

Doch entgegen Johannas Vorhersage ließ Rietschel etwa eine Stunde später eine geschlossene Droschke vorfahren und bestieg, mit einiger Mühe, selbst das Fahrzeug. Man sah ihm die Anstrengung deutlich an, aber er wirkte entschlossen und schien beinahe erleichtert darüber, dass er nun seine lange Bettlägerigkeit beendete.

«Der Herr fährt selbst?», fragte Johanna erstaunt, als Friederike die Küche betrat.

«Ich weiß auch, dass das nicht klug ist, Johanna, aber er hat darauf bestanden.»

«Dann sollten Sie kein schlechtes Gewissen haben, gnädige Frau», murmelte Johanna, «der gnädige Herr weiß schon, was er tut. Und die Kinder sind ihm zu wichtig, als dass er sich da heraushalten kann.»

«Ja, sicher», sagte Friederike leise. «Aber ich hab ihm auch schwer zugesetzt.»

«Er wird's verkraften», erwiderte Johanna.

Als Georg am folgenden Morgen die Schule mit flauem Magen betrat, erwähnte sein Lehrer den jüngsten Vorfall und den Besuch seines Vaters mit keinem Wort. Das Lineal blieb während des restlichen Schuljahres zwar als immerwährende Drohung auf dem Pult liegen, kam jedoch nicht mehr zum Einsatz.

12

München

«Wir gehen bald ins dritte Jahr, Förster, und sind doch kaum ein Stück weitergekommen! Mir ist bewusst, dass Sie alles Menschenmögliche tun, aber wir hinken dem Zeitplan erheblich hinterher, das wird auch Rietschel zugeben müssen. Und dann diese Knöpfe!»

Seit Försters letztem Besuch beim ehemaligen Bayernkönig waren einige Monate vergangen, und in der Tat hatte man in Bezug auf das Denkmal kaum Fortschritte gemacht.

«Mehr Tempo, Förster, mehr Tempo! Machen Sie das Ihrem Freund klar: Sonst muss ich doch noch erwägen, Gasser mit der Ausführung zu beauftragen.»

Förster mühte sich, Ludwig zu beruhigen. Er versprach, Rietschel zur Eile zu mahnen, obwohl er wusste, dass dies kaum von Erfolg gekrönt sein würde, denn erstens war Rietschel durch seine Lungenkrankheit stark angegriffen, und zweitens hatte man ihn ja gerade verpflichtet, *weil* er so gewissenhaft arbeitete, und das bedeutete, dass Rietschel nun einmal seine Zeit brauchte. In diesem Augenblick hätten solche Argumente beim König jedoch nichts gefruchtet, dazu kannte ihn Förster gut genug. Stattdessen wollte er den König mit einer kleinen Erfolgsgeschichte milde stimmen.

«Was ich Euer Majestät noch berichten wollte: Liszt stimmt offenbar einer Uraufführung seiner geplanten Faust-Symphonie bei der Denkmalsenthüllung zu.»

«Was heißt: *Er stimmt zu?*», polterte Ludwig. «Und was heißt hier *geplante Faust-Symphonie*, Förster? Ich dachte, die sei längst in Arbeit und so gut wie abgeschlossen.»

«Ja … oder vielmehr, beinahe», antwortete Förster. «Liszt

war stark beansprucht durch seine zahlreichen Konzerte und dann natürlich seine Verpflichtungen in Weimar. Außerdem gibt es da auch noch diese eine Sache, die ihm offensichtlich sehr zu schaffen macht, weil sie den häuslichen Frieden stört – und dieser ist, wie Majestät sich vorstellen können, elementar für das Schaffen eines jeden Künstlers.»

«Hm», machte der König, «häuslicher Frieden – was glauben Sie, was bei mir daheim los ist! Maximilian macht mir täglich die Hölle heiß, meine Frau … Ach, daher weht der Wind! Hat die Fürstin Sie auch schon um den Finger gewickelt?» Plötzlich begann Ludwig zu lachen. «Das ist vielleicht ein Weibsbild!»

«Nun, ich kann nicht leugnen, dass die Fürstin zu Sayn-Wittgenstein bei mir großen Eindruck hinterlassen hat», gab Förster zu.

«Ja, Förster, haben Sie etwas mir der?», fragte Ludwig nunmehr amüsiert. «Ich muss Sie warnen – die gute Frau hat mächtige Feinde.»

«Aber doch nicht Eure Majestät, will ich meinen», sagte Förster, der nicht wusste, ob er sich durch die Vermutung, er könne eine intime Beziehung mit der Fürstin unterhalten, geschmeichelt oder gekränkt fühlen sollte.

«Nein, mich nicht», antwortete der König. «Aber ich traue ihr andererseits auch nicht über den Weg. Und ich werde den Teufel tun und ihr bei ihrer Scheidung behilflich sein. Was soll ich mich mit dem Papst anlegen oder, schlimmer noch, mit meinem Sohn? Das hätte mir gerade noch gefehlt!»

«Allerdings», gab Förster zu, «hat sie Einfluss, vor allem natürlich auf Liszt. Sie würde sicher dafür sorgen können, dass man Eurer Großzügigkeit ewig gedenken wird, Majestät. Eine Widmung von Liszts Werk wäre wohl das Mindeste, was man für Euch tun könnte.»

«So, so», brummte Ludwig. «Der Liszt ist ein Trottel, wenn er sich von seiner Geliebten so herumkommandieren lässt. Aber bitte, ich sag nichts mehr. Das mit der Widmung regeln *Sie*, Förster, und richten Sie der Fürstin aus, ich werde beim Maxi vielleicht ein gutes Wort für sie einlegen, auch wenn ich bezweifle, dass es etwas nützen wird. Er und der Zar sind nicht gut aufeinander zu sprechen. Und eine Russin scheiden kann nun mal nur der Zar.»

Förster verstand.

«Und jetzt zurück zu Goethes Knöpfen. Also, die gefallen mir einmal gar nicht», begann Ludwig wieder von vorne. «Ändern Sie das, Förster! Oder besser noch: Ich lasse dem Rietschel einen Brief zukommen ...»

13

Mein lieber, hochverehrter Freund und Meister Rauch,

Sie werden von meiner langen, schweren Erkrankung gehört haben, und ich danke Gott dafür, dass ich noch unter den Meinen weilen darf. Dieses Mal ist der Kelch an mir vorübergegangen, und ich wünsche so sehr, dass mir noch einige gute Jahre zur Vollendung meiner Arbeit bleiben.

Preller besuchte mich im letzten Monat und überbrachte mir die frohe Botschaft, dass Sie bei guter Gesundheit sind und stets voller Tatendrang Ihrer Aufgabe nachkommen. Ich war darüber sehr froh und wünschte sehnlichst, Sie endlich einmal wieder in Berlin besuchen zu können. Und nun scheint dieser Tag in greifbare Nähe zu rücken, denn meine Arbeit an der Pietà ist noch immer unvollendet, und bevor ich diese nicht been-

det sehe, kann ich mich unmöglich wieder der Goethe-Schiller-Gruppe widmen, die ich aufgrund meiner schweren Erkrankung monatelang im Stich gelassen habe. Nur meinem Freund und Schüler Kietz habe ich es überhaupt zu verdanken, dass diese zwei großen Geister Weimars in der Zwischenzeit nicht zu einem Haufen staubigen Gips verkommen sind. Kietz pflegt meine Arbeit in meiner Abwesenheit mit unendlich viel Geduld, und ich bin sehr froh, ihn zu haben.

Nun also Berlin! In einer Woche werde ich von Dresden aufbrechen, und obwohl meine Friederike diese Reise mit der allergrößten Sorge verfolgt, komme ich nicht umhin zu sagen, wie unendlich dankbar ich darüber bin, mit dieser Fahrt das Krankenlager endgültig hinter mir zu lassen. Man wird doch ganz trübe in seinen Gedanken und zweifelt an fast allem, wenn man so auf sich zurückgeworfen ist.

Was für eine Freude wird es sein, sich wieder an die Pietà zu setzen und diese Herzensarbeit endlich zu einem guten Abschluss zu bringen! Und Sie zu sehen, mein Freund: Ich kann Ihnen gar nicht sagen, wie viel mir das bedeutet und wie sehr mir unsere Gespräche fehlen, ganz besonders, was Goethe und Schiller betrifft, zu denen ich mir Ihren Rat erhoffe, denn ich bin noch immer sehr unschlüssig, was die Gewandung Goethes anbelangt.

Zu allem Übel erreichen mich seit einigen Tagen wieder Briefe aus Weimar und München, in denen sich Carl Alexander und König Ludwig von Herzen uneins über die Figurengestaltung sind. Es scheint fast, als raubte mir dieses Werk noch meine allerletzten Kräfte. Dabei brauche ich diese wahrhaft – man bat mich nämlich, die Weltausstellung in Paris zu beschicken und, wenn möglich, auch selbst dorthin zu reisen. Friederike, die mich kaum nach Berlin ziehen lässt, hat bereits ihr Veto eingelegt, es sei denn, ich nehme sie mit, und so überlege ich ernsthaft, eine verspätete Hochzeitsreise daraus zu machen, mit einer Statuette meines Braunschweiger Lessings und ebender besagten Pietà im Gepäck sowie gut eintausend Bestellungen meiner Kinder für Mit-

bringsel aus der Seine-Stadt, als da wären: Seidenstoffe für Adelheid, ein Mikroskop für Wolfgang (als gäbe es das nicht auch in Dresden), ein gutes Dutzend Naschereien und einen Pudel für Georg und Hermann. Den Floh mit dem Pariser Pudel hat ihnen wohl unsere Johanna ins Ohr gesetzt, die verkündete, dort hätten alle feinen Herrschaften solch ein Tier. Unnötig zu erwähnen, dass meine beiden Jüngsten sich selbstverständlich zu ebendieser Schicht zählen wollen! Nur Gertrud, meine Jüngste, verlangt nach nichts als Liebe, Luft und Milchbrei. Sie macht uns allen große Freude und entwickelt sich prächtig.

So viel erst einmal von mir. Ich sehe Sie also in sieben Tagen in Berlin, mein Freund!

Auf ganz bald und mit den innigsten Grüßen verbunden,

Ihr Ernst Rietschel

14

Berlin war laut, grau, zu groß und voller Leben – wie immer. Rietschel spürte, wie er durch das Zusammensein mit Rauch förmlich aufblühte, und nahm jeden Rat seines Lehrmeisters in sich auf. Rauchs Vorschläge bezüglich der Beinstellung von Goethe und Schiller halfen ihm sehr weiter, und seine lobenden Worte über die Pietà, die er nach knapp vier Wochen in Berlin fertigstellen konnte, ließen ihn endlich wieder an sich selbst glauben, nachdem Hähnel in Dresden zuvor ganze Arbeit geleistet und ihm jegliches Selbstvertrauen geraubt hatte.

«Sie sind zu anfällig für Kritik, mein guter Ernst», hatte Rauch ihn eines Abends bei einem gemütlichen Beisammensein gescholten. «Und Sie stellen Ihr Licht unter den Scheffel.»

«Aber Hähnel ist ein fähiger Mann und ein Freund. Ich schätze seinen Rat», gab Rietschel zurück.

«Sicher, auch ich halte ihn für fähig. Aber das macht aus Ihnen, Ernst, trotzdem keinen Anfänger mehr! Gehen Sie in sich und entdecken Sie das, was ich schon vor über zwanzig Jahren in Ihnen gesehen habe, nämlich einen hochbegabten Mann mit Sachverstand, Hingabe und Ausdauer.»

Rietschel war gerührt und beschämt zugleich. Lob zu ernten, noch dazu von dieser Seite, hatte ihn zwar stets beglückt, dennoch konnte er nur schwer damit umgehen. Also lenkte er das Gespräch schnell auf ein anderes Thema. Er berichtete von den Fortschritten, die Wolfgang in der Schule machte, erzählte mit Stolz, dass der Junge die Absicht geäußert habe, seinem Großvater Carus nachzueifern und sich der Medizin zu verschreiben.

«Und die anderen? Alle wohlauf, hoffe ich doch?», fragte Rauch.

«Ja, ja, es geht ihnen gut. Georg hat uns ein wenig Sorgen bereitet, er ist einfach sehr … nun, empfindsam.» Rietschel blickte bedrückt zu Boden.

«Das ist ja kein schlechter Charakterzug, Ernst. Viele große Geister sind es. Aber ich denke, man muss die Kinder auf eine harte Welt vorbereiten und darf sie nicht verzärteln.»

«Ja, vielleicht. Aber man darf Strenge auch nicht mit Willkür verwechseln», seufzte Rietschel.

«Willkür?»

«Nun, es ist doch so: Unsere Kinder sind uns anvertraut und vielfach auch ausgeliefert. Wir sollten sie umhegen und fördern, wo wir nur können, anstatt sie zu strafen. Denken Sie nicht auch?»

«Nicht unbedingt. Ein paar Bestrafungen hie und da können wohl kaum schaden.»

Rietschel überlegte, ob er darauf etwas erwidern sollte, aber schließlich schwieg er und blickte verloren in seine Teetasse.

«Und Ihre Große, Rietschel?», fragte Rauch.

«Adelheid wird sich wohl bald verloben. Er ist ein guter Mann, und ich gönne ihm unsere Tochter von Herzen. Rhode heißt er und ist Advokat.»

«Das freut mich», sagte Rauch. «Darauf sollten wir eigentlich trinken, aber Ihnen erlaubt es die Gesundheit nicht und mir mein fortgeschrittenes Alter. Also kommen Sie, setzen wir uns zum Nachtmahl und beraten dabei, was sich mit Goethes Beinen so alles anstellen lässt.»

«Ja, tun wir das», sagte Rietschel.

Als er Berlin zwei Tage später verließ, hatte er wie immer das Gefühl, ungeheuer viel von seinem Meister gelernt zu haben. Doch seine persönlichen Sorgen hatte er vorwiegend für sich behalten, und er wünschte sich von Herzen einen Freund, dem er sich anvertrauen konnte, der beide Seiten, das Familienleben und auch die Kunst, verstand. So blieb alle Erzählung nur Stückwerk, und er nahm die Hälfte seiner Sorgen wieder mit zurück nach Dresden.

15

Dresden

«Und nun Paris! Ernst, du bringst dich noch um!» Carus sah ihn vorwurfsvoll an. «Wie oft muss ich dir eigentlich noch sagen, dass du Schonung brauchst?»

«Mindestens noch einmal», sagte Rietschel lachend. Dann schüttelte ihn erneut ein Hustenkrampf.

«Wenn du dich wenigstens ins Bett legen würdest», mahnte Carus weiter.

«Ich habe genug Zeit im Bett verbracht. Hier zwischen den Kindern geht es mir weit besser.» Er legte ein Holzpferd, an dem er gerade schnitzte, beiseite und sah von seinem Sessel auf. «Carus, als mein Freund, Arzt und Schwiegervater, ich bitte dich: Lass mich reisen!»

«Wie ich höre, beschickt Rauch ebenfalls die Weltausstellung, und reist der etwa persönlich nach Paris? Nein. Warum also du?»

«Weil es Paris ist und ich diese Reise brauche, für mich, für mein Seelenheil als Künstler und Ehemann.»

«Schieb ja nicht Friederike vor», sagte Carus, «deine Frau ist weitaus vernünftiger als du. Sie würde nie erwarten, dass du wegen einer Reise oder einer Auszeichnung deine Gesundheit aufs Spiel setzt, so verlockend es auch sein mag.»

«Herrgott, Carus, es ist Paris! PARIS! Jetzt sag nicht, dass du nicht auch fahren würdest!»

Carus nahm seufzend auf der kleinen Chaiselonge gegenüber Platz.

«Was ist das eigentlich, was du da die ganze Zeit so emsig bearbeitest?»

«Ein Pferd», sagte Rietschel und hielt es in die Höhe. «Für die Ritterburg, die ich den Kindern aus Stein gemeißelt habe. Hermann hat einen ausgesprochen hohen Verschleiß an Holzpferdchen, und ich schnitze ihm von Zeit zu Zeit ein neues oder ersetze hie und da einen Rittersmann. Die Ritter auf Burg Hermann leben gefährlich, weißt du? Da bricht schnell mal ein Arm, oder es rollen Köpfe.»

«Du lebst auch ausgesprochen gefährlich», sagte Carus leise, ließ die Sache dann aber auf sich beruhen. «Ich verstehe nicht, wie der kleine Hermann es schafft, deine Holzviecher so zu malträtieren. Die sehen doch sehr stabil aus.»

«Warte, bis die Nachbarskinder hier aufkreuzen, und du wirst sehen, wie eine echte Schlacht geschlagen wird», entgegnete Rietschel, während er die letzten Späne von dem Holzpferdchen fortpustete. «So, fertig. Das Gefecht kann beginnen.»

«Verlockend», sagte Carus. Ein Blick zwischen den Männern genügte, und sie knieten sich beide auf den Boden und begannen mit der Aufstellung der Figuren. Als Friederike einige Minuten später den Salon betrat, tobte zwischen Rietschels und Carus' Rittern bereits eine wilde Schlacht.

«So, so. Und wie steht's jetzt mit Paris? Hast du ihm den Wahnsinn ausreden können?», fragte Friederike.

«Im Gegenteil», antwortete Carus, «er nimmt gerade die Bastille ein. Dein Mann ist ein waschechter Revolutionär!»

«Dann bleibt mir wohl nichts übrig, als ihn zu begleiten, sozusagen als Stimme der Vernunft», sagte Friederike.

«Richtig, meine Schöne. Sonst ende ich noch auf dem Schafott!», stimmte Rietschel zu, doch keiner der beiden anderen schien diesem Scherz etwas abgewinnen zu können.

16

Paris, Frühsommer 1855

«Die Welt trifft sich in Paris – und Dresden ist ihr Mittelpunkt!» Hähnel eilte freudig auf ihn zu und drückte ihm herzlich die Hand, was ihn nicht nur aufrichtig freute, sondern nach ihrer nicht immer reibungslosen Zusammenarbeit bei der Ausgestaltung der Dresdner Gemäldegalerie auch überraschte. «Ernst! Willkommen!»

«Johannes! Wie schön, dich zu sehen!»

«Wie war eure Reise?»

«Gut. Oder auch nicht gut. Unser Gepäck ging in Mainz einmal fast verloren, in Metz hat sich Friederike den Fuß vertreten, und in unserem Pariser Quartier, das wir schon vor Wochen brieflich gebucht haben, hat man einen holländischen Maler mit Namen Reezel einquartiert.»

«Das klingt in der Tat so, als ob eure Reise kein leichtes Unterfangen war. Wo seid ihr jetzt untergebracht? Und was macht Friederikes Fuß?»

«Es geht schon wieder recht gut, und wir haben dann einfach die Zimmer neben dem …»

Doch Hähnel hörte ihm schon nicht mehr zu. «Komm, ich muss dich ein paar wichtigen Männern vorstellen!» Er zog Rietschel sanft am Arm in die Ausstellungsräume hinein und überging seinen Einwand, er wolle eigentlich bald wieder aufbrechen, um nach Friederike zu sehen.

In den folgenden drei Stunden reichte Rietschel einer Vielzahl von Künstlern, Förderern oder wenigstens selbsternannten Freunden der Kunst die Hand, hielt Konversation und nahm vielfach lobende Worte zu seinen Stücken entgegen. Schließlich traf er auf ein bekanntes Gesicht.

«Preller!», rief er aus, und dieser, mit dem Rücken zu ihm stehend, drehte sich um.

«Mein Gott, Rietschel! Du hier?» Und Preller fügte hinzu, sodass alle umstehenden deutschen Künstler es hören konnten: «Endlich einmal ein wahrer Künstler, der diese Bezeichnung auch verdient!»

Verlegen ob dieser Worte, wiegelte Rietschel mit einer Handbewegung ab. Preller trat mit breitem Lächeln auf ihn zu, zog ihn dann eng an sich und flüsterte ihm ins Ohr: «Ich habe genug von diesen ganzen eingebildeten Künstlernaturen. Du nicht auch? Treffen wir uns doch in zehn Minuten draußen vor dem Eingang, und dann begießen wir unser Wiedersehen bei einem guten Glas französischem Roten. Einverstanden?»

Rietschel sah sich nach Hähnel um, konnte ihn aber nicht entdecken. Also hinterließ er ihm am Ausgang eine Karte mit der Adresse seiner Pension und einem kurzen Gruß. Etwa eine Viertelstunde später gewahrte er Preller, wie er sich den Weg durch die Menschenmenge bahnte, bis er schließlich vor ihm stand.

«Ist deine Frau mitgekommen, Rietschel?»

«Ja, sie wartet vermutlich schon ganz ungeduldig auf mich.»

«Schick ihr eine Nachricht. Es wird spät!» Und damit zog Preller ihn in Richtung einer Droschke und gab dem Fahrer in fließendem Französisch Anweisungen, wohin er sie zu bringen habe. Rietschel überlegte, ob wohl ein Strauß Rosen zur Entschuldigung bei Friederike ausreichen würde.

17

Geliebte Kinder,

nach einer etwas mühsamen Reise, auf der wir unser Gepäck kurzzeitig verloren glaubten und ich mir auch noch den Fuſs umknickte, sind wir vor drei Tagen in Paris eingetroffen – humpelnd, aber guter Dinge.

Ihr könnt euch nicht vorstellen, wie groſs diese Stadt ist! Ein wahres

Häusermeer, und ein Haus scheint eleganter als das nächste. Wie beschaulich wirkt unser Dresden doch dagegen … Überhaupt scheint hier alles größer geraten als anderswo. Die Frauen tragen Hüte wie Wagenräder, die Männer Spazierstöcke so lang wie Baumstämme, und die Hunde essen Würste, die größer sind als sie selbst.

Euer Vater scheint Tag und Nacht in Beschlag genommen, denn seine Arbeiten kommen gut an, und man würdigt ihn ausgiebig bei allen Festreden, was ihn oft recht verlegen, mich aber sehr stolz macht. Und Reden werden hier viele gehalten. Stellt euch vor – man hat uns auf nicht weniger als sieben Bankette in den kommenden zehn Tagen eingeladen! Nun, das wird uns Zeit und Geld bei unserer Rückreise sparen, denn da rollen wir dann einfach selbst zurück nach Dresden. In eine Kutsche werden wir ohnehin nicht mehr hineinpassen.

Ich höre euch schon fragen: Und was bringt ihr uns mit? Nun, Kinder, gar Vieles ist die Antwort! Naschereien, Leckereien, Spezereien und sonstige -reien!

Aber, ach, wie fehlt ihr uns hier! Manchmal überkommt mich schlimmes Heimweh, und ich möchte mir am liebsten so ein kleines Franzosenkind greifen und es kräftig abküssen, nur so zum Ersatz für euch. Doch wie sähe das aus? Und was heißt küssen wohl auf Französisch? Ich schlage gleich in meinem Wörterbuch nach, doch zuvor sende ich euch viele, viele Küsse nach Hause und lasse euch wissen, wie sehr euer Vater und ich an euch denken.

In innigster Liebe, eure Rikemama

18

«Wem schreibst du?», wollte Rietschel wissen, als er beim Betreten des Zimmers Friederike tief über den Schreibtisch gebeugt vorfand.

«Den Kindern», antwortete sie.

«Lass sie herzlich grüßen. Vielleicht füge ich nachher noch ein paar Zeilen hinzu.»

«Wann nachher?», fragte Friederike, ohne vom Papier aufzuschauen. «Bevor du die zehnte Rede des Tages auf die holde Kunst anhören musst, oder nachdem du mit Preller ein paar Karaffen Rotwein geleert hast?»

«Wenn ich mit meiner Arbeit fertig bin», antwortete Rietschel in ungewohnt scharfem Tonfall.

«Seit wann nennst man *das* arbeiten?», fragte Friederike bissig.

«Du wusstest, dass ich nicht immer Zeit für dich haben würde, Rike, das habe ich dir vor der Reise mehrfach gesagt. Dreh mir jetzt keinen Strick daraus!»

Friederike fuhr herum und sah ihren Mann an, der sich erschöpft aufs Bett hatte fallen lassen.

«Dir? Wie käme ich dazu? Wer bin ich denn schon, dass ich mir ein Urteil über deinen Umgang anmaßen darf? Ach ja, ich vergaß, ich bin deine *Ehefrau*! So ein Zufall aber auch. Wie schnell solch ein Umstand doch in Vergessenheit gerät.»

«Was meinst du mit Umgang?», fragte Rietschel. «Preller? Du bist doch nicht etwa eifersüchtig darauf, dass ich mich mit diesem selbstverliebten Gockel herumschlagen muss?»

«Der mit dir in Etablissements geht, die kein Mann auf Hochzeitsreise je betreten sollte!»

«Liebchen, hätte ich gewusst, wohin er mich verschleppt, ich hätte keinen Fuß dort hineingesetzt. Und solcherlei Etablissements unterscheiden sich im Übrigen keinen Deut von denen, die man in Dresden vorfinden kann.»

Friederike wollte gerade von neuem aufbrausen, als Rietschel die rechte Hand hob, um ihrem Einwand zuvorzukommen. «Und sag jetzt bitte nicht, ich würde mich in diesen Dingen ja bestens auskennen. Das tue ich nicht, jedenfalls nicht auf diese Weise, und das weißt du! Lies mir lieber vor, was du geschrieben hast.»

Doch Friederikes Zorn, einmal entfacht, war nicht so leicht zu besänftigen.

«Und du glaubst, ich sehe mir jetzt bis zum Ende unseres Aufenthaltes an, wie du dich mit deinen Kollegen vergnügst, während ich hier weiter herumsitze?»

«Rike, was soll ich denn machen? Die anderen vor den Kopf stoßen?»

«Ach, aber *mich* darfst du vor den Kopf stoßen?»

«Richtig, dein Kopf hält das aus! Und wenn du auch einmal kurz Luft holen würdest, könnte ich dir erzählen, dass ich für heute Abend zwei Opernkarten ergattert habe. Für dich und für mich. Aber wenn es dir lieber ist, kann ich gerne eines von Prellers Mädchen fragen, ob sie mich …»

Die Schreibfeder flog nur knapp an seinem Kopf vorbei, und Rietschel machte sich darauf gefasst, dass auch noch das Tintenfass folgen würde, doch Friederike hielt in der Bewegung inne und fragte stattdessen: «Welche Oper?»

«Ein Franzose. Berlioz, Faust.»

«Berlioz ist nicht irgendein Franzose, du Banause. Und ja, ich gehe, besser gesagt, ich hinke mit dir dahin – unter einer Bedingung.»

«Wunderbar. Welche Bedingung?»

«Preller darf sich uns heute nicht auf hundert Schritte nähern!»

«Einverstanden. Liest du mir jetzt endlich den Brief an die Kinder vor?»

Doch Friederike warf ihm das Blatt Papier einfach nur

aufs Bett und verschwand mit dem Hinweis im Bad, dass sie sicher eine gute Stunde brauchen würde, um sich auch nur halb so anstößig wie die Französinnen herzurichten, die jetzt offenbar nach seinem Geschmack seien.

19

«Und?», fragte Rietschel in der Pause.

«Nicht annähernd so verrucht, wie ich dachte», antwortete Friederike.

«Ich meinte die Oper, nicht die Französinnen. Gefällt dir das Stück?»

«Mir gefallen sowohl das Stück als auch die Französinnen. Woher kommt bloß ihr schlechter Ruf? Sie sehen doch alle recht normal aus!» Friederike biss sichtlich zufrieden in eines der Petits Fours, die ihr Rietschel am Buffet erobert hatte.

«Köstlich. Willst du auch probieren?»

«Danke, später vielleicht.»

«Später ist keines mehr da», Friederike lachte.

Rietschel lachte mit, aber kurze Zeit später versteinerte sich seine Miene. «Oh Gott, sieh nicht dort hinüber», forderte er sie auf.

«Was? Wohin?», fragte Friederike.

«Behalt dir deine gute Laune, mein Schatz, denn hier kommt das Unheil auf uns zu. Und bitte erinnere dich daran, dass ich dein Mann bin und dich über jedes erdenkliche Maß hinaus liebe!»

«Was ist denn los?», wollte Friederike wissen, aber da gewahrte sie schon Preller, der sich durch den überfüllten Gang auf sie beide zubewegte.

«Ernst!», brüllte er über die Köpfe von nicht weniger als zehn Personen hinweg, die dem lauten Deutschen zunächst keinen Durchlass gewähren wollten. Erst als Preller sie mit seinen großen Händen einfach auseinanderschob, gelangte er zu den Rietschels. «Ernst! Was zur Hölle tust du hier?»

«Ich höre mir mit meiner Frau die Oper an.»

«Das sehe ich. Komm jetzt, du wirst in der Akademie erwartet.»

Preller wollte ihn packen und in Richtung Ausgang befördern, hatte aber offenbar nicht mit seinem Widerstand gerechnet. Rietschel entwand sich dem Griff und sagte: «Ich werde nicht mit dir gehen. Dieser Abend gehört Friederike und mir. Und überhaupt: Woher wusstest du, wo du mich findest?»

Prellers Blick wanderte nun zu Friederike, er deutete eine kurze Verbeugung an. «Gnädige Frau, guten Abend.» Und zu Rietschel gewandt: «Ich war in deinem Hotel. Da hat man mir gesagt, wo du bist. Und nun komm endlich.»

«Hätten Sie vielleicht die Freundlichkeit, uns diesen Auftritt zu erklären?» Friederike klang empört.

«Gerne, gnädige Frau. Ihr Mann hat soeben den ersten Preis des Wettbewerbs gewonnen und wird morgen, so er sich da nicht zufällig bei einer Aufführung von Verdis Oper ‹Der Ahnungslose› befindet, zum Ritter der Französischen Ehrenlegion geschlagen werden.»

Während Rietschel nur ungläubig die Hand vor den Mund schlagen konnte, fiel ihm Friederike mit einem spitzen Schrei um den Hals, den sie sogleich mit Küssen bedeckte. Auf Prellers Gesicht zeigte sich ein Ausdruck der Genugtuung, der allerdings in Verwunderung umschlug, als ihm

Friederike nunmehr ebenfalls zwei herzhafte Küsse auf die Wangen drückte.

«Jetzt verstehe ich, warum du stets so früh nach Hause wolltest», kommentierte Preller diesen Ausbruch an Herzlichkeit, und es bedurfte keinerlei Überredungskunst mehr, das Ehepaar Rietschel zum Gehen zu bewegen. So verpassten sie einen überaus schlecht geratenen zweiten Akt, denn der Darsteller des Faust hatte aus gesundheitlichen Gründen in der Pause von seiner Rolle zurücktreten müssen und wurde durch seine dritte Besetzung vertreten.

20

Dresden

«Aber er hat angefangen!»

«Ist das ein Grund, sich an meinen Erbsen zu vergreifen und sie in der Gegend auszustreuen?»

«Wir haben sie nicht gestreut, wir haben sie geschossen!»

«Das macht es keinen Deut besser! Autsch!»

Johanna saß auf einem Küchenstuhl, die eine Hand an den schmerzenden Rücken haltend, die andere hob sie drohend in die Luft. Auf dem Boden lag ein Meer aus Trockenerbsen, die Hermann und Georg beim Spiel mit Blasrohren aus Schilf überall verteilt hatten. Sie hatten die Küche, als Johanna kurz draußen war, im wahrsten Sinne des Wortes in ein Schlachtfeld verwandelt. Als Opfer war nach einem Sturz nun Johannas Kreuz zu beklagen.

«Womöglich habe ich mir auch was gebrochen!», rief sie schmerzverzerrt aus.

«Soll ich Großpapa Carus rufen?», fragte Georg kleinlaut.

«Nein, du sollst mir deine große Schwester rufen, du Bengel, und nun raus hier! Mir aus den Augen!» Doch im nächsten Moment rief sie die zwei wieder zurück. «Halt! Vorher fegt ihr mir noch den Boden, sonst fällt hier gleich der Nächste über euer Durcheinander.»

In diesem Moment drang ein herzzerreißendes Weinen bis in die Küche vor. Wenig später stand Adelheid an der Tür, die kleine Gertrud auf dem Arm.

«Johanna, könntest du für Gertrud eine warme Milch … Was ist denn hier los? Ihr macht freiwillig sauber, ihr zwei?»

«Vorsicht, gnädiges Fräulein, keinen Schritt näher. Die Erbsen liegen überall!», warnte Johanna und stöhnte erneut ob ihres verzerrten Rückens auf.

«Großartig, ihr zwei Halunken setzt Johanna außer Kraft, und das ausgerechnet heute!» Adelheid war erbost.

«Wieso heute? Was ist denn heute?», wollte Hermann wissen.

«Der Zukünftige eurer Schwester kommt zu Besuch», erklärte Johanna, «und wenn er euch beide auch nur einen Augenblick näher anschaut, dann wird er sich das mit der Heirat sicher noch mal überlegen. So eine Brut will ja keiner zur Verwandtschaft!»

«Johanna», entfuhr es Adelheid, «verschrei es nicht!» Das rief ein Kichern bei ihren Brüdern hervor, woraufhin sie mit zornerfülltem Blick, die greinende Gertrud auf dem Arm, Georg und Hermann aus der Küche scheuchte.

«Ich weiß wirklich nicht, womit wir die zwei verdient haben», sagte Adelheid.

«Nicht so streng mit den mutterlosen Seelen», ermahnte Johanna, «es sind halt Buben. Die machen solche Sachen.»

«Na, es ist ja nicht *mein* Rücken, der leidet», meinte Adelheid und fügte hinzu: «Deine Sache, wenn du sie so ungeschoren davonkommen lässt.»

«Oh, das tue ich gewiss nicht!», sagte Johanna verschmitzt und stand flink von ihrem Stuhl auf. «Bis mein Rücken genesen ist, werden sie mir in der Küche schön zur Hand gehen!»

«Johanna, du bist ein Genie», erwiderte Adelheid und lachte.

«Bin ich, bin ich», pflichtete ihr Johanna bei. «Ein Genie, das jetzt Milch fürs Kind kochen wird. Komm her, mein Trudchen, gleich gibt es was Feines für dich.» Sie nahm Adelheid die Kleine aus dem Arm. «Und Sie, Fräulein, machen sich mal schön, bevor der Bräutigam hier auftaucht. Braucht es eigentlich eine Anstandsdame, oder kann ich Sie zwei beide allein im Salon sitzen lassen?»

«Kannst du, Johanna. Wir geloben, schrecklich anständig zu sein.»

«Wunderbar, ich habe hier nämlich noch eine Menge zu tun. Und außerdem wollte ich …» Da läutete die Türglocke. «Wehe, die Bengel machen schon wieder ungefragt die Tür auf!», rief sie und hastete mit Gertrud auf dem Arm zur Wohnungstür. Als sie öffnete, stand ein Telegrammbote vor ihr.

«Guter Mann, Sie sehen ja ganz besonders wichtig aus!», entfuhr es Johanna beim Anblick der ungewohnten Uniform.

«Ein Telegramm, zu Händen von Adelheid Rietschel», antwortete der Bote.

«Nehmen wir gern.» Johanna bedankte sich schnell und rief dann Adelheid zu: «Wir haben Nachrichten aus Paris!»

«Was steht drin?», rief Adelheid aus ihrer Kammer.

Johanna setzte Gertrud auf dem Boden ab und öffnete das Kuvert. «Heiliger Strohsack!», entfuhr es ihr. «Wir sind berühmt!»

21

Paris

Schon Hähnels mürrischer Gesichtsausdruck schien Rietschel in merkwürdigem Widerspruch zu dem Anlass zu stehen, aber er war nicht der Mann, der einem Kollegen Schlechtes unterstellte, schon gar nicht einem guten Bekannten wie Hähnel. Preller hingegen glühte förmlich vor Begeisterung.

Die Zurufe und Trinksprüche nahmen kein Ende. Jeder der Anwesenden hatte offenbar das Bedürfnis, ihm zu gratulieren und sich dadurch selbst ein wenig in Szene zu setzen. Nebenbei diskutierte man lautstark über die Ausführung seines Lessings, das moderne Gewand, pries den Auftakt zu einem neuen Stilgefühl in der europäischen Kunst und überbot sich gegenseitig im Lob seiner Pietà.

So viel Aufmerksamkeit war nicht unbedingt das, was Rietschel für gewöhnlich behagte. Er freute sich dennoch über die Anerkennung dieser Männer, die allesamt über ein hohes Maß an Sachverstand verfügten. Wer, wenn nicht sie, hatte das Auge, den Kunstsinn und die Erfahrung, um seine Arbeit zu würdigen? Vor diesem Gremium zu bestehen, hieß für Rietschel, vor sich selbst bestehen zu können, und so genoss er den Abend in vollen Zügen, als ihm jemand die Hand auf die Schulter legte. Rietschel drehte sich um.

Es war Preller, der sich anschickte, einen Toast auf ihn auszubringen.

«Freunde, erheben wir unsere Gläser auf einen großen deutschen Künstler! Lieber Ernst, möge dein Ruhm zum Ruhme Deutschlands beitragen! Rietschel – er lebe hoch, hoch, hoch!»

Die Anwesenden erhoben ihre Gläser und stimmten in den Chor mit ein. Dann wurden Rufe laut.

«Zum Ruhme Deutschlands!»

«Auf das geeinigte Deutschland!»

«Hoch lebe unser deutscher Künstler!»

«Nieder mit der Fürstenknechtschaft!»

«Nieder! Nieder!»

Rietschel ließ langsam sein Glas sinken, denn ehe er es sich versah, entpuppte sich der Chor, der noch eben Rufe auf sein persönliches Wohl hervorgebrüllt hatte, als ein brodelnder Haufen von Nationalisten. Am liebsten hätte er sofort den Raum verlassen, aber er stand inmitten dieser Menge, die ihre Vision eines mächtigen Deutschlands herausschrie. Und auf einmal stimmte jemand die Marseillaise an.

Rietschels Blick suchte Hähnel, und als er ihn gefunden hatte, sah er, dass er als einer der wenigen nicht in das Wolfsgeheul mit eingestimmt hatte. Stattdessen stand er mit zusammengekniffenem Mund etwas abseits der Menge an einen Türrahmen gelehnt. Er sah Rietschel in die Augen, und sein Blick sagte deutlich: Sieh her, das sind also deine Freunde? Rietschel schüttelte langsam, aber merklich den Kopf. Nein, wollte er sagen, ich habe mich getäuscht. Doch er brachte keinen Ton heraus. Als der Gesang geendet hatte, schritt Hähnel plötzlich auf die Menge zu, erhob sein Glas und rief:

«Es sind nicht alle frei, die ihrer Ketten spotten!»

Preller richtete sich zu voller Größe auf. «Was redest du da, Hähnel?», fragte er.

«Lessing», gab Hähnel zur Antwort.

«So, so, Lessing. Ernst, mein Freund», und mit diesen Worten legte Preller erneut seine schwere Hand auf Rietschels Schulter, «gib diesem Dresdner Sturschädel zu verstehen, was wir Deutschen von seinen Ansichten halten.»

Doch diesmal entwand sich Rietschel der Umarmung Prellers.

«Nein, Friedrich, nein. Ich bin ebenso Sachse wie Hähnel, und wenn du das nicht begriffen hast in all den Jahren, dann kennst du mich weit schlechter, als ich dachte.»

«Ernst, ich bitte dich! Du bist auch Deutscher, vergiss das nicht», sagte Preller verärgert.

«Ich bin vor allem eines, Friedrich: unsagbar müde. Auf Wiedersehen!» Und damit ließ Rietschel Preller inmitten der feiernden, lärmenden Menge im Palais des Beaux-Arts zurück.

22

«Jetzt zieren Sie sich nicht so!»

«Ich ziere mich nicht!»

«Also, von hier aus sah es ganz so aus.»

«Sie können mich mal *am Arsch lecken*, um es mit Ihren Worten zu sagen, Goethe!»

«Nie zitieren Sie mich richtig! Und jetzt ziehen Sie endlich das Kleid an!»

«Ich mach hier nicht das Gretchen, während Sie den Faust spielen dürfen. Kommt überhaupt nicht in Frage!»

Mit einem Kleid Friederikes wedelte Goethe vor Schillers Nase herum, aber der verschränkte schlicht die Arme vor der Brust und rührte sich nicht.

«Außerdem ist es viel zu klein.»

Goethe, der vollkommen nackt vor Schiller posierte, schleuderte das Kleid in eine Zimmerecke. «Sie sind ein echter Spielverderber, Schiller.»

«Bitte», antwortete dieser, «bin ich eben ein Spielverderber. Lieber bin ich nackt, als dass ich mich vor Ihnen in diesen Fummel werfe!»

Seitdem Goethe Berlioz' «La Damnation de Faust» beigewohnt hatte, ließ ihn der Gedanke nicht mehr los, dass er an seiner Liebesgeschichte zwischen Faust und Gretchen einige Änderungen vornehmen könnte. Sein Faust schien ihm plötzlich zu stark den eigenen Trieben zu gehorchen und zu wenig dem Herzen, was Schiller mit einem knappen «Sie werden wahrhaftig sentimental, alter Mann!» kommentierte. Das hielt Goethe nicht davon ab, mit seinem Plan fortzufahren. Er wollte die überarbeiteten Szenen durchproben, um ihre Wirkung zu überprüfen. Schiller weigerte sich jedoch standhaft, das Gretchen zu geben, und verwies auf seine gekränkte männliche Ehre.

«Dann müssen *Sie* ran, Rietschel!», forderte Goethe ihn auf, aber der winkte nur müde ab. Er hatte andere Sorgen, das schien auch Goethe einzusehen, und der Geheimrat gab seinem Dichterfreund ein Zeichen, dass man dringend etwas tun sollte, um den Gemütszustand Rietschels zu verbessern. Schiller verdrehte die Augen, bückte sich dann aber doch nach dem Kleid, hob es vom Boden auf und sagte: «Ein einziges Mal, ich schwöre es, und dann ist Schluss damit! Haben Sie verstanden?»

Goethe lächelte siegesgewiss, und Schiller zwängte sich in Friederikes Kleid, das sie am Opernabend getragen und für anstößig genug befunden hatte, um zwischen den Französinnen bestehen zu können. Schiller wirkte in dem Aufzug jedoch weniger aufreizend als vielmehr lächerlich. Er sah in den Spiegel und riss sich mit Entsetzen das Kleid wieder vom Leib, wobei es an der Seite einriss.

Schnell warf Rietschel einen Blick auf seine schlafende Frau, die neben ihm im Bett lag, doch Friederike schien von dem Tumult nichts mitzubekommen. Sie atmete tief und ruhig weiter. Gut so, dachte er, denn mit zwei nackten Dichterfürsten im Zimmer war es ihm lieber, dass Friederike die Augen geschlossen hielt. Man konnte den beiden Herren wegen ihrer fehlenden Bekleidung allerdings keinen Vorwurf machen, denn immerhin hatte es Rietschel vor seiner Abreise verabsäumt, ihnen in seinem Atelier die vorgesehene Kleidung anzumessen, und so standen sie nun vor ihm, wie er sie geschaffen hatte.

Als Schiller Rietschels Blick auf die schlafende Friederike folgte, sagte er verlegen: «Es tut mir leid. Das mit dem Kleid, meine ich.»

«Ist schon gut», sagte Rietschel müde. «Aber ich würde jetzt wirklich gerne schlafen. Wenn die Herren sich also zurückziehen würden …»

«Gerne», antwortete Schiller. «Doch bevor wir gehen, möchte ich Ihnen etwas sagen: Die wahre Kunst, mein Freund, dient letztlich immer der Freiheit. Lassen Sie sich diese Freiheit von niemandem nehmen!»

«Friedrich, dass Sie Ihren Idealismus mit ins Grab genommen haben, ehrt Sie. Vielleicht ist die Kunst wirklich eine Tochter der Freiheit, aber auch wahre Künstler müssen von etwas leben, und unser Freund zahlt nun den Preis für seinen Erfolg», entgegnete Goethe.

«Und der wäre?», fragte Rietschel leise.

«Sie haben sich an die Mächtigen verkauft, mein Freund. Lernen Sie, damit zu leben – und mit Ihren Feinden», antwortete Goethe und verschwand.

Vierter Teil
Familienbande

I

Auf der Heimreise

«Wir sind gleich an der Grenze. Willst du deine schlechte Laune bis nach Dresden mitschleppen, oder hättest du die Güte, sie in Frankreich dem Zoll zu übergeben?», fragte Friederike. «Sie wiegt schwer, und ich nehme an, es würde uns einiges kosten, sie bis nach Sachsen hinüberzuretten.»

«Was sagst du, Liebes?», fragte Rietschel abwesend.

«Nichts. Schon gut.» Friederike blies die Wangen auf und pustete dann wie eines der Kinder die ganze Luft auf einmal wieder heraus. Allein, es half nichts. Rietschels dunkles Gemüt übertrug sich langsam auch auf das ihre, und Friederike war nicht gewillt, dem noch länger tatenlos zuzusehen. Seit Paris bemühte sie sich unablässig, ihn in heitere Gespräche über die bevorstehende Verlobung Adelheids, den Besuch der Pariser Oper oder die Ausstellungen und Soireen, die sie in der französischen Hauptstadt gesehen hatten, zu verwickeln. Rietschels Laune besserte sich jedoch kein bisschen, und Friederike war es langsam leid, Verständnis für ihren Mann aufzubringen. Wer gewann schon einen so bedeutenden Preis und machte anschließend ein solches Gesicht?

«Weißt du, worauf ich mich am meisten freue?», fragte sie.

«Auf die Kinder?», vermutete Rietschel.

«Auf die natürlich auch, aber ich meine etwas anderes. Obwohl – unsere kleine Gertrud fehlt mir wirklich entsetzlich. Und die Buben natürlich. Ob Hermann wohl viel angestellt hat in der Zwischenzeit? Und ob Adelheid schon weitergekommen ist mit ihrer Aussteuer? Johanna hat zwar versprochen, dass sie ein Auge darauf wirft, aber ich bin mir nicht sicher, ob … Oh, die Grenzstation.»

Sie stiegen aus, legten ihre Papiere vor und begaben sich anschließend in einen kleinen Gasthof, um auf die Weiterfahrt zu warten. Friederike drängte ihren Mann in eine ruhige Ecke des Schankraumes, und sie ließen zwei Gläser Wein kommen.

«Auf dein Wohl, mein Ritter», prostete sie ihm fröhlich zu. Er lächelte müde, raffte sich dann jedoch auf zu fragen: «Und, was ist es jetzt, worauf du dich am meisten freust?»

Sie setzte ihr Glas ab. «Am meisten freue ich mich auf deine Arbeit.»

Rietschel begann zu lachen. «Meine Arbeit? Wieso freust du dich auf meine Arbeit? Sonst liegst du mir immer in den Ohren, ich sei so wenig daheim und würde Raubbau an meiner Gesundheit treiben und so weiter.»

«Richtig, das tust du ja auch. Aber wenn du arbeitest, bist du ungleich besser gelaunt. Dann sehe ich dich zwar den ganzen Tag nicht, aber dafür sind die Abende mit dir umso schöner. Und die fehlen mir sehr, unsere gemeinsamen Abende.»

«Ich muss ja ein schrecklicher Mann gewesen sein, wenn du mich nach dieser Reise ins Atelier zurückwünschst!», sagte Rietschel.

«Nein, du warst nur – wie soll ich das ausdrücken? Unausgeglichen?»

«Mürrisch», gab Rietschel zurück.

«Griesgrämig.»

«Widerlich.»

«Unausstehlich.»

Rietschel nickte. «In Ordnung. Ich vergrabe mich in Zukunft in meine Arbeit und verspreche dir dafür, wesentlich bessere Laune zu verbreiten, so du mich dann einmal zu Gesicht bekommst.»

«Danke!» Friederike küsste ihn. «Da wäre noch etwas», fügte sie hinzu.

«Was denn? Hab ich noch mehr falsch gemacht?»

«Wenn du das nächste Mal meine Kleider anprobierst, dann wäre es gut, du würdest zuvor alle Häkchen öffnen. Mit der Reparatur meiner roten Robe bin ich nämlich ganz sicher noch einige Tage beschäftigt.»

Als der Aufruf zur Weiterfahrt kam, warf Friederike einen Blick auf ihren Mann und stellte zufrieden fest, dass in seinen Augen die Andeutung eines Lächelns zu erkennen war.

2

Dresden

«Ich fasse es nicht: Ritter der Ehrenlegion! Mein Ernst und Meister, ich bin so stolz auf dich!»

Kietzens Begeisterung über Rietschels jüngst erworbene Ehren kannte keine Grenzen. Das wurde langsam nicht nur peinlich, es war auch in höchstem Maße überflüssig, denn Rietschel dachte gar nicht daran, aus seinem neuen Titel Kapital zu schlagen. Die Ereignisse rund um die Auszeichnung machten ihm noch schwer zu schaffen. Friederike zuliebe hatte er jedoch beschlossen, sich nicht länger zu grämen, er wollte sich allerdings auch nicht vorbehaltlos feiern lassen. Was Kietz nicht davon abhielt, es trotzdem zu tun.

«Ernst! Eine so hohe Auszeichnung – wer hätte das gedacht?»

«Gustav, halt endlich an dich! Prellers Auftritt und der einiger anderer hiesiger Künstler auf der Weltausstellung hat mir schon genug zu denken gegeben.»

«Die eine Hälfte dieser Männer hat dir eben die Auszeichnung geneidet, die andere neidet dir deine Aufträge. Deutschland hin oder her: Wer, glaubst du, zahlt deren Arbeiten? Sind diese Männer etwa nicht von ihren Fürstenhäusern abhängig?»

«Ich dachte eigentlich, du teilst Prellers Ansichten, Gustav.»

«Ja und nein», antwortete Kietz. «Kritik an unseren Fürstenhäusern ist gut, und sie ist angebracht. Aber man beißt nicht die Hand, die einen füttert. So sehe ich das.»

Rietschel blieb skeptisch. «Vielleicht ist es wirklich so: Der Wunsch nach Erfolg verdirbt den Künstler, weil er zum Werkzeug der Mächtigen wird.»

«Ach was! Denk daran, du hast fünf Kinder durchzubringen. Und überhaupt: Ist denn die Kunst eine bessere, die in Armut ihre Form gewinnt?»

«Gustav, wenn ich eines weiß, dann, wie unfrei einen die Armut macht. Aus dieser Saat kann nichts erwachsen. Armut ist das Gegenteil von Freiheit. Und jetzt zeig mir, was du inzwischen mit Goethe und Schiller angestellt hast. Denn wenn ich diese beiden Herren nicht bald in Bronze gegossen den Weimarern vor ihr Theater stelle, dann mache ich mich langsam, aber sicher zum Gespött der Menschheit. Ich habe schon wieder einen Brief von Carl Alexander und einen von

Ludwig von Bayern erhalten, und jeder fragt, wann ich endlich gedenke, fertig zu werden. So viel zum Thema Freiheit, mein Freund.»

«Nun», sagte Kietz, «ich kann dich beruhigen. Deine Schüler und ich haben fleißig gearbeitet und den Rock Schillers weiter ausgeführt, natürlich streng nach deinen Vorgaben. Komm mit, ich zeige es dir.»

Sie gingen in Rietschels Atelier hinüber, und Kietz präsentierte die jüngsten Ausführungen zur Gewandung der Dichterfürsten. Rietschel war zufrieden, Kietz hatte gute Arbeit geleistet.

«Dann besteht ja die Möglichkeit, dass die beiden nicht mehr allzu lange nackt im Atelier herumstehen müssen», sagte Rietschel und klopfte seinem Freund anerkennend auf die Schulter. «Oder was denkst du?»

Kietz nickte zustimmend. «Ja, es wird wirklich Zeit, sie an ihren Platz zu bringen, in Hemd und Mantel, und das Ganze in Bronze gegossen.» Und dann räusperte sich Kietz und sah zu seinem Freund und Lehrmeister hinüber. «Da wäre übrigens noch etwas, was ich dich fragen wollte.»

«Wo drückt der Schuh?», fragte Rietschel freundlich.

«Nun, während du fort warst und ich an dem Doppelstandbild gearbeitet habe, da … Wie soll ich es ausdrücken? Hattest du während deiner Arbeit an diesem Denkmal auch öfter solche seltsamen Träume?»

Rietschel sah Kietz an und begann zu lachen. «Gustav, wenn du wüsstest! Wenn du wüsstest!»

3

Weimar

Unangenehmes Schweigen hatte sich über ihnen ausgebreitet. Sosehr sie sich auch bemühten – Konversation war nicht ihre Stärke. Was immer sie einander körperlich mitzuteilen imstande waren, außerhalb des Schlafzimmers waren sie unfähig, miteinander zu reden. Dann genügte ein Blick, ein Wort, um Misstrauen aufkeimen zu lassen. Dennoch hatte es bislang niemand vermocht, sie voneinander zu trennen, jedenfalls nicht auf Dauer, obwohl es nicht wenige versucht hatten. Auch das war ein Band, das sie zusammenhielt. Aber nun, an diesem Morgen, schien ein Punkt erreicht, an dem beide nicht bereit waren, das eisige Schweigen zu brechen.

Liszt versteckte sich beim Frühstück hinter einer Partitur, während Carolyne mit einer Henkersmiene drei Eier aufschlug und sie mit einer Prise Zucker und etwas Cognac in einem Glas zu verquirlen begann. Der Lärm, den sie dabei machte, veranlasste Liszt, sich mehrfach lautstark zu räuspern, ein Mehr an Reaktion war von ihm jedoch nicht zu erwarten. Und so rührte Carolyne noch heftiger in ihrem Glas, bis schließlich ihr Temperament mit ihr durchging. Sie warf den Löffel auf den Tisch.

«Ich trenne mich von dir!», rief sie.

«Was denn, schon wieder?», fragte Liszt aufblickend.

«Diesmal ist es endgültig.» Carolyne ließ dem Löffel die Serviette folgen.

«Und was habe ich dieses Mal verbrochen?»

«Wenn du es nicht weißt, dann kann ich dir auch nicht helfen.»

«Gut», sagte Liszt.

«Gut», rief Carolyne.

«Es wird ein paar Tage dauern, meine Instrumente in ein neues Quartier zu überstellen, wenn du sie so lange noch bei dir beherbergen würdest, wäre ich dir sehr dankbar.»

«Ist das alles, was du zu sagen hast? Du machst dir Gedanken über deine Flügel?»

«Nun, ohne meine Instrumente kann ich wohl kaum meiner Arbeit nachgehen. Und, ja, meine Arbeit ist mir außerordentlich wichtig.»

«Wichtiger als ich», stellte Carolyne fest.

«Nicht immer», gab Liszt zurück.

«Sicher, in den fünfzehn Minuten, die du dich alle paar Tage in meinen Schoß versenkst, bin ich dir wahrscheinlich wichtiger als dein Beethovenflügel, aber vermutlich komponierst du selbst da noch!»

«Gibt es einen besseren Ort dafür?» Daraufhin schnaubte die Fürstin wie ein wild gewordenes Ross. Liszt legte die Partitur beiseite. «Was ist los?»

«Von wem war der Brief? Antworte mir, François!»

«Welcher Brief?»

«Der Brief! Gestern! Du hast gestern einen Brief aus Paris erhalten, und du hast ihn vor mir verborgen. Warum?»

Liszt lehnte sich in seinem Stuhl zurück. «Frage ich dich etwa nach dem Absender deiner Post, die uns alle paar Tage ins Haus schneit? Nein. Und warum nicht? Weil ich die Antwort schon kenne. Und du, Carolyne, kennst sie auch.»

Die Fürstin beugte sich vor und fixierte die Augen ihres Geliebten. «Du hast eine Affäre. In Frankreich. Habe ich recht?»

«Natürlich habe ich das», antwortete Liszt. «Ich besteige

schließlich alle Frauen, die meine Konzerte besuchen, und ihre Dienstmädchen noch dazu. Ich kann gar nicht genug von ihnen bekommen, und es sind ja bekanntlich Hundertschaften, die sich mir nur allzu bereitwillig anbieten. Ich denke von früh bis spät an nichts anderes als daran, wie ich dich so oft und so schnell es geht betrügen kann. Und machen wir uns nichts vor: Ich bin berühmt für mein außerordentliches Tempo, mit dem ich alle zur Raserei treibe!»

Carolynes Atem ging heftig, aber sie erwiderte nichts. Darauf fuhr Liszt fort: «Berlioz hat geschrieben. Er hat mir seine Partitur von *La Damnation de Faust* zukommen lassen, quasi zur Inspiration für *meinen* Faust.»

«Und das ist alles?», fragte Carolyne.

«Das ist alles», antwortete Liszt.

«Und warum verheimlichst du mir Briefe von Berlioz?», wollte Carolyne wissen.

«Weil es dich einfach nichts angeht!»

Die Fürstin ließ sich auf ihrem Stuhl zurücksinken. «Ich habe durchaus nichts dagegen, wenn Berlioz dich bei deiner Arbeit an der Faust-Symphonie unterstützt. Nein, ich heiße es sogar gut.»

«So, tust du das?»

«Ja. Und ich bin davon überzeugt, dass dein Faust ungleich besser werden wird als die Oper von Berlioz, aber das ist nur meine bescheidene Meinung. Schaden kann es nicht, wenn du seine Ansätze zu diesem Thema studierst.»

«Sehr schmeichelhaft, mein Herz. Aber wenn wir schon dabei sind, über unsere Briefpartner zu sprechen: Warum erhältst du fast täglich Briefe von Förster? Dein Liebhaber wird er ja wohl nicht sein. Was heckt ihr beide da hinter meinem Rücken aus?»

«Sei beruhigt, mein Liebster», sagte Carolyne gefasst. «Das alles geschieht nur zu deinem und meinem Besten.»

«Dann ist es ja gut. Ich hatte schon befürchtet, du würdest versuchen, Förster als Vermittler für dich einzuspannen, eine gewisse Hochzeit betreffend. In diesem Fall müsste ich dich nämlich warnen: Dem Mann ist nicht zu trauen.»

«Halte mich bitte nicht für so unbedarft, dass ich einem Mann wie Förster traue. Ich misstraue grundsätzlich allen Männern.»

«Besonders Musikern», fügte Liszt hinzu. «Wann soll ich also ausziehen, jetzt, da du dich von mir trennst?»

«Werde bitte nicht albern.» Carolyne griff erneut nach dem Löffel, um ihr Ei mit Cognac weiter zu verrühren. Aber es wirkte weit weniger entschlossen als noch Minuten zuvor.

4

Auf dem Weg nach Dresden

Trotz des wachsenden Schienennetzes konnte Förster beim besten Willen nicht erkennen, worin die zahlreichen Vorteile einer Reise mit der Eisenbahn liegen sollten. Kam man schneller an sein Ziel? Womöglich. Wollte man das? Nicht unbedingt. Gewiss, man musste seine Zeit nicht mehr Knie an Knie mit fremden Mitreisenden in stark schwankenden Postkutschen zubringen, doch Förster war ein Gewohnheitsmensch und nahm die Unannehmlichkeiten einer Reise in der Kutsche bereitwillig in Kauf. Fuhr er mit der Bahn, so blieb ihm weit weniger Zeit, um seine Pläne im Kopf reifen zu lassen. Dennoch, einen Vorteil hatte das Bahnreisen: Es las sich sehr viel angenehmer als in einer

Kutsche. Und so las sich Ernst Förster an diesem Tag auf halber Zugstrecke zwischen Augsburg und Nürnberg durch seine Notizen über die neuen Lücken im Bestand der Alten Pinakothek.

König Maximilian hatte die unangenehme Angewohnheit, seine Staatskasse hin und wieder durch den Verkauf alter Meister aufzufüllen, was dazu führte, dass man die so entstandenen Lücken in Museen und Sammlungen mit weitgehend wertlosen Gemälden aus dem Fundus zu kaschieren versuchte. Wollte Förster also sein Handbuch für Münchenreisende, das alle Gemälde der Pinakothek auflistete, auf dem neuesten Stand halten, musste er hin und wieder einige Korrekturen vornehmen, um den unbedarften Reisenden kein Gemälde zur Ansicht zu empfehlen, das womöglich längst in einem Pariser Museum hing.

In Wahrheit jedoch fiel es Förster schwer, sich von dem abzulenken, was hinter ihm lag, und die Augen nicht vor dem zu verschließen, was auf ihn zukam. Seine Unterredung mit König Ludwig war trotz allem weniger erfolgreich verlaufen, als er es sich erhofft hatte, denn Förster war es bisher nicht gelungen, Ludwig die Erfüllung seiner Forderung zu garantieren, nämlich dass Rietschel noch in diesem Jahr ablieferte. Und genau dazu musste Förster Rietschel bringen – und zwar umgehend.

Jetzt befand er sich auf dem Weg nach Dresden und überlegte fieberhaft, wie er Rietschel beibringen sollte, dass König Ludwig drohte, die ganze Sache platzen zu lassen, wenn der Guss des Goethe-Schiller-Denkmals nicht im vorgegebenen zeitlichen Rahmen erfolgte. Ohne König Ludwig aber gab es kein Geld, ohne Geld kein Denkmal und ohne Denkmal keinen Adelstitel für Förster. Und als wäre das noch nicht genug, hatte er sich von der Fürstin Carolyne in ihre Scheidungsgeschichte verwickeln lassen, obwohl er hätte wissen müssen, dass er mit diesem Ansinnen bei König Ludwig auf taube Ohren stoßen würde. Darüber hinaus erwartete Ludwig ja auch noch ein grandioses musikalisches Werk von Liszt zur Enthüllungsfeierlichkeit in Weimar. Kein Geld, kein Denkmal, keine Musik, keine Scheidung und kein Titel. In Försters Kopf drehte sich alles, und es war daher ohne Weiteres verständlich, dass er nicht allzu früh in Dresden anzukommen wünschte und auf jeden Meter fluchte, den die Eisenbahn voranrollte. Eisenbahn oder Kutsche: Man sollte nie auf Reisen gehen, wenn man sein Ziel im Grunde gar nicht erreichen will.

5

Dresden

Ein anderer Reisender schien sich zum Dauergast im Hause Rietschel zu mausern – und das, obwohl der Hausherr selbst in den eigenen vier Wänden kaum noch anzutreffen war.

Als Rietschel nach einem langen Tag im Atelier die Tür zu seiner Wohnung öffnete, bot sich ihm ein Bild, das nicht im Entferntesten etwas mit dem zu tun hatte, was er als friedliches Familienidyll bezeichnet hätte. Eine zehnköpfige Horde wild kreischender Kinder, darunter zwei seiner eigenen, ein paar Nachbarskinder sowie die jüngeren Cousinen und Cousins aus der Carus-Sippe, stürmte von Zimmer zu Zimmer, dicht gefolgt von Johanna, die etwas in der Hand hielt, was sich beim genaueren Hinsehen als Hose und Hemd entpuppte – und das hatte seinen guten Grund. Die Meute nämlich führte Rietschels jüngster Sohn Hermann an, der, splitterfasernackt, gerade einen Hechtsprung über einen Fußschemel vollführte, als es Johanna endlich gelang, ihn am Arm zu packen und das lautstark protestierende Kind festzuhalten. Die anderen versammelten sich um den armen Jungen und skandierten im Chor die Worte: «Nackig! Nackig!» Friederike saß prustend und leicht erschöpft, mit roten Wangen und einer zufrieden glucksenden Gertrud auf dem Schoß, auf der Treppe im Flur.

«Rike, was soll der Zirkus?», fragte Rietschel.

«Andersen», stieß sie hervor.

«Andersen?», fragte Rietschel.

«Ja, Andersen. Bedank dich bei dem. Er war heute Morgen da, hat einen halben Laib Käse verputzt und den Kleinen etwas vorgelesen, und, nun ja, das ist das Ergebnis!» Rike lachte immer noch.

«Ich verstehe nicht …», sagte Rietschel. Derweil brüllten die Kinder immer lauter die Worte «Er hat ja gar nichts an! Er ist nackig, nackig, NACKIG!», während Johanna sichtlich bemüht war, den zappelnden Hermann wieder in seine Kleider zu stecken. Erst als Friederike ihrem Mann in kurzen Zügen den Inhalt von *Des Kaisers neue Kleider* auseinandersetzte, wurde ihm klar, dass er etwas gegen «die dänische Invasion», wie Johanna sich auszudrücken pflegte, unternehmen musste.

6

Weimar

«Ich glaube, dieses Wetter ist noch mein Tod!», stöhnte von Fallersleben, als er sich seines regendurchtränkten Mantels entledigte und ihn achtlos auf einen Stuhl warf. Er hatte den Hintereingang genommen und war direkt in Liszts Zimmer eingetreten, wo er ihn über einige Notenblätter gebeugt vorfand. Von Fallersleben konnte gerade noch den Titel erkennen, bevor Liszt die Mappe mit seinen Notizen schwungvoll zuschlug: *Les Préludes.*

«Nun, mein Freund, was ist das Leben anderes als ein Präludium zum Tod?», fragte Liszt und fügte mit einem Blick auf von Fallerslebens durchnässte Kleidung hinzu: «Besitzt du keinen Schirm?»

«Nein, so etwas besitze ich nicht», antwortete von Fallersleben leichthin und hustete.

«Dann schenke ich dir einen, denn wir sollten dich noch eine Weile am Leben erhalten.»

«Ich danke dir für deine Sorge um meine Bronchien», sagte von Fallersleben, «aber wie wäre es, wenn du etwas für meine Leber tun würdest und mir einen Cognac servieren lässt? Ich habe Neuigkeiten.»

«Aber nur gute, hoffe ich.» Liszt griff nach der Glocke, um den Diener nach Cognac und Zigarren zu schicken.

«Wie man es nimmt. Für dich sind es jedenfalls keine schlechten Nachrichten, meine ich.»

«Ich hänge, wie immer, gebannt an deinen Lippen.»

«Es geht um Preller.»

«Ist er zurück aus Paris?», fragte Liszt.

«Ja, ist er. Und deinen Worten entnehme ich, dass du über

den Skandal schon Bescheid weißt, der sich bei der Weltausstellung ereignet hat?»

«Nur sehr vage», antwortete Liszt.

«Ah, dann darf ich dir in aller Kürze erläutern, worum es ging. Deinem Haus- und Hofporträtisten Ernst Rietschel wurde der erste Preis der Bildhauer verliehen, und er darf sich nun Ritter der Französischen Ehrenlegion nennen.»

«Großartig!»

«Jawohl. Bei der Feier für Rietschel kam es allerdings zum Eklat, vor allem dank unseres Freundes Preller, der die Veranstaltung zu einer kleinen Kundgebung nutzte und Rietschel dazu bringen wollte, sich für unsere Sache einzusetzen.»

«Ich nehme an, Prellers Bemühungen blieben ohne Erfolg.»

«Darauf kannst du deinen Allerwertesten verwetten! Rietschel dachte gar nicht daran, sich von Preller vor den politischen Karren spannen zu lassen, und hat seine eigene Feier vorzeitig verlassen.»

«Nun, das ist zwar zweifelsohne ein hübscher Skandal, nur weiß ich beim besten Willen nicht, was er mit mir zu tun hat», sagte Liszt und nahm dem Diener, der mit einem Tablett das Zimmer betreten hatte, Cognac und Zigarren ab.

«Das werde ich dir sofort erläutern. Aber zuvor brauche ich eine Stärkung.» Von Fallersleben ergriff das Glas und leerte den Inhalt mit einem großen Schluck. «Mmh, guter Tropfen.»

«Heinrich, du bist ein Banause. Das ist der beste Cognac Frankreichs, und du schüttest ihn hinunter wie Wasser. Schäm dich!», sagte Liszt mit einem Lachen.

«Tue ich, tue ich», sagte von Fallersleben. «Freund Preller übrigens auch. Ich habe gestern mit ihm gesprochen. Er sagte, er verstehe selbst nicht, was über ihn gekommen sei, er kenne Rietschel lange genug und hätte es besser wissen müssen.»

«Und glaubst du ihm das?», fragte Liszt.

«Nicht ganz. Preller ist überzeugt von unserer Sache, und er hätte Rietschel nur allzu gerne auf unserer Seite. Und jetzt kommst du ins Spiel.»

«Ich?» Liszt zog an seiner Zigarre. «Du weißt, dass ich mich aus der Politik so weit als möglich heraushalte.»

«Das weiß ich. Dennoch bietest du dem Neu-Weimar-Verein ein Zuhause auf der Altenburg und bist stets bei unseren Versammlungen dabei. Und daher würde ich dich bitten, bei Rietschels nächstem Besuch in Weimar einen kleinen Empfang für ihn zu geben. Dir wird er ihn nicht verweigern, und es wäre von großem symbolischen Wert, wenn der Künstler des Goethe-Schiller-Denkmals das neue, freie Deutschland doch noch unterstützen würde.»

«Das neue, freie Deutschland oder Preller, dich und die anderen?», fragte Liszt.

«Wir alle stehen für dieses Deutschland, Franz! Und wir wollen Rietschel dabeihaben. Er muss sich ja nicht offen zu unseren Ideen bekennen, es reicht schon, wenn er sich nicht gegen uns stellt und wenn er uns die Deutungshoheit über das Denkmal überlässt. *Uns* – und nicht dem Fürsten Carl Alexander, König Ludwig und so weiter. Dieses Denkmal ist ein Symbol, Franz, ein Symbol für das neue Deutschland, ein Land des freien Geistes, des freien Denkens, ja, des freien Lebens!»

Liszt schüttelte energisch den Kopf. «Ihr wisst, dass sich Rietschel nicht offen gegen seine Gönner stellen wird, dafür ist er bei weitem zu klug und mit einer zu großen, zu hungrigen Familie ausgestattet. Daher bezweifele ich, dass er euch stillschweigend das Feld überlässt. Aber du hast natürlich recht: Sollte Rietschel dich, Preller und die anderen unterstützen, auf welche Art auch immer, wäre das durchaus ein Sieg für euch.»

«Ganz recht. Und zusammen mit deiner Faust-Symphonie wird es ein Triumph!»

Liszt blickte an von Fallersleben vorbei hinaus auf den kleinen Park der Altenburg. «Ich bin nicht sicher, ob ich meinen Faust zu solchen Zwecken hergeben möchte, Heinrich. Politik und Kunst zu vermischen, halte ich für ein Risiko. Allzu oft wird die Kunst von der Politik missbraucht. Und ihr», und damit blickte er von Fallersleben in die Augen, «tut mit Rietschel das Gleiche, nur unter anderen Vorzeichen.»

«Du willst doch nicht allen Ernstes behaupten, unser Tun stünde auf einer Ebene mit den Machenschaften Carl Alexanders und König Ludwigs?», fragte von Fallersleben aufgebracht.

«Nein. Was ich sage, ist Folgendes: Versetze dich nur ein einziges Mal in Rietschels Lage! Was würdest du denn tun, wenn man deine Werke zu politischen Zwecken missbrauchen wollte?»

«Wenn das jemals passiert, dann wird es die richtige Seite sein, die sich meiner Schriften annimmt und sie wie ein Banner der Freiheit vor sich herträgt.»

Liszt wandte sich wieder zum Fenster, gegen das der Regen nun in heftigen Böen schlug. «Doch was wird geschehen, wenn unsere Werke unseren Tod überdauern und einst Freund und Feind die Rollen tauschen? Welchen Herren werden wir dann dienen?»

7

Dresden

Er hatte es genau ausgerechnet: Es waren alles in allem einhundertundeins Milchzähne. Zwar war er nicht besonders stark im Rechnen, und nach drei durchwachten Nächten fiel es ihm nicht eben leichter, aber jetzt hatte er die Gewissheit: einhundertundeins!

Er lag im Bett und sah zu Friederike hinüber, wie sie die mittlerweile zweijährige Gertrud auf ihrem Arm hin- und herwiegte und ein beruhigendes Lied für sie summte, mit mäßigem Erfolg allerdings, denn der untere linke Backenzahn ließ das Kind nur für Minuten zur Ruhe kommen, bis es erneut aus seiner Erschöpfung aufschreckte, geplagt von schlimmsten Zahnschmerzen, dazu Koliken und Weinkrämpfen.

Nun hatte es der letzte Backenzahn seines fünften Kindes vermocht, Rietschel zwischen Minutenschlaf und Brüllen so zu zermürben, dass er an Gottes Schöpfung zu zweifeln begann, denn wozu um Himmels willen brauchte ein Kind zwanzig Zähne, die es ohnehin bald wieder verlor? Sein Sohn Wolfgang hatte es sogar auf einundzwanzig gebracht, war ihm doch unerwartet ein überflüssiger Schneidezahn gewachsen.

Einhundertundeins! Er liebte seine Kinder von Herzen, dennoch griff das Geschrei seine Nerven an. Wie konnte sich ein Mensch nach einer solchen Nacht noch auf seine Arbeit konzentrieren? Doch sosehr er seine Tochter in Gedanken anflehte, endlich mit dem Gebrüll aufzuhören, so wenig ließ sie sich beruhigen. Bei Gott, er war doch Künstler! Er benötigte Ruhe, er benötigte Schlaf!

«Rike, bitte! Wie soll ich da tags arbeiten, wenn ich in der

Nacht nicht zum Schlafen komme?» Rietschel richtete sich im Bett auf und sah seine Frau an, die mit dem Kind auf den Armen im Zimmer auf und ab lief.

«Darf ich dich daran erinnern, dass ich vier halbwüchsige Kinder großzuziehen und einen Haushalt zu führen habe? Wenn *du* nicht schlafen kannst, bekommt Goethe vielleicht einen fetten Hals, aber wenn *ich* nachts nicht zur Ruhe komme, bricht hier alles zusammen!»

Ein Blick in das übernächtigte Gesicht seiner Frau sagte Rietschel, dass sich eine weitere Diskussion erübrigt hatte. Seufzend stand er auf, nahm Friederike das Kind ab und neigte den Kopf in Richtung der Schlafzimmertür.

«Geh, leg dich in den Salon und ruh dich ein wenig aus. Ich kümmere mich um Gertrud.»

Friederike zögerte anstandshalber ein, zwei Sekunden, packte dann aber die Gelegenheit beim Schopfe und gab dem Bedürfnis nach einigen wenigen Stunden ungestörten Schlafes nach. Sie drückte dem immer noch weinenden Kind einen Kuss aufs Haar, nahm ihre Decke und verschwand aus dem Zimmer. Zurück blieben Rietschel und die unglückliche Gertrud, der er, ihr Köpfchen auf seine Schulter gelehnt, leise einen Bachchoral nach dem nächsten vorsang. Irgendwann schliefen sie beide vor Erschöpfung ein.

8

«Er wirkt müde!», sagte Goethe.

«Nein, er wirkt nicht müde, er wirkt vollkommen erschöpft.» Schiller fühlte sanft nach Rietschels Puls. «Aber er lebt!»

«Ausgezeichnet», sagte Goethe. «Nur aufwachen will er offenbar nicht.» Und sein Ton wechselte von besorgt zu etwas beleidigt.

«Scht!», zischte Schiller. «Wecken Sie das Kind nicht auf. Das Gebrüll hält ja kein Mensch aus!»

Doch in diesem Moment schlug Gertrud die Augen auf und blickte den beiden fremden, halbnackten Männern in Leinentüchern furchtlos ins Gesicht, ja sie griff sogar nach Schillers Nase, um daran zu ziehen, und lachte vergnügt, als dieser sie gewähren ließ.

«Sie mag Sie», stellte Goethe fest.

«Ich hatte vier Kinder, Herr Geheimrat. Ich kann mit Kindern umgehen.»

«Ja, ich weiß, aber ich finde es dennoch erstaunlich.»

Gertrud gluckste vergnügt und streckte ihre Ärmchen nach Schiller aus. Nach kurzem Zögern nahm er sie hoch und schwang sie auf und nieder, was Gertrud zu noch fröhlicherem Gejauchze anregte.

«Wecken Sie *ihn* nicht auf», forderte nun Goethe und zeigte mit dem Finger auf den im Schaukelstuhl schlafenden Rietschel.

«Ich sag doch, ich weiß schon, was ich tue», sagte Schiller lachend, der offenbar Gefallen an seiner neuen Rolle als Kindermädchen gefunden hatte.

«Sie machen eindeutig jeder Mutter Konkurrenz.»

«Seien Sie still, ich war immer ein vorbildlicher Vater. Außerdem bin ich Arzt, und als solcher stelle ich fest: Zahnschmerzen vorüber, Schlafmangel groß.» Er pustete mit vibrierenden Lippen auf Gertruds Bauch und neigte den Kopf in Richtung Rietschel. «Wenn wir ihm ein bisschen Schlaf verschaffen, wird er vielleicht in absehbarer Zukunft mit unserer Kleidung fertig. Ich bin es leid, immer nur lumpenverhüllt im Atelier herumzustehen. Das ist eines von Schillers nicht würdig!» Sagte es und begann erneut, auf Gertruds Bauch zu pusten.

«Nun gut. Ich könnte der Kleinen ja etwas vorsingen.»

«Bona nox?», fragte Schiller vergnügt.

«Aber im Kanon», sagte Goethe, und so sangen sie fünfzehn Mal hintereinander Mozart für Gertrud, bis sie zufrieden schmatzend auf Schillers Arm eingeschlafen war. Er legte sie zurück in den Arm ihres Vaters und deckte beide mit einer warmen Wolldecke zu.

«Das hat bei meinen Kindern auch immer besser geholfen als dieses sakrale Gesülze von Bach», stellte Schiller befriedigt fest.

«Wir werden es Rietschel beim nächsten Treffen sagen, aber nun lassen Sie uns von hier verschwinden», forderte Goethe seinen Freund auf. «Für heute können wir nichts mehr für ihn tun.»

Schiller blickte auf die friedlich schlummernde Gertrud. «Ob sie sich morgen an uns erinnern wird?»

«So Gott will, hat sie uns morgen schon vergessen. Wäre auch besser so», sagte Goethe mit einem Blick auf ihrer beider Aufzug.

Da musste ihm Schiller leider recht geben. «Schlaf schön, Mädle», sagte er leise.

9

Acht Uhr früh war nicht unbedingt eine übliche Zeit für Besuche, aber sie war auch nicht vollkommen unüblich. Und jetzt, da Förster schon einmal in der Stadt war, wollte er nicht allzu lange warten. Es war besser, das Unangenehme gleich hinter sich zu bringen.

Bei einem Blick auf seine Taschenuhr musste er jedoch feststellen, dass es erst sieben Uhr dreißig war, als er vor Rietschels Haus ankam, und Förster war nicht sicher, ob man ihm das nicht doch als Zumutung auslegen würde. Andererseits regnete es, und der starke Wind, der ihn am Vorabend auf dem Weg zu seinem Quartier fast seinen Hut gekostet hätte, war kaum abgeflaut und trieb nun eine Regenböe nach der nächsten gegen seinen Mantel. *Das* empfand Förster als Zumutung.

Also betrat er das Haus und zog an der Glocke zur Rietschel'schen Wohnung. Es dauerte einige Augenblicke, bis sich nach einem schlurfenden Geräusch hinter der Tür der Schlüssel im Schloss drehte und Förster in das Gesicht Johannas blickte.

«Guten Morgen», sagte sie.

«Guten Morgen. Melden Sie mich bitte den Herrschaften.»

«Sehr wohl», sagte Johanna, öffnete die Tür und ließ den durchnässten Mann herein, nicht ohne einen besorgten Blick auf den Teppich zu werfen. Einen Platz bot sie ihm nicht an, ebenso wenig geleitete sie ihn in den Salon, sondern ließ ihn einfach stehen, wo er gerade war, und ging in eines der Zimmer.

«Herr Professor», hörte Förster sie leise sagen.

«Hm», brummte Rietschel nur.

«Herr Professor, es ist Besuch da.»

«So früh schon?», fragte Rietschel. «Wie viel Uhr ist es denn?»

«Halb acht.»

«Wer ist es?», fragte er.

«Ernst Förster, und er tropft gerade den Teppich im Eingang voll.»

«Oh Gott, das heißt nichts Gutes!», stöhnte Rietschel auf und fügte hinzu: «Führ ihn in den Salon.»

«Geht nicht, da ruht ja noch die gnädige Frau», gab Johanna zu bedenken.

«Ach ja, richtig!» Förster hörte, wie sich Rietschel aus einem knarrenden Sessel erhob. «Weck Friederike bitte schnell auf, und koch uns einen Kaffee.»

«Gerne, aber zuerst gehört das Kind gewickelt.»

«Dann gib mir Gertrud, ich erledige das. Kümmere du dich um Förster und den Kaffee! Wo sind die Knaben?»

«Die Großen sind schon unterwegs zur Schule», rief Johanna und eilte in den Salon.

«Husch, aufstehen!», befahl sie Friederike. «Wir haben Besuch, gnädige Frau!»

«Um diese Zeit?», fragte Friederike und gähnte. «Wer ist es denn?»

«Ernst Förster.»

«Oh Gott! Nichts wie in die Küche. Diesen Mann ertrage ich am frühen Morgen nicht, jedenfalls nicht ohne Kaffee.»

Förster fühlte sich von Minute zu Minute weniger willkommen. Kurze Zeit später kehrte Johanna zu ihm zurück und geleitete ihn in den Salon.

«Kaffee kommt sofort», sagte sie und verschwand durch die Verbindungstür in Richtung Küche.

Immerhin etwas, dachte Förster, während er auf dem kleinen Sofa Platz nahm, jedoch sogleich wieder aufsprang und eines von Hermanns Holzpferden vom Sitzpolster aufhob.

«Das kommt leider immer wieder vor», sagte Rietschel lachend, der, Gertrud auf dem Arm, gerade das Zimmer betrat. «Unsere Besucher werden sehr häufig von Hermanns Rittern und Pferden geplagt, wahlweise auch von Gertruds Rasseln. Bitte entschuldige! Ich bringe nur schnell die Kleine zu Johanna, dann bin ich für dich da.»

«Geh nur, geh nur», forderte Förster ihn auf, wagte jedoch nicht, sich erneut auf das Sofa zu setzen. Das Pferd stellte er schließlich auf dem Kaminsims ab.

«Kaffee kommt gleich», sagte Rietschel, als er wieder den Salon betrat, und bemerkte erst jetzt, dass Gertrud sich in der Nacht eingenässt hatte, denn auf seinem rechten Oberschenkel prangte ein großer feuchter Fleck, zudem fanden sich auf seinem Hemd die Rotzspuren einer Kindernase. Förster folgte Rietschels Blick, und obwohl dies ganz entgegen seiner Absicht war, entfuhr ihm der Satz: «Jetzt verstehe ich, warum du mit dem Denkmal noch nicht weitergekommen bist.»

Und Rietschel begriff auf einen Schlag, warum Förster hier war.

10

Als Rietschel am späten Vormittag mit dunklen Rändern unter den Augen das Atelier betrat, schlich er leise an Kietz vorbei und ließ sich im Hinterzimmer auf einen Stuhl fallen. Kietz folgte ihm zögernd. Das Ganze ging nun schon seit drei

Tagen so, und Kietz fand offenbar, es sei an der Zeit, etwas zu sagen.

«Ernst, du bist Künstler. Du brauchst Ruhe, um arbeiten zu können. Wie soll das gehen, wenn du keinen Schlaf findest?»

Rietschel öffnete den Mund, um etwas zu erwidern, doch dann schloss er ihn wieder und schüttelte nur stumm den Kopf. Nach einigen Augenblicken, in denen Kietz unsicher im Türrahmen verharrte, hob Rietschel den Blick und befahl schließlich: «Kaffee!»

Kietz zog die Stirn in Falten, machte sich aber auf ins Gasthaus Topf. Kurze Zeit später kam er nicht nur mit einem Becher heißen Kaffees zurück, sondern auch mit etwas Brühe, Brot, einem hart gekochten Ei und Trockenobst. Er baute alles neben Rietschels Zeichentisch auf und verkündete: «Hier, eine kleine Mahlzeit für dich, mit besten Grüßen vom Gasthaus Topf. Du sollst deiner Tochter wegen der Zahnschmerzen Feigenwurzel in den Mund stecken, etwas Gescheites essen und mehr schlafen.»

«Das sagst du, oder sagt das die Wirtin?», fragte Rietschel und trank einen großen Schluck Kaffee.

«Das mit der Feigenwurzel stammt von ihr, aber der Rest ist deshalb nicht weniger wahr.»

Kietz stellte sich neben Rietschel, während dieser seine Mahlzeit hinunterschlang, und verlagerte sein Gewicht von einem Bein aufs andere. Er nestelte an den Knöpfen seiner Weste herum und hustete und räusperte sich mehrfach.

«Ich … ähem … ich wollte dich ersuchen … ähem … ähemähem, also, wenn … ähem …»

«Hast du Husten, Gustav?», fragte Rietschel.

«Was?»

«Husten! Hast du dich erkältet?» Rietschel sah seinen Assistenten mit väterlich besorgtem Blick an.

«Ähem, nein. Nein, ich … ich …» Pause. «Ich wollte dich um drei Wochen Urlaub ersuchen, um zu meiner Mutter …» Weiter kam Kietz nicht.

«Gute Reise!», sagte Rietschel mit einem Lächeln und klopfte seinem ungläubigen Assistenten auf die Schulter.

«Aber ich kann dich doch jetzt nicht hier allein lassen!», entrüstete sich Kietz.

Rietschel blickte ihn fragend an. «Ja, willst du jetzt fahren oder nicht?»

«Natürlich will ich, es ist nur …»

«Gustav, ich komme schon zurecht. Mach dir um mich keine Sorgen – und um das Denkmal auch nicht. Ich habe hier genügend Unterstützung.»

«Ich mache mir trotzdem Sorgen, um dich und auch um das Denkmal. Die Leute reden.»

«Dann lass sie reden. Du weißt so gut wie ich, dass sich ein solches Werk nicht von heute auf morgen fertigstellen lässt. So etwas braucht Zeit. *Ich* brauche Zeit, Gustav.»

Kietz blickte betreten zu Boden. «Ich weiß das natürlich, Ernst, aber wissen es auch die anderen?»

Rietschel schob das Tablett mit den Speisen ruckartig von sich. Er stand wortlos auf und ging verärgert in Richtung Werkstatt. An der Tür besann er sich noch einmal, drehte sich um, ging auf Kietz zu und umarmte seinen Freund kurz.

«Nochmals gute Reise, Gustav», sagte er. Dann machte er auf dem Absatz kehrt, nahm seinen gipsbestäubten Arbeitskittel vom Kleiderhaken und machte sich daran, die längst fälligen Korrekturen an Schillers Armstellung vorzunehmen.

Den restlichen Tag lang wagte es keiner seiner Schüler, ihn anzusprechen.

Als Rietschel am Abend endlich aus der Tür seiner Werkstatt trat, betrachtete er lange das gegenüberliegende Elbufer. Die milde Abendluft, die vom Fluss heraufwehte, tat seinen Lungen gut. Er atmete tief ein und wieder aus. So stand er einige Minuten in sich versunken da. Zum ersten Mal seit Wochen hatte er das Gefühl, ein Stück weitergekommen zu sein, denn die Gipsvorlage für den Bronzeguss hatte nun endlich eine Form angenommen, die seiner Idealvorstellung recht nahe kam. Es schien alles zu stimmen: die Proportionen, die Haltung, die Ausrichtung der Füße, die Achsen zwischen Kinn, Arm und Lorbeerkranz. Im nächsten Schritt würde er den Figuren endlich die Kleidung anlegen können. Danach käme alles Weitere auf den Guss an, aber das war von Millers Aufgabe.

Als er zu frösteln begann, wandte er sich schließlich um, um zurück ins Atelier zu gehen. Erst da bemerkte er die entgeisterten Blicke der Passanten und gewahrte, dass er von Kopf bis Fuß in weißen Staub gehüllt war. Er sah aus wie ein Gespenst.

II

«Johanna, wo sind die Schleifenbänder?»

«Ich zieh das nicht an, das kratzt!»

«Hermann! Du tust, was ich sage, hast du verstanden?»

«NEIN!»

«DOCH!»

«Johanna, die Schleifen!»

«Macht mal jemand die Tür auf? Wolfgang?»
«Zum Kuckuck, du ziehst jetzt deinen Anzug an!»
«NEIN!»
«Wo steckt der Junge? WOLFGANG!»
«Ich hab Hunger.»
«Später.»
«Ich hab aber *jetzt* Hunger!»
«Georg, es gibt später genug zu essen.»
«Ich will aber ...»
«Geh zu deinem Vater!»
«Ich will auch zu Papa!»
«DU ZIEHST DICH JETZT AN, HERMANN!»
«JOHANNA! DIE SCHLEIFEN!»

Es war der Tag von Adelheids Verlobung, und im Gartenatelier, das man hatte ausräumen lassen und das zu diesem Anlass festlich hergerichtet worden war, versammelten sich bereits die Gäste. Darunter waren viele Freunde der Familie Rietschel, alle Omamas und Opapas, natürlich die Familie des Verlobten sowie einige Nachbarn und ausgesuchte Künstlerkollegen. Die Einzigen, die noch fehlten, waren die Rietschels selbst.

Während sich Adelheid mit Johannas Hilfe und einigen Schleifenbändern um eine besonders schöne Frisur bemühte, versuchte Friederike, Hermann in einen neuen und zugegebenermaßen kratzenden Anzug zu stecken, ohne sich dabei von Gertrud das eigene Kleid beschmutzen zu lassen. Wolfgang war irgendwo im Garten verschwunden, und Georg schmollte, weil er nicht in die Küche durfte, wo die seit Tagen von Johanna, Friederike und Adelheid mühsam vorbereiteten Festspeisen aufgereiht waren.

«Wo ist Ernst?», rief Friederike verzweifelt aus dem Kinderzimmer, als sie Johanna an der Tür vorbeihuschen sah, die mit einigen Bändern in der Hand auf dem Weg zu Adelheid war.

«Wahrscheinlich bei den Nachbarn, oben oder unten oder gegenüber», mutmaßte Johanna.

«Georg, bitte lauf und hol deinen Vater heim. Und mach schnell!», forderte Friederike den maulenden, weil hungrigen Jungen auf. Dieser trollte sich erst mit dem Versprechen, nach seiner Rückkehr wenigstens eine Eierschecke zu erhalten.

Der Einzige, der offensichtlich nicht wusste, wie er sich in diesem familiären Durcheinander zurechtfinden sollte, war der zukünftige Ehemann Adelheids. Rhode war ein freundlicher und von Grund auf gütiger Charakter, und er liebte Adelheid von Herzen. Aber in Zukunft würde er sich ein Beispiel an seinem Schwiegervater nehmen und familiären Festlichkeiten so lange fernbleiben, bis man ihn holen kam. Da ihn bislang niemand ernsthaft zu vermissen schien, tat er das, was Georg gerne getan hätte. Er genehmigte sich in der Familienküche einen Teller von Johannas Flusskrebssuppe. So fand ihn Rietschel vor, als er dem quengelnden Georg, der ihn an seiner Kinderhand nach Hause gezerrt hatte, die versprochene Eierschecke holen wollte.

«Bereit für den großen Tag?», fragte Rietschel.

«Nein», lachte Rhode.

«Na dann.»

«HERMANN!», drang es aus dem oberen Stockwerk in die Küche.

Rietschel holte tief Luft. «Ich sehe nach, wie ich Friederike helfen kann. Wir treffen uns unten.»

Etwa eine Stunde später hatten sich alle um die festliche Tafel versammelt. Die Kinder waren vollzählig anwesend und sauber angezogen – auch Hermann –, die Gäste guter Laune, und während sich Friederikes Aufregung gelegt hatte, steigerte sich die von Rietschel unerträglich, denn es war der Moment gekommen, in dem er seine Rede halten sollte. Doch gerade als er sich von seinem Stuhl erhob, ging die Tür auf, und Kietz platzte herein, in Begleitung eines Mannes, den Rietschel schon einmal irgendwo gesehen zu haben glaubte.

«Gustav», begrüßte Rietschel ihn freundlich über die Köpfe der anderen Gäste hinweg. «Wie schön, dass du zurück bist! Nimm Platz, und dein Begleiter auch, wir wollten gerade beginnen.»

Und dann, als sich Rietschel seiner strahlenden Ältesten zuwandte, um sie mit väterlichen Ratschlägen, christlichen Sprüchen und vielen guten Wünschen in die Zukunft zu entlassen, fiel ihm ein, wer der Mann an Kietz' Seite war.

12

«Darf ich vorstellen?», sagte Kietz erregt. «Richard Wagner.» Es hörte sich an, als erwarte er, dass bei Nennung des Namens ein Tusch erklingen würde.

«Angenehm.» Wagner reichte Rietschel die Hand. «Gustav ist Ihr größter Verehrer, und ich muss sagen, nach allem, was man von Ihnen hört, kann ich das sehr gut nachvollziehen.»

«Zu viel der Ehre», sagte Rietschel verlegen und drückte Wagners Hand.

«Nun, eine Verlobung ist ja eigentlich eine sehr persönliche Angelegenheit. Wenn ich also störe, dann …»

«Ich bitte Sie», unterbrach Rietschel ihn. «Gustavs Freunde sind in unserem Hause stets willkommen.»

«Nun ja. Wie ich sehe, trifft sich hier heute toute Dresden.» Wagner ließ seinen Blick über die Festgesellschaft schweifen und runzelte die Stirn. «Sie sind ein beliebter Mann, Rietschel, und wie sollte es auch anders sein? Ehre, wem Ehre gebührt! Und natürlich Erfolg. Erfolg vor allem. Gesundheit nicht zu vergessen. Ich selbst erhole mich gerade von einer schweren Influenza. Ich weiß also, wovon ich rede. Aber natürlich steht die Kunst über allem. Wie auch immer sich unsere gesundheitliche Verfassung ausnehmen mag, wir müssen der Kunst folgen. Bis zum bitteren Ende. Nicht wahr? Ja. Und wie weit sind Sie mit Ihrem Goethe-Schiller-Denkmal? Ist es zu besichtigen? Kietz spricht ja beinahe von nichts anderem, und das, wie gesagt, nur in den höchsten Tönen. Es ist aber auch ein gewaltiger Auftrag. Der wichtigste Ihrer Laufbahn, wenn ich mich nicht irre? Ja. Ich denke, es kann Deutschland nichts Besseres geschehen, als dass fähige Männer wie Sie den großen Geistern zur Unsterblichkeit verhelfen. Ist es nicht so, Kietz? Ja. Ist das hier eigentlich Ihr Privatatelier? Sehr reizend. Und bietet so viel Raum! Da passt sogar ein ganzes Buffet hinein, nicht wahr? Haha. Ja. Meine Empfehlung!»

Und damit verbeugte sich Richard Wagner und nahm am Tisch Platz, um sich Johannas berühmter Flusskrebssuppe zu widmen.

Rietschel war sich nicht sicher, wie er auf diesen Auftritt reagieren sollte, und klopfte Kietz nur freundlich und leicht irritiert auf die Schulter, um sich dann neben Friederike niederzulassen und es Wagner gleichzutun. Die Suppe, das konnte niemand bestreiten, war hervorragend.

«Johanna hat sich heute wieder einmal selbst übertroffen, findest du nicht?», fragte er Friederike.

«Wer ist das?», erkundigte sich seine Frau statt einer Antwort.

«Richard Wagner.»

«Gut, aber was tut er hier?»

«Er ist ein Freund von Gustav.»

«Das erklärt aber nicht, was er auf der Verlobung unserer Großen zu suchen hat.»

«Nun, er besucht Gustav, und der hat ihn einfach mitgebracht. Das ist doch in Ordnung, oder?»

Friederike lehnte sich auf ihrem Stuhl zurück, verschränkte die Arme vor der Brust und schüttelte belustigt den Kopf. «Sonderbarer Mann», sagte sie.

«Nicht sonderbarer als andere Künstler auch», entgegnete Rietschel, während er sich Brot zur Suppe nahm.

«Ich meine nicht diesen kurz geratenen Kauz von Wagner, der die Freundlichkeit besitzt, sich selbst in dein ach so reizendes Atelier einzuladen. Ich meine dich!»

«Mich?»

«Wirf doch bitte mal einen Blick auf diese Gesellschaft, und dann verrate mir, mit was für einem Mann ich da eigentlich verheiratet bin. Hier passt doch kein Gast zum anderen. Hast du nicht Angst, dass die sich irgendwann an die Gurgel gehen, bei all ihren unterschiedlichen politischen Ansichten?»

Rietschel schüttelte sanft den Kopf. «Ich sehe nur Komponisten, Schriftsteller, Maler und Bildhauer, die alle mit großem Appetit Johannas Suppe löffeln. Apropos Suppe: Ist noch etwas davon da?»

«Ach, Ernst», sagte Friederike seufzend. Dann zog Gertrud an ihrem Rock, und sie nahm das Kind auf ihren Schoß und begann es mit Brotstücken und Trauben zu füttern, während sich die fröhliche Verlobungsgesellschaft daranmachte, Rouladen mit Wickelklößen und grünen Böhnchen, Kartoffeln und dicker Soße zu verzehren und das Ganze mit noch mehr Wein herunterzuspülen.

13

Weimar

«Willst du allen Ernstes grüne Bohnen servieren lassen? Das ist so ungeheuer provinziell!», beanstandete die Fürstin.

«Liebling, es ist mir vollkommen egal, ob du den Herren grüne Bohnen oder Eisennägel servierst. Das überlasse ich ganz dir», antwortete Liszt.

«Das ist wohl auch besser so», befand Carolyne und entwarf in wenigen Augenblicken einen neuen Speiseplan. Als sie fertig war, lächelte sie zufrieden. «Ich denke, so geht es.» Sie reichte Liszt den Zettel. Der zog seine rechte Augenbraue hoch und bemerkte: «Teuer!»

«Ich dachte, wir sollten den Mann ein bisschen beeindrucken.»

«Liebste, wenn wir so tun, als hätten wir Geld im Überfluss, wird der Mann genau das von uns fordern: Geld!»

«Dann gib ihm keines.»

«Das ist bei Wagner nicht immer so einfach», wich Liszt aus. «Ich meine, sich ihm zu verweigern.»

«Das haben offenbar alle Komponisten so an sich», sagte Carolyne trocken. «Was ist denn eigentlich mit der anderen Feier?»

«Mit welcher anderen Feier?»

«Der Feier, mit der mir von Fallersleben seit Tagen in den Ohren liegt: die deiner Neu-Weimar-Kumpanen.»

«Da reichen grüne Bohnen völlig aus. Hauptsache, es gibt genug zu trinken.»

«Also ist das teure Zeug für deinen blutsaugenden Komponistenfreund und das billige Essen für die nichtsnutzigen Künstler Weimars.»

«Mein Herz, gibt es eigentlich irgendjemanden unter meinen Freunden, den du leiden kannst?»

«Vielleicht Chopin.»

«Oh, natürlich, Chopin. Nur ist der schon seit einigen Jahren tot, wenn ich dich daran erinnern darf.»

«Praktisch, nicht wahr? Und so viel preiswerter. Da braucht es nicht einmal Bohnen», stellte Carolyne zufrieden fest.

14

Dresden

Die folgenden Tage verbrachte Rietschel damit, taub zu werden. Er hatte einigen Erfolg, denn offensichtlich täuschte er auf diese Weise ein hohes Maß an Konzentration bei der Arbeit vor – während ihm eigentlich genau die fehlte, denn er musste ja all seine Kraft darauf verwenden, die Stimmen in seiner Umgebung zu überhören.

Er überhörte Kietz, der ihm mit seiner Verehrung für Richard Wagner auf die Nerven ging, selbst dann noch, als der Maestro nach dem kurzen Zwischenhalt in Dresden bereits nach Weimar weitergereist war. Doch ganz offensichtlich gedachte Kietz, noch ewig von Wagners Besuch zu zehren, und sah sich außerstande, über dieses Ereignis länger als fünfzehn Minuten zu schweigen, weshalb Rietschel es vorzog, sich besonders kurz angebunden zu geben. Kietz wurde nicht müde zu erzählen, wie Wagner und er sich einst in Graupa freundschaftlich nähergekommen waren, während der Meister seinen «Lohengrin» vollendete. Folglich war das Werk nicht nur ständiges Gesprächsthema von Kietz, sondern auch seine erklärte Lieblingsoper. Friederike kommentierte das Ganze schlicht mit «Schwanenabgesang».

«Ich für meinen Teil finde unseren dänischen Schwan um vieles angenehmer als Wagner, selbst wenn er doppelt so viel isst, was nur daran liegt, dass er auch in etwa doppelt so groß ist», ließ Friederike eines Abends ihren Gedanken freien Lauf.

Doch Rietschel hörte auch hier nur mit halbem Ohr zu, denn er war gänzlich gefangen in seiner Sorge um die Fertigstellung des Denkmals, die, und das war ganz offensichtlich, jenseits aller von Förster dringlichst empfohlenen Termine liegen würde, obwohl er mehr oder weniger rund um die Uhr daran arbeitete. Zwar versuchte er, in der Nacht auch ein paar Stunden zur Ruhe zu kommen, weil ihm sein Schwiegervater und Leibarzt Carus dies streng anriet, doch Goethe und Schiller ließen ihn nur selten ungestört schlafen. Also überging er mit schlechtem Gewissen die Ratschläge seines Arztes, indem er sich angewöhnte, des Nachts Notizen zu machen, wenn ihm etwas zur verbesserten Gestaltung des Denkmals einfiel, und Goethe und Schiller zu ignorieren, was nicht einfach war. Hinzu kam, dass ihn der ständige Kinderlärm in seinem Haus allzu oft ins Atelier trieb, denn bei dem Geheule und Geschrei konnte man die Schar nicht anders als zum Teufel wünschen – und als gläubiger Christ schloss er dies nun einmal aus und ging stattdessen selbst.

Auf diese Art errichtete Rietschel um sich herum eine Art Ruhe-Bannmeile, die zwar von allen ständig missachtet, von ihm selbst aber nach Kräften verteidigt wurde. Allein, es half nichts. Das Leben drang unbarmherzig in seine Welt vor. Dass dies so war, musste sich Rietschel spätestens an dem Tag eingestehen, als er eine Einladung nach Weimar erhielt, die er keinesfalls ablehnen konnte.

15

Weimar

Er hätte sich eigentlich schon früher fragen sollen, warum seine ihm noch immer nicht angetraute Frau ein solches Interesse an der Ausrichtung dieser Feier hatte, aber bis Liszt dahinterkam, verging einige Zeit.

Es begann damit, dass Carolyne neben der Vorbereitung des Essens auch eine neue Tischdekoration anregte, sich um die Aufpolsterung der alten Stühle kümmerte und die Hausmädchen mit strengem Blick und gelegentlichem Keifen dazu anhielt, die Altenburg von jeglicher Art Schmutz zu befreien. Hin und wieder erlaubte sie sich den Scherz, dem beinahe täglich aus und ein gehenden von Fallersleben ebenfalls mit dem Staubwedel zu drohen, den sie zu diesem Zweck gern einem der verblüfften Dienstboten entriss. So war es auch von Fallersleben, der Liszt nach einem dieser seltsamen Vorfälle darauf hinwies, dass es ihn zwar freue, aber gleichzeitig auch beunruhige, dass die Fürstin dem nächsten Zusammentreffen des Neu-Weimar-Vereins eine solch hohe Bedeutung beimaß.

«Ach, tut sie das?», fragte Liszt.

«Sag bloß nicht, dass dich das nicht auch verwundert. Wir halten diese Treffen jetzt schon seit geraumer Zeit ab, aber noch nie hat sich die Fürstin so sehr ins Zeug gelegt wie dieses Mal.»

«Verdammt», sagte Liszt, «wieso fällt dir das auf, mir aber nicht?»

«Aus dem simplen Grund, dass du dich für nichts anderes interessierst als deine Musik?», fragte von Fallersleben und fügte hinzu: «Was ja nur allzu verständlich ist. Immerhin bist du Franz Liszt.»

«Und du bist nahe daran, heute von mir rausgeworfen zu werden. Ich hab zu tun», brummte Liszt.

«Dann mache ich es kurz. Carl Alexander hat ein Treffen des Denkmalkomitees einberufen und Rietschel nach Weimar zitiert. Wir hätten also die einzigartige Gelegenheit, unser nächstes Treffen des Neu-Weimar-Vereins mit einer Einladung Rietschels zu verbinden.»

«Mein Lieber», sagte Liszt, «ich glaube, mit dieser Idee kommst du zu spät.»

«Ach?»

«Ich durfte gestern einen Blick auf Carolynes Gästeliste werfen, und wenn mich nicht alles täuscht, stand der Name Rietschel bereits darauf.»

«Aber wie konnte sie wissen, dass … Nein, sag es mir nicht! Ich denke mir einfach meinen Teil.»

Liszt lächelte. «Heinrich, wann wirst du einsehen, dass ich mit der bezauberndsten Intrigantin der Welt liiert bin?»

«Vermutlich nie. Sie ist uns offensichtlich immer einen Schritt voraus.»

«Offensichtlich», pflichtete ihm Liszt bei. «Und solltest du mich fragen, was sie mit der Einladung Rietschels beabsichtigt, kann ich dir nur antworten: Ich weiß es nicht, aber es wird seinen Grund haben. Und nun entschuldige mich bitte, ich möchte heute noch einmal diese Partituren hier durchgehen, und zwar in Ruhe, allein.»

Von Fallersleben erhob sich von seinem Sessel und warf bei dieser Gelegenheit einen Blick auf die Noten, die Liszt vor sich auf dem Komponiertisch ausgebreitet hatte.

«Aha, Wagner. Wann kommt er denn, der große Meister?»

«Er hat sich für morgen angekündigt. Aber bei Wagner muss man mit allem rechnen. Ich erwarte ihn stündlich.»

Und tatsächlich: Als von Fallersleben den Weg von der Altenburg hinabschritt, kam ihm eine Kutsche entgegen, aus der ein sehr kleiner Mann sprang, der unverzüglich das Haus betrat.

16

Mein geliebter Freund Rauch,

ich sende Ihnen diese Zeilen, um Ihnen von den Ereignissen der letzten Wochen zu berichten. Uns ist nicht nur größtes Glück widerfahren, es plagen mich auch vielfältige Probleme (und böse Vorahnungen!), zu denen ich gerne Ihre Meinung gehört hätte.

Zunächst einmal kann ich mit Freude von der Verlobung unserer Adelheid mit Herrn Rhode berichten, welche uns alle mit größtem Stolz erfüllt. Die beiden werden ihren Weg gehen und, mit Gottes Hilfe, auch meistern, zumal sie einander herzlich zugetan sind.

Die Verlobungsfeier, auf der wir Sie alle schrecklich vermissten, gestaltete sich sehr schön, mit gutem Essen und einer fröhlichen Gesellschaft. Mein guter Kietz, der Ihnen übrigens herzlichste Grüße sendet, brachte dann noch einen ganz besonderen Gast mit. Können Sie erra-

ten, welchen? Richard Wagner! Nun wusste ich freilich, wie sehr Kietz Wagner verehrt, dennoch war sein Besuch, zumal unangemeldet, eine große Überraschung für uns alle. Ich weiß, dass auch Sie zu den großen Verehrern des Meisters zählen, und darum berichte ich nicht ohne Stolz von diesem Ereignis. Doch stellen Sie sich diese Mischung von Gästen vor: Familie, Freunde, Künstlerkollegen, sie alle sind uns lieb und teuer, und gewiss ist manch großer Geist unter ihnen, allen voran mein Schwiegervater Carus. Doch ist ihnen allen auch ein bescheidenes, herzliches Naturell zu eigen, mit dem sich unser Haus freudig schmückt. Und nun Wagner! Der Mann, obwohl klein von Statur, zog in Windeseile jede Aufmerksamkeit auf sich und genoss seinen Auftritt wohl auch, doch hätte ich mir dafür vielleicht eine andere Bühne als die Verlobung unserer Tochter gewünscht. Mitten beim Essen sprang Wagner dann plötzlich auf und richtete einige überaus herzliche Worte an das Brautpaar, über die sich Adelheid und auch alle anderen sehr freuten.

So hatte er unsere Herzen schon fast gewonnen, als ich bei der Verabschiedung der Gäste bemerken musste, wie Wagner Berthold «Moses» Auerbach, meinen guten Freund und Dichter, schnitt und ihm glatt die Hand zum Abschiedsgruß verweigerte. Da zerriss es mich innerlich, und ich verwendete hinterher viel Zeit und Worte darauf, Auerbachs Gemütszustand zu besänftigen. Dieser Wagner trägt einen Hass in sich, der mir allzu oft bei anderen Menschen begegnet ist und der nichts Gutes über uns bringen kann, so wie Hass niemals etwas Gutes hervorzubringen imstande ist. Was spielt denn die Herkunft für eine Rolle, wenn ein guter Geist den Menschen erfüllt? Nein, das kann und will ich nicht begreifen und muss es doch hinnehmen. So trugen dieser freudige Tag und dieser unerwartete Besuch auch einen Stachel in sich, der mich nach wie vor schmerzt.

Die andere Sache, von der ich eingangs andeutete, sie liege mir wie ein Alb auf der Brust, hat mit meinem Goethe-Schiller-Denkmal zu tun. Zwar kam ich in den letzten Wochen gut voran und konnte vieles von dem, was ich mir vorgenommen hatte, umsetzen, doch der Zeitplan, den Weimar und München vorgeben, ist unmöglich einzuhalten. Und ich bin nicht gewillt, Abstriche zu machen. Nun erhielt ich eine Einladung, so man das so nennen will, nach Weimar – zum Rapport. Es ist nicht nur so, dass ich meine Zeit weit lieber auf meine Arbeit verwenden würde, ich bin auch, jetzt, da der nasskalte Herbst Einzug hält, kaum reisefähig. Was ich an körperlicher Kraft habe, lasse ich in meine Arbeit einfließen, den Rest braucht meine Familie, insbesondere die Kinder. Da bleibt nicht viel übrig für einen Weimarer Großherzog. Aber ich habe keine Wahl und werde reisen.

Natürlich kann ich die Position der hohen Herren verstehen, und es ist kaum jemandem zu vermitteln, wie schwierig sich ein Doppelstandbildnis ausnimmt im Vergleich zu einer Einzelskulptur. Ich würde sagen, es verhält sich sogar drei zu eins: Dreimal so viel Kraft kostet mich dieses gemeinsame Denkmal der beiden Weimarer Dichterfürsten, als wenn ich jeden der beiden einzeln geformt hätte.

Doch ich will nicht beständig klagen. Mögen Sie mir verzeihen, dass ich mein Herz ausgeschüttet habe, und sollte Ihnen ein guter Rat im Umgang mit meinen Förderern und Forderern einfallen, dann bin ich der Ihnen dankbarst ergebene Freund,

Ernst Rietschel

PS: Ein Lichtblick erwartet mich in Weimar allerdings. Man lud mich erneut auf die Altenburg, und ich freue mich sehr über dieses Zeichen der Anerkennung und des Wohlwollens. Somit wird Weimar mich wohl zweigeteilt empfangen, mit einem strengen und einem lachenden Auge.

17

Telegraphische Depesche Rauch an Rietschel, einen Tag später:

«Keine Abstriche machen! STOP Integrität bewahren, Plan weiterverfolgen! STOP Gute Reise, Rauch STOP»

18

Dresden

«Ja, bin ich denn von allen guten Geistern verlassen?», murmelte Johanna, während sie zum dritten Mal die Küchenschränke nach Zündhölzern durchsuchte. «Ich hab doch letzte Woche erst … Da müssen doch noch … Wo zur Hölle sind die denn?»

«Was suchst du so verzweifelt?», wollte Friederike wissen, als sie die Küche betrat und Johanna erblickte, wie sie mit dem Kopf tief im Vorratsschrank steckte.

«Zündhölzer. Letzte Woche hab ich noch ein ganzes Dutzend Packungen gekauft, und nun sind sie verschwunden.»

«Na so was.»

Johanna hatte nun den Kopf aus dem Schrank gezogen und kaute gedankenverloren auf ihrer Unterlippe. Dann blickte sie Friederike an und sagte: «Ob der gnädige Herr die Zündhölzer vielleicht mit in die Akademie genommen hat?»

«Sicher nicht. Die haben da eigene. Und du weißt doch, wie sparsam Ernst ist. Der würde niemals unsere Hölzer fürs Atelier verwenden», wandte Friederike ein.

«Dann fällt mir nur noch eine Lösung ein. Werfen wir doch einmal einen Blick ins Kinderzimmer.» Und mit diesen

Worten stieg Johanna energisch die Treppe hinauf. Friederike folgte ihr.

Die Tür zum Zimmer der Buben stand einen Spaltbreit offen, und Johanna deutete Friederike an, still zu sein, damit man die Kinder belauschen konnte.

Hermann und Georg saßen auf dem Fußboden, zwischen sich einen Haufen Zündhölzer, die sie, emsig zählend, zu kleinen Bündeln verschnürten.

«Wie viele hast du schon?», fragte Hermann.

«Sechzehn. Und du?», wollte Georg wissen.

«Acht. Warum müssen wir die eigentlich neu verpacken? Die sind doch schon verpackt!»

«Na, weil wir sie in Bündeln zu je zehn Stück verkaufen werden. Das gibt mehr Geld, als wenn wir Gertrud nur die paar großen Packungen in die Hand drücken. Kleine Portionen kosten immer mehr als große. Das ist wie mit dem Feuerholz, das kauft Papa ja auch immer in großen Ladungen, weil es dann billiger ist.»

«Ach so. Glaubst du, Trudchen will was von dem Geld abhaben?»

«Blödsinn. Wir kaufen ihr Bonbons, dann ist sie glücklich, und fertig. Der Rest ist für uns.»

«Mensch, was meinst du, wie viel Geld das dann ist?», überlegte Hermann.

«Also, wenn wir dreiunddreißig Bündel machen zu je … Weiß ich nicht. Viel eben», antwortete Georg.

Johanna flüsterte Friederike, die hinter sie getreten war, zu: «Und demnächst üben wir mit den Jungs noch einmal Kopfrechnen!»

«Was haben die bloß vor?», fragte Friederike.

«Das werden wir bald wissen. In jedem Fall nichts Gutes.»

Nach weiteren fünf Minuten waren Georg und Hermann fertig mit dem Verknoten der Zündholzbündchen und packten sie in eine Tasche.

«Wo ist denn die Kohle?», fragte Georg.

Hermann reichte ihm ein Stückchen Zeichenkohle seines Vaters. «Wozu brauchen wir die denn?»

«Damit machen wir Trudchen ordentlich dreckig im Gesicht, so wie die Kinder von armen Leuten eben aussehen. Wenn sie arm aussieht, geben die Leute mehr.»

«Oh, und wir reißen ihr ein paar Löcher ins Kleidchen! Dann sieht sie so richtig jämmerlich und verlumpt aus», schlug Hermann vor. Georg nickte zustimmend.

Das genügte. Johanna stieß die Tür auf.

«Untersteht euch!», rief sie aus. «Ihr werdet den Teufel tun und unsere kleine Gertrud zum Hölzchenverkaufen auf die Straße schicken. Noch dazu in zerrissenen Kleidern! Und nun her mit den Zündhölzern!» Johanna streckte energisch die Hand aus und nahm Georg die Tasche ab, während Friederike nach der Kohle griff und sie Hermann entwand.

«Das war ja gerade noch rechtzeitig. Wie kommt ihr zwei nur auf diesen Unfug?»

Schweigen.

«Andersen. Hab ich recht?», fragte Friederike mit einem strengen Blick auf Georg und Hermann. Beide nickten.

«Ich will euch einen guten Rat erteilen», sagte Friederike. «Wenn ihr noch einmal auf die Idee kommt, eines von Andersens Märchen nachzuspielen, dann werde ich es euch gleichtun, und dann wird es hier nur noch ein Märchen geben, und das ist nicht von Andersen und heißt ‹Hänsel und Gretel›. Habt ihr das verstanden?», fragte Friederike.

Die beiden nickten erneut.

«Was machen wir jetzt mit den beiden?», fragte Johanna.

«Mangels eines finsteren Märchenwaldes würde ich sagen: Schick sie ins Bett. Die Rolle der bösen Stiefmutter passt nicht zu mir», antwortete Friederike.

Johanna begann zu lachen. «Na gut», sagte sie.

Als Friederike das Zimmer verließ, murmelte sie beim Hinausgehen: «Und wenn sie nicht gestorben sind ...»

Johannas Lachen erstarb. «Sagen Sie das nicht, gnädige Frau, bitte, sagen Sie das nicht!»

Fünfter Teil
Die Enthüllung

I

Weimar

Der Mann war unersättlich. Alles an ihm war maßlos, seine nicht enden wollenden Monologe bei Tisch, die Selbstverständlichkeit, mit der er seinen persönlichen Tagesablauf den anderen Bewohnern der Altenburg diktierte, sogar sein Klavierspiel schien gegenüber dem Liszts über die notwendige Lautstärke hinauszugehen, wenn er seinem Freund die Ideen zu seiner nächsten Oper illustrierte. Es dauerte ganze fünf Minuten, bis sich Carolyne sicher war, dass sie Wagner sowohl hassen als auch über alle Maßen bewundern musste, und solch widersprüchliche Gefühle brachte sie sonst nur Liszt entgegen. Es war schier unmöglich, sich dem Einfluss dieses Menschen zu entziehen. Das schien auch Liszt nicht anders zu gehen, der nach den drei Tagen, die Wagner bei ihm verbrachte, gleichermaßen begeistert und erschöpft wirkte.

«Das war er also», sagte Carolyne und schloss die Eingangstür des Hauses, als Wagners Kutsche abgefahren war.

«Ja, das war er.» Liszt ließ sich in einen Sessel in der Eingangshalle fallen.

«Und? Wie viel hat er bekommen?», fragte sie, wohl wissend, dass Geld Wagners Hauptmotiv für seine Besuche im Hause Liszt war.

«Alles, was ich an Barschaft dahatte», antwortete Liszt. «Mach mir bitte keinen Vorwurf daraus.»

«Tue ich das etwa?»

«Ich hätte ihm auch mehr gegeben, wenn ich es gekonnt hätte. Ich unterstütze ihn und seine Arbeit in jeder Hinsicht.»

«Dann», sagte Carolyne, «ist Wagner ein glücklicher Mann – und wir zwei komplette Narren.»

«Lass uns nur närrisch sein, solange am Ende große Kunst dabei entsteht», entgegnete Liszt. Doch die Fürstin wirkte nicht überzeugt.

«Am Ende», sagte sie, «stehen wir womöglich nackt da, in des Kaisers neuen Kleidern.»

«Das», so Liszt, «wird dann wohl von Fallersleben zu verhindern wissen. Der macht aus Deutschland im Nu eine Republik, und wir sind gerettet. Kein Kaiser, keine Kleider.»

«Das ist ja genau das Problem an der Sache.»

«Nun, ich sehe das eigentlich nicht als Problem an.»

«Ach nein?»

«Nein», sagte Liszt, «es war schließlich noch nie ein Fehler, wenn wir beide auf unsere Kleider verzichtet haben, meinst du nicht auch? Wann kommen heute noch gleich die Neu-Weimarer?»

«Erst gegen sechs am Abend», sagte Carolyne.

«Wunderbar, da bleibt uns genug Zeit.» Liszt lächelte. «Sei mir meine Muse! Mein *Faust* könnte noch ein gerüttelt Maß an Inspiration gebrauchen. Und dafür war Wagner nicht der Richtige.»

«Du findest auch immer einen Weg, um ein Schäferstündchen einzuleiten», stellte sie fest. «Also komm, ich habe nicht allzu viel Zeit, ich muss noch das Essen vorbereiten lassen, und auch sonst gibt es allerlei zu tun.»

«Ich werde dich nicht lange aufhalten.»

«Nun, das klingt ja äußerst vielversprechend», sagte Carolyne. «Dann betrachte ich die kommenden Minuten als Vorrecht der Geliebten, denn wer weiß, wie wenig Zeit du erst deiner Ehefrau widmen würdest.»

«Ein Grund mehr, nicht zu heiraten», stellte Liszt fest.

«Ein Grund mehr, Arsen in die Bratensoße zu geben», erwiderte Carolyne.

«Dann gäbe es allerdings auch keine Hochzeit.»

«Aber ich hätte immerhin Genugtuung erfahren», sagte Carolyne.

«Mein Leben ist also nicht mehr sicher?», fragte Liszt belustigt. «Will mich mein Gretchen etwa dem Teufel ausliefern?»

«Siehst du», rief Carolyne aus, «da wären wir wieder! Kaum redest du dich zwischen meine Beine, schon beginnst du wieder zu komponieren. Ich bin dir nur Mittel zum Zweck!»

«Was sonst ist die Aufgabe einer Muse?», fragte Liszt leichthin.

«Wie schade, dass Wagner keine Frau ist. Er würde sich hervorragend als deine Hure eignen. Wenn du mich jetzt entschuldigst, ich habe zu tun. Ich muss am Abend deine Gäste bewirten.»

Und damit verließ sie das Zimmer.

2

Carus hatte ihm abgeraten zu fahren. Friederike hatte ihm abgeraten zu fahren. Und selbst Kietz hatte ihn mehrfach darauf hingewiesen, dass der Menschheit im Allgemeinen und Herzog Carl Alexander im Besonderen wohl nicht damit gedient sei, wenn er vor seiner Zeit und vor allem vor Fertigstellung des Goethe-Schiller-Denkmals das Zeitliche segne. Dennoch hatte sich Rietschel nicht von einer erneuten Reise nach Weimar abbringen lassen, denn es war ihm ein Anliegen, die einmal begonnene Arbeit so zu beenden, dass sie ihn voll und ganz zufriedenstellte, koste es, was es wolle. Darin hatte ihn auch das Telegramm Rauchs bestärkt.

Dies alles ging ihm durch den Kopf, als er die erste Nacht in seinem Gasthauszimmer in Weimar lag.

«Wie ist das werte Befinden?», hörte er Goethe fragen.

Rietschel zuckte die Achseln. «Wen interessiert das schon?»

«Uns», gaben Goethe und Schiller im Chor zurück.

«Wie auch immer», sagte Goethe. «Wir wollten Ihnen nur viel Glück für morgen wünschen, mein Freund.»

«Das werde ich wohl gebrauchen können», antwortete Rietschel.

«Nein, im Grunde genommen brauchen Sie es nicht», sagte Schiller. «Die Fristverlängerung zu erwirken wird Ihnen letztlich gelingen. Schwierig wird es eher mit diesem lästigen Mann mit dem Bart und den schlimmen Versen – wie hieß der noch gleich?»

«Von Fallersleben?», fragte Rietschel.

«Ja, genau der. Nehmen Sie sich vor dem in Acht. Ansonsten sehe ich keinerlei Schwierigkeiten auf Sie zukommen.»

«Hört, hört, das Orakel hat gesprochen. Seit wann blicken wir in die Zukunft, von Schiller?», fragte Goethe.

«Seit unser Freund hier ein vermehrtes Interesse daran hat, Dinge aus der Zukunft zu erfahren. Geben Sie also nicht mir die Schuld», antwortete Schiller.

«Sie können die Zukunft voraussagen?», fragte Rietschel ungläubig.

«Nicht ganz. Wir können *Ihre* Zukunft voraussagen», antwortete Schiller. «So Sie denn danach fragen.»

«Ich weiß nicht, ob ich meine Zukunft kennen will», sagte Rietschel.

«Verständlich», murmelte Goethe, «aber auch ein Zeugnis von Kleingeisterei.»

«Im Augenblick kommt es mir nicht so vor, als hätte ich es nur mit *kleinen* Geistern zu tun», sagte Rietschel mit einem Blick auf die überlebensgroßen Dichterfürsten, die ziemlich genau wie die Gipsvorlagen aussahen, die in seinem Atelier auf ihre Fertigstellung warteten. Immerhin waren sie nahezu vollständig angezogen, und es fehlten ihnen lediglich die Hände, was ihren Gesten einen seltsam unbeholfenen Ausdruck verlieh.

«Wie gesagt, falls Sie einen Blick in Ihre Zukunft werfen möchten, dann können wir möglicherweise behilflich sein. Und halten Sie sich im Übrigen von der Bratensoße fern», fügte Schiller hinzu.

«Gift?», mutmaßte Goethe.

«Nein, aber die Hausherrin hat hineingespuckt. Hatte wohl Streit mit ihrem Geliebten», antwortete Schiller. «Ansonsten wünschen wir viel Freude auf der Altenburg.»

«Wenn das alles ist, dann würde ich jetzt gerne weiterschlafen», sagte Rietschel und verabschiedete seine nächtlichen Begleiter aus dem Land der Träume. Als er schon glaubte, eingeschlafen zu sein, konnte er Goethe noch flüstern hören: «Und kommen Sie ja nicht auf die Idee, ihn noch einmal auf seinen Gesundheitszustand anzusprechen und ihm dann von der Zukunft zu erzählen.»

Den Rest der Nacht lag Rietschel, von Goethe und Schiller unbehelligt, hellwach in seinem Zimmer. Als er sich am nächsten Morgen zur Zusammenkunft mit dem Denkmalkomitee aufmachte, hatte er eingefallene Wangen und dunkle Ringe unter den Augen.

3

«Ich verstehe Ihren Standpunkt durchaus.»

«Das tun Sie nicht.»

«Das tue ich sehr wohl!»

«Das sehe ich anders.»

«Ja, verdammt, dann sehen Sie es doch, wie Sie wollen!»

Das Komitee war sich, vorsichtig ausgedrückt, nicht ganz einig. Gewährte man Rietschel einen weiteren Aufschub oder nicht? Und was, wenn man ihn ihm nicht gewährte und das Projekt damit zu platzen drohte? Eine Blamage für jedermann, das lag auf der Hand. Doch einfach so klein beigeben und den Künstler machen lassen, wie es ihm beliebte? Das konnte auch nicht die Lösung sein. Das Problem bestand darin, dass der Herzog das Denkmal spätestens bei der großen Gedenkfeier im September 1857 für Ernst August enthüllen lassen wollte, und zwar um jeden Preis.

Natürlich wusste Rietschel um all diese Dinge, aber man war immerhin höflich genug, sie nicht vor ihm zu besprechen. Stattdessen hatte sich das Komitee auf Försters Initiative bereits zwei Stunden vor der vereinbarten Uhrzeit ohne Rietschel zusammengefunden, um über die Vorgehensweise zu beraten. Das war in der Tat ein kluger Schachzug Försters gewesen, denn somit hatten alle Teilnehmer ihren Unmut lautstark äußern können, und jeder war nach zwei Stunden des Disputs und der gegenseitigen Beleidigungen so weit, sich nunmehr in höflichem Ton einigen zu wollen. Kurz: Die Luft war raus, als Rietschel den Raum betrat.

Förster kam die Aufgabe zu, Rietschel zu begrüßen. Er hieß ihn Platz nehmen, und anstatt ihn mit Vorwürfen zu überschütten, betonte er, wie sehr man sich über die baldige Fertigstellung des Denkmals freue. Ob Rietschel denn Neuigkeiten mitgebracht habe, was den Fortgang seiner Arbeit betreffe.

«Das habe ich», antwortete er und berichtete von den Problemen bei der Ausrichtung des Doppelstandbildes, weshalb er noch einmal den zukünftigen Standort des Denkmals in Augenschein nehmen wolle, denn er glaube, jetzt den richtigen Winkel gefunden zu haben, und wolle dies an Ort und Stelle überprüfen.

«Gut! Gut!», kommentierte Sauppe. «Und wann darf man mit der Fertigstellung rechnen?»

Rietschel nannte den kommenden Januar als möglichen Zeitpunkt und betonte, er wisse um den knappen Zeitplan und die Schwierigkeiten des Transports der Gipsvorlagen nach München, aber er könne bei seiner Arbeit keine Abstriche machen, dafür sei ihm das Werk zu wichtig.

«Das wissen wir, mein lieber Rietschel, und deshalb haben wir den Auftrag ja auch an Sie vergeben», sagte eine Stimme. Carl Alexander hatte den Raum betreten. Die Männer erhoben sich zur Begrüßung, und der Herzog reichte Rietschel die Hand.

«Rietschel, Sie sehen recht blass aus», stellte er fest.

«Danke, aber es geht mir …»

«Herzog», unterbrach ihn Förster, «wir konnten uns darauf verständigen, dass die Fertigstellung spätestens im Januar und der Guss dann im Frühling erfolgen soll. Bis Ende August dürften alle Arbeiten am Denkmal einschließlich der Ziselierung abgeschlossen sein.»

«Wunderbar!», rief Carl Alexander und fügte mit einem Seitenblick auf Rietschel hinzu: «Dann hoffen wir einmal, dass nichts dazwischenkommt.»

«Das wird es nicht», antwortete Förster an seiner Stelle.

«Wunderbar», sagte der Herzog erneut. Er ließ sich von Sauppe auf den neuesten Stand bringen und zeigte sich einverstanden mit dem weiteren Vorgehen. Dann wandte er sich wieder an Rietschel: «König Ludwig wartet offenbar sehr gespannt auf Ihr Werk, Rietschel – so wie wir alle.»

Rietschel schwieg.

«Das ganze Land scheint gespannt auf dieses Denkmal zu warten, Majestät», sagte Förster. «So kam auch die Überlegung auf, ob man das Gipsmodell nicht nach der Fertigstellung zunächst in den Atelierräumen in Dresden und in München öffentlich zeigen sollte, um ebendieses Interesse zu befriedigen.»

«Sie meinen wohl eher die Neugier», antwortete Carl Alexander. «Aber gut. Ich halte das für keine schlechte Idee. Dann ist es also ausgemacht.»

Rietschel selbst wurde nicht gefragt und hielt es auch nicht für angebracht, in diesem Punkt zu widersprechen. Eine öffentliche Ausstellung in seinem Atelier kam auch ihm zugute, dennoch würde sie eine weitere Zeitverzögerung bedeuten. Ob ihm das bewusst sei, fragte er Förster, als die Versammlung beendet war und ihn dieser nach draußen begleitete.

«Zwei, drei Tage. Was macht das schon?», fragte Förster.

«Ich bin mir nicht einmal sicher, ob ich den Termin im

Januar einhalten kann. Und *du* willst eine Ausstellung!», gab Rietschel zurück.

«Nicht ich, der Herzog will sie», antwortete Förster. «Und du wirst sicherlich davon profitieren. Hat eigentlich irgendjemand das Kunstwerk schon gesehen?»

«Hähnel war da.»

«Und?», fragte Förster.

«Er war voll des Lobes.»

«Na also!», rief Förster begeistert aus. «Wenn Hähnel, dieser kritische Geist, es für gut befindet, dann wird der Rest der Welt überwältigt sein. Also mach dir keine Sorgen, es wird schon schiefgehen.»

«Du hast gut reden. Du musst es ja auch nicht zu Ende bringen.»

Förster hielt Rietschel am Arm fest. «Sag, wie steht es um deine Gesundheit? Carl Alexander hat recht, du siehst blass aus.»

Rietschel blickte auf. «Ich stehe jeden Tag zwölf Stunden im Atelier. Es ist kalt, es ist feucht, und wenn du Carus fragst, dann könnte es kaum einen schlechteren Ort für mich geben. Aber ich will mich nicht beklagen.»

«Das tust du nicht. Das tust du im Grunde genommen nie. Ich frage dich das nur als dein Freund», sagte Förster.

«Und als dein Freund sage ich dir: Ich weiß nicht, wie der Winter wird. Vielleicht reichen meine Kräfte aus.»

Damit war für ihn das Thema abgeschlossen, und Förster beharrte nicht länger darauf, sondern wechselte zu einem anderen Gesprächsgegenstand.

«Du bist heute Abend auf der Altenburg zu Gast, wie ich gehört habe.»

«Ja», sagte Rietschel erstaunt, «woher weißt du das?»

«Nun, Weimar ist klein. Ich bin gespannt, wie es wird.»

«Wirst du etwa auch dort sein?», fragte Rietschel.

«Auf die eine oder andere Weise werde ich das vielleicht», sagte Förster und lächelte. «Komm, wir müssen dich ein wenig aufwärmen. Wie wäre es mit einer großen Tasse Kaffee?» Und damit zog Förster Rietschel mit sich fort und führte ihn in ein nahe gelegenes Café.

4

«Mehr Wein!»

Das war die Antwort, die er erwartet hatte. Liszt wusste um die vermeintliche Unempfindlichkeit von Fallerslebens, denn in Wahrheit war der Mann sogar sehr empfindsam, und auch Eifersucht war ihm nicht fremd. Wagners Besuch auf der Altenburg hatte von Fallersleben zugesetzt, und auf die freundliche Frage Liszts, was er ihm Gutes tun könne, antwortete von Fallersleben mit dem Wunsch nach Alkohol, und zwar viel davon.

«Kommt sofort», sagte Liszt und winkte den Diener herbei, der von Fallersleben nachschenkte – nicht zum ersten Mal an diesem Abend.

«Wann kommen die anderen?»

«Wir haben auf sechs Uhr eingeladen», antwortete Liszt.

«Werden alle da sein?»

«Soweit ich weiß, ja.»

«Auch Preller?»

«Ja, auch Preller hat sein Kommen zugesagt.»

«Ich dachte nur, nach seinem Disput mit Rietschel in Paris …», gab von Fallersleben zu bedenken.

«Ich halte Rietschel nicht für einen nachtragenden Charakter. Zudem ist er von ausgesuchter Höflichkeit. Es wird deswegen keine Streitigkeiten geben.»

«Gut, gut. Dann lass uns das Glas erheben: Auf einen gelungenen Abend!»

«Möge er deine Hoffnungen erfüllen!», ergänzte Liszt.

«*Unsere* Hoffnungen!», betonte von Fallersleben. In diesem Augenblick läutete die Türglocke.

Als Rietschel den gut gefüllten Festsaal auf der Altenburg betrat, spürte er, wie sich alle Blicke auf ihn richteten. Liszt schritt ihm feierlich entgegen, ergriff ihn an beiden Händen und hieß ihn willkommen. Dann wandte er sich der munteren Gesellschaft zu und verkündete lautstark: «Meine Freunde! Ich freue mich außerordentlich, euch unseren Ehrengast des heutigen Abends vorzustellen: Professor Ernst Rietschel aus Dresden.»

Beifall erklang, und Rietschel, der auf diesen herzlichen Empfang nicht vorbereitet war, fiel es schwer, seine Rührung zu verbergen. Die nächste halbe Stunde verbrachte er damit, Hände zu schütteln, Glückwünsche zu seiner Ehrung auf der Pariser Weltausstellung entgegenzunehmen und Fragen zum Stand des Goethe-Schiller-Denkmals zu beantworten. Auch Liszts und Carolynes Bildnisreliefs wurden einhellig gelobt. Dann hörte er von Fallerslebens Stimme durch den Raum dröhnen: «Freunde, auf Geheiß unserer Gastgeber: Zu Tisch!»

Damit war die Tafel eröffnet, und man nahm Platz. Von Fallersleben schob Rietschel sanft in Richtung Tischmitte zu einem Platz zwischen sich und Liszt. Als alle saßen, erhob sich von Fallersleben von seinem Stuhl: «Wo das Herz voll ist, da geht der Becher über. Drum trinkt, Freunde, auf das Wohl unseres Ehrengastes! Auf Ernst Rietschel, er lebe hoch, hoch, hoch!» Der Ruf wurde einstimmig erwidert, und von Fallersleben fuhr fort: «Lasst mich den heutigen Wahlspruch aufsagen, bevor mir die Zunge schwer wird.

Ein jeder Dichter
spricht von Ruhm,
ein jeder Maler
träumt davon,
doch erst das Denkmal macht uns klar,
wes' große Zeit gekommen war.»

Preller, der am Tisch schräg gegenüber von Rietschel Platz genommen hatte, zischte Raff leise, aber hörbar zu: «Woher nimmt er nur immer diese grausamen Reime?»

Und Raff antwortete: «Ich fürchte, das ist Begabung.»

Carolyne hatte auffahren lassen, was die Küche der Altenburg hergab: Entenbrust, Preiselbeeren, Kartoffeln, Kraut und verschiedenes Gebäck. Als die Bratensoße zu Rietschel kam, erinnerte er sich vage an Goethes Rat, sie besser auszulassen, und reichte sie daher lächelnd an Preller weiter. Der tränkte mit Begeisterung seine Kartoffeln darin, und Rietschel empfand, ganz gegen sein Naturell, eine gewisse Befriedigung bei diesem Anblick.

Die nächste Stunde verbrachte man also in freundlichem Einvernehmen bei Wein und Speisen, und erst als Liszt andeutete, im Nebenraum stünden Zigarren zur Verfügung, die man unmöglich verkommen lassen könne, erhob sich die Gesellschaft von ihren Plätzen und folgte dem Gastgeber nach nebenan, nicht ohne jedoch der Hausherrin vereint und lautstark für das vorzügliche Mahl zu danken, was diese eher gleichgültig zur Kenntnis nahm.

«Zigarre?», fragte von Fallersleben und bot Rietschel großzügig eine aus Liszts Vorräten an.

«Danke. Ich würde sehr gern, aber … nein, ganz herzlichen Dank.» Wenigstens in diesem Punkt wollte Rietschel sich an die Anweisungen von Carus halten, so schwer es ihm auch fiel.

«Ah, ich verstehe», sagte von Fallersleben, «bitte vielmals um Verzeihung. Wie steht es mit Wein?»

«Gerne», sagte Rietschel und reichte von Fallersleben sein Glas, der ihm bereitwillig nachschenkte. Dann stellte von Fallersleben die Flasche ab, rückte seinen Stuhl neben den von Rietschel und begann ihn in ein Gespräch zu verwickeln.

«Wie ich höre, haben Sie häufiger einen besonderen Gast bei sich in Dresden begrüßen dürfen, einen Mann, den zu kennen ich mir äußerst unterhaltsam vorstelle und der gewiss viel zu erzählen hat. Man sagte mir, er sei ein eifriger Reisender, und ich hoffe sehr, ihm selbst eines Tages zu begegnen.»

«Wir reden von Andersen, richtig?», fragte Rietschel lächelnd.

«In der Tat. Hans Christian Andersen – ein gefälliger Name, wie ich meine.»

«Ein gefälliger Mann», pflichtete ihm Rietschel bei. «Und nicht ohne Überzeugungskraft. Meine Kinder lieben ihn sehr.»

«Nun, zu gefallen ist durchaus eine nützliche Eigenschaft. Wie ich höre, hat Andersen gute Verbindungen zum Dresdner Hof.»

«Zumindest hatte er die einmal. Ich bin mir nicht sicher,

wie es heute damit steht. Er scheint einst eine enge Freundschaft zu Carl Alexander gepflegt zu haben, die in den letzten Jahren etwas abgekühlt ist.»

«Herrscher sind wankelmütig, sie verweigern ihre Gunst oft unerwartet und können so ein ganzes Künstlerdasein über den Haufen werfen.»

«Ich nehme an, Sie sprechen aus eigener Erfahrung?»

«Durchaus, durchaus. Deshalb sehe ich die freie Kunst als die einzige Möglichkeit für unsereins, sich aus dieser Wankelmütigkeit der Fürstenhäuser zu befreien.»

«Freie Kunst?», fragte Rietschel.

«Aber gewiss, ja, frei muss sie sein, frei von allen Zwängen materieller Art.» Von Fallersleben nahm einen großen Schluck Wein.

«Mit materiell meinen Sie vermutlich die Finanzierung von Kunst durch ebendie Fürsten, die Sie ablehnen, richtig?»

«Ganz genau.»

«Das ist eine berechtigte Forderung, doch ist sie, wie ich meine, kaum durchführbar, zumindest nicht in meinem Bereich», entgegnete Rietschel. «Denn ohne die Finanzierung durch den Weimarer Hof und Ludwig von Bayern würde es keinen Auftrag für ein Goethe-Schiller-Standbild geben.»

«Das wäre in der Tat ein erheblicher Verlust», gab von Fallersleben zu, «aber wie man an den Bildnismedaillons von Liszt und Fürstin Carolyne sieht, gedeiht große Kunst auch im Kleinen.»

Rietschel lächelte, schüttelte jedoch gleichzeitig den Kopf. «Dann hätte ich auch Gipser werden können und kein Bildhauer», sagte er.

«Und was, wenn Deutschland eines Tages geeint seinen

Künstlern zu freiem Schaffen und Ruhm verhelfen wird?», fragte von Fallersleben. «Wenn wir nicht mehr von der Gunst einzelner Fürstenhöfe abhängig wären, sondern wir uns vollkommen frei äußern könnten, frei arbeiten, frei denken?»

Rietschel antwortete sehr ernst: «Wir können auch jetzt schon frei denken und frei arbeiten, aber wenn Sie beabsichtigen, von Ihrer Arbeit zu leben, werden Sie sich verkaufen müssen, an den einen oder anderen Herrscher. Ein geeintes Deutschland wird für uns bildende Künstler vor allem eines bedeuten: Wettkampf, denn der Kuchen, den es dann zu teilen gilt, wird nicht für alle reichen. Es wird uns freistehen, zu arbeiten, wie wir wollen, aber es wird uns unmöglich sein, diese Arbeit auch zu verwirklichen. Das ist meine feste Überzeugung.»

Von Fallersleben nickte. «Ein düsteres Bild, das Sie da zeichnen, Rietschel.»

«Es tut mir leid, wenn ich Ihren Ideen nicht mehr Begeisterung entgegenbringen kann», entschuldigte sich Rietschel. «Ich weiß, wie viel sie Ihnen bedeuten.»

«Es sind nicht allein die Ideen, an denen mein Herz hängt, Rietschel, es sind die Taten, die diesen Ideen folgen. Frei zu sein heißt, frei zu denken, frei zu tun, was einem der Geist vorgibt – so, wie es Goethe und Schiller taten und wie es Ihr Denkmal dieser großen Dichterfreundschaft uns allen vor Augen führen wird. Das wäre wahrlich das beste Deutschland, vereint im freundschaftlichen Bund!»

Rietschel blickte von Fallersleben an. «Wenn es dazu kommen wird, dann wird meine Zeit vorbei sein. Und ich werde nicht urteilen können, ob es Gutes oder Schlechtes hervorgebracht hat.»

Von Fallersleben erhob sich von seinem Stuhl, dankte Rietschel für sein Kommen und wünschte ihm alles Gute. Dann hielt er nach Liszt Ausschau, den er ins Gespräch mit einigen anderen Mitgliedern des Neu-Weimar-Vereins vertieft fand.

«Hast du erreicht, was du wolltest?», fragte Liszt leise.

«Nein», sagte von Fallersleben. «Rietschel steht nicht auf unserer Seite.»

Preller, der sich etwas abseits gehalten hatte, schaltete sich in das Gespräch ein. «Und das wundert euch?», fragte er.

«Nein, eigentlich nicht», sagte Liszt.

Von Fallersleben füllte niedergeschlagen erneut sein Glas mit Wein und stürzte ihn hinunter. «Immerhin», sagte er, «ein ausgesprochen guter Tropfen.»

«Woher hast du den?», fragte Liszt.

«Da musst du Carolyne fragen. Sie hat den heutigen Abend geplant.»

Von Fallersleben warf einen Blick auf das Etikett. «München», sagte er. «Ihr bezieht Wein aus München?»

«Nicht dass ich wüsste», antwortete Liszt. «Ist das denn so wichtig?»

«Ich bin mir nicht sicher. Kannst du Carolyne fragen, woher sie ihn hat?»

«Nein, zur Hölle, trink ihn einfach und lass es gut sein!» Damit wandte sich Liszt wieder seinen Gesprächspartnern zu und ließ von Fallersleben stehen. Den überkam plötzlich das Bedürfnis nach frischer Luft, und er bahnte sich einen Weg nach draußen. Im Treppenhaus stieß er auf Marie, Carolynes Tochter.

«Comtesse», sprach er sie an, «bitte danken Sie Ihrer

Mutter für diesen wunderbaren Abend. Würden Sie das in meinem Namen tun?»

«Ja, sehr gern.»

«Und würden Sie mir eventuell verraten, woher Ihre Mutter diesen köstlichen Wein bezogen hat?»

«Das kann ich Ihnen leider auch nicht sagen», antwortete sie. «Ich glaube, er war sogar ein Geschenk.»

«Ein Geschenk?», fragte von Fallersleben.

«Ja, erstaunlich, nicht wahr? Und gleich drei Kisten.»

«Nun, so erstaunlich wohl auch nicht, immerhin hat Liszt viele Verehrer – und Verehrerinnen.»

«Das stimmt, aber in diesem Fall war es kein Geschenk an Liszt. Es war eines an meine Mutter», sagte Marie. «Darf ich Ihnen eine Flasche mitgeben? Sozusagen als Andenken an den heutigen Abend?»

«Danke», sagte von Fallersleben, «das würde mich außerordentlich freuen.» Doch es war kaum Freude, die von Fallersleben in diesem Augenblick verspürte. Er kannte jetzt den Absender des Weines, und hätte er den heutigen Abend ungeschehen machen können, dann hätte er es getan.

5

Auf dem Weg nach Dresden

Die Besichtigung des Theaterplatzes, den er mit seinen Schritten ausmaß, hatte ihn nur eine gute Stunde gekostet. Dennoch hatte er die Kutsche in Richtung Dresden verpasst und musste einige Stunden warten, bis die nächste bereitstand. Derweil hatte es begonnen zu regnen, und Rietschel, der wegen des Rauchs und der Gerüche den Schankraum des Postgasthofes mied, hatte es vorgezogen, unter dem Vordach der Station zu warten.

Als er in Dresden ankam, fieberte er bereits. Friederike zögerte nicht und ließ Carus noch an demselben Abend kommen. Der Schwiegervater verordnete strenge Bettruhe.

«Und diesmal solltest du meinen Rat wirklich befolgen», warnte er Rietschel.

Tage vergingen, und sein Zustand besserte sich kaum. Zwar sank das Fieber, aber er war so entkräftet, dass er es vermied, auch nur sein Schlafzimmer zu verlassen, geschweige denn das Haus. An Arbeit war nicht zu denken, und die Befürchtung, sein Werk noch lange nicht beenden zu können, plagte ihn. Er hatte stets Papier und Stift in der Nähe, falls er sich Notizen oder Skizzen machen wollte, aber er verwendete sie nur dazu, um Gertrud, die hin und wieder in das Krankenzimmer einbrach, mit Zeichnungen von Pferden, Kätzchen und Blumen zu unterhalten.

«Wir könnten unsere Arbeit an deinen Jugenderinnerungen wieder aufnehmen», schlug ihm Friederike eines Abends vor. Rietschel war jedoch wenig begeistert.

«Mir ist nicht danach», wehrte er ab.

«Willst du schlafen?»

«Ich kann nicht mehr schlafen. Ich habe die letzten Tage und Wochen nichts anderes getan, als zu schlafen.»

«Magst du etwas essen?»

«Nein, Herrgott, ich will nicht essen, nicht schlafen und auch nicht in meiner Vergangenheit herumstochern», fuhr Rietschel sie an. «Ich will arbeiten, Rike, ich muss arbeiten! Und wenn ich noch einen weiteren Tag in diesem Zimmer verbringe, werde ich wahnsinnig.»

«Aber Carus sagt …»

«Ich weiß selbst, was Carus sagt! Er ist nicht der Einzige. Du, Kietz, selbst Rauch – ihr alle sagt dasselbe. Aber ich kann nicht anders. Ich muss hier raus!» Rietschel wischte sich übers Gesicht. «Versteh doch, Rike, mir bleibt nicht ewig Zeit. Ich muss das Denkmal fertigstellen, koste es, was es wolle. Mein ganzes Schaffen, mein ganzes Sein hängt daran.»

«Und was ist mit uns?», rief Friederike. «Deine Kinder? Ich? Wir sollen ohne dich zurechtkommen, während du dich in deinem Atelier verschließt und dich jeder Zentimeter dieses vermaledeiten Denkmals ein Jahr deines Lebens kostet? Glaubst du, da sehe ich einfach zu?»

«Es ist mein Beruf, Rike, ich bin Bildhauer.»

«Du bist ein Narr!», rief sie.

Durch den Lärm war Gertrud aufgewacht und fing an zu weinen. Friederike sprang von Rietschels Bett auf, öffnete die Tür und drehte sich dann noch einmal erwartungsvoll um. Doch Rietschel schwieg.

Am nächsten Tag ließ er sich in einer geschlossenen Sänfte zum Atelier auf der Brühl'schen Terrasse bringen und nahm die Arbeit am Denkmal wieder auf.

6

Geliebter Freund und verehrter Meister,

mit welcher Dankbarkeit haben mich Ihre aufmunternden Zeilen erfüllt, die Sie mir nach Weimar mit auf den Weg gaben. Und nun ist es an mir, Ihnen gute Wünsche zu übersenden, denn wie man mir mitteilte, sind Sie schwer erkrankt. Ich sende daher die innigsten Wünsche zu Ihrer baldigen Genesung! Die Gedanken meiner Familie und alle meine Gedanken sind bei Ihnen.

Ich wünschte, ich könnte Ihnen nun schreiben, in Dresden stünde es gut um uns, aber tatsächlich bereitet mir meine Lunge erneut große Schwierigkeiten und macht mir das Arbeiten unendlich schwer, ja, jede Freude zunichte. Aber ich kann das Werk nicht mehr ruhen lassen. Ich arbeite wie ein Getriebener, in mir stets Unheilvolles erahnend. Ich arbeite, so viel ich nur kann und über jedes Maß hinaus. Ich stehe zehn, manchmal zwölf Stunden im Atelier, das mir der gute Kietz so beheizt, wie es für die Figuren zulässig scheint. Goethe und Schiller verschlingen damit nicht nur Unmengen an Feuerholz, sie drohen auch mich zu verschlingen. Seit Wochen bin ich nur noch ein Schatten, der um diese Heroen kreist und hofft, sie mögen sich ergeben. Vielleicht wird es im Januar endlich so weit sein, damit von Miller bis Ende August fertig wird und die Enthüllung im September stattfinden kann.

Ach, könnten wir einander nur Gesundheit und Trost spenden! Doch was wir nicht vermögen, muss in Vertrauen auf unseren Herrgott geschehen. Es muss! Und ich spüre, es wird auch sein. Aber um welchen Preis? Was für Getriebene sind wir, was für Narren?

Immer der Ihre,
in tiefster Zuneigung,
E. Rietschel

PS: Verzeihen Sie, wenn ich Sie mit meinen Sorgen belaste, verehrter Freund. Sie bedürfen der Aufmunterung, und was tue ich? Ich sende Ihnen Zeilen tiefster Verzweiflung. Was bin ich für ein schlechter Freund. Doch diese Zeilen zu vernichten – das kann ich nicht, wage ich nicht, denn damit würde ich mein Herz vor Ihnen verschließen, und nichts erschiene mir verwerflicher. Verzeihung und abermals Verzeihung, mein Freund.

PPS: Zum Jahreswechsel findet in meinen Atelierräumen eine öffentliche Ausstellung des Gipsmodells von Goethe und Schiller statt, auf besonderen Wunsch der Weimarer. Ach, könnten Sie nur hier sein und Ihr Urteil fällen! Ich nähme es mit so viel mehr Freude entgegen als die nichtssagende Beachtung durch die Laien, die bald meine Werkstatt durchschreiten und loben und tadeln werden, was sie ohnehin nicht verstehen. Immer der Ihre, E. R.

7

Dresden, München

Die öffentliche Ausstellung wurde zu einem großen Erfolg, den Rietschel als solchen zwar wahrnahm, der ihn jedoch weder zu beruhigen noch zu befriedigen schien, obwohl sich unter den Besuchern nicht wenige seiner Kollegen befanden, die einhellig die Meinung vertraten, dass sein Kunstwerk von allergrößter Bedeutung sei und für viele Jahrzehnte Maßstäbe in der bildenden Kunst setzen werde.

Im Gegensatz zu Rietschel empfanden Friederike und die anderen Mitglieder der Familie die wohlmeinenden Worte durchaus als beglückend und konnten es kaum glauben, dass das Denkmal nun kurz vor seiner Fertigstellung stand. Die viele Arbeit im kalten, winterlichen Atelier hatte Rietschel schwer angegriffen, aber Friederike hatte es weitgehend vermieden, ihn zu mehr Ruhe zu ermahnen. Stattdessen hatte sie dafür gesorgt, dass er unter den bestmöglichen Umständen seine Arbeit verrichtete. Zweimal am Tag hatte sie ihm heiße Suppe, Brot, Obst, Kuchen und ausreichend Tee und Kaffee bringen lassen, nicht selten war sie es selbst, die sich von zu Hause aufmachte, um ihn zu versorgen, damit er nicht weiter an Gewicht verlor. Wenn sie ihren Mann schon nicht dazu bringen konnte, weniger zu arbeiten, dann wollte sie wenigstens dafür sorgen, dass ihn diese Arbeit nicht umbrachte. Sie war sich darüber im Klaren, dass sie dies nicht nur aus Liebe zu ihrem Mann tat, sondern vor allem aus dem Gefühl heraus, ein gewisses Maß an Einfluss auf sein und ihr Leben nicht verlieren zu wollen. Würde Ernst etwas zustoßen, sich sein Zustand dramatisch verschlechtern, dann säße sie mit vier unmündigen Kindern allein da – eine Vorstellung, die ihr Angst einjagte.

Im Januar 1857 war es endlich so weit: Das Goethe-Schiller-Denkmal war für den Guss fertig und bereit, sauber zerlegt an von Millers Gießerei verschickt zu werden. Rietschel und Kietz bereiteten sich auf die gemeinsame Reise nach München vor, wo sie bis zur Durchführung des Gusses verweilen wollten.

Die Überführung der Gipsvorlagen versetzte Rietschel in einen Zustand äußerster Anspannung, denn eine so weite Reise barg hohe Gefahren in sich. Als man in der Münchner Gießerei die Kisten öffnete und begann, Goethe und Schiller Stück für Stück wieder zusammenzusetzen, war am Ende die Erleichterung auf allen Seiten groß. Es war auf der Reise zu keinen nennenswerten Schäden gekommen. Rietschel und Kietz konnten daher sofort die Arbeiten für den Guss einleiten. Von Miller würde für dessen Vollendung nicht viel Zeit bleiben, denn Carl Alexander bestand auf die feierliche Enthüllung im September.

«Heller Wahnsinn», sagte von Miller, «aber woas soll ma moachen?»

So ließ er für den Guss und die Ziselierung gleich drei Arbeiter mehr als geplant antreten, die sich nur um das Goethe-Schiller-Denkmal zu kümmern hatten, damit der

Termin für den Transport nach Weimar eingehalten werden konnte.

Inzwischen hatte auch der Bayernkönig der Gießerei einen Besuch abgestattet und beim ersten Anblick des Modells ausgerufen: «*Das* ist mein Schiller!» Er war einer von Schillers größten Verehrern, wie er in der folgenden Stunde immer wieder betonte, und der Anblick *seines* Schillers trieb ihm Tränen der Rührung in die Augen. «Auch Goethe scheint mir recht gelungen», fügte er hinzu und überhäufte Rietschel mit Glückwünschen, die dieser voller Erleichterung entgegennahm. Der König rieb sich die Hände.

«Und Carl Alexander hat das gute Stück noch nicht gesehen?», fragte er.

«Nein, Majestät, ich sandte ihm aber ein originalgetreues Modell, und ich bin sicher, Förster, der im Januar die Ausstellung des Denkmals in Dresden besuchte, wird ihm Bericht erstattet haben.»

«Ach, Förster», wiegelte der König ab. «Er hat Verstand, aber er kann eine richtige Schmeißfliege sein. Kaum zu glauben, was er bei mir alles an Bittgesuchen vorgelegt hat.» Der König geriet ins Plaudern. «Zum Beispiel diese Sayn-Wittgenstein, die gerne Frau Liszt wäre. Was lag er mir mit ihrer Scheidung in den Ohren! Und was hat man mir dafür nicht alles versprochen! Die Faust-Symphonie wollte man mir widmen. Ha! Als könnte ich mir derlei Werk nicht kaufen und sei auf Liszts Gutdünken angewiesen. Lächerlich. Wenn ich mir einen Faust wünsche, dann lass ich ihn mir komponieren.»

Rietschel verstand. Nun ging ihm auf, woher das Interesse der Fürstin an diesem Denkmal rührte. Und zum ersten Mal dachte er darüber nach, ob von Fallersleben, Preller und die anderen nicht doch recht hatten.

«Und im Übrigen», schloss der König, «wird Förster das Ganze wohl kaum zu dem verhelfen, was er anstrebt: einen Adelstitel. Aber wenn ich es mir so recht überlege, Rietschel, dann werde ich Carl Alexander bitten, *Sie* für einen solchen vorzuschlagen.»

«Mich?», entfuhr es Rietschel.

«Ja, sicher, wen denn sonst? Vor wessen Denkmal stehen wir denn hier? Das ist ja wohl kaum Försters Werk.»

«Majestät, das ist … das ist sehr gütig von Ihnen», antwortete Rietschel benommen und war unendlich froh darüber, dass einer der Gießer von Millers in diesem Moment eine dringende Frage an ihn richtete und er sich daher entschuldigen konnte.

«Gehen Sie nur, Rietschel, ich will Sie nicht aufhalten. Mein Schiller muss ja fertig werden», scherzte der König und wandte sich nun an von Miller, um sich von ihm den Guss erklären zu lassen.

«Eins noch», sagte der König im Gehen. «Wie ich gehört habe, sind Sie im Gespräch für das geplante Lutherdenkmal in Worms.»

«Davon weiß ich nichts, Majestät», antwortete Rietschel überrascht.

«Nun, ich bin ganz sicher kein Anhänger Luthers, aber wenn Sie den Auftrag übernehmen sollten, dann darf man mit einer Spende von meiner Seite rechnen.» Und damit drehte der König Rietschel endgültig den Rücken zu.

8

Er hatte die beiden schon oft betrunken erlebt, aber so sternhagelvoll wie in dieser Nacht waren sie ihm noch nie untergekommen. Wobei sie offensichtlich auch noch die Rollen getauscht hatten: Während Goethe sich zum Melancholiker trank, schien Schiller dagegen glänzender Laune zu sein.

«Er ist beleidigt, weil der König nur an mir interessiert war», erklärte Schiller die Gemütslage Goethes. «Aber trösten Sie sich, Herr Geheimrat, Sie fand er immerhin recht gut gelungen.»

«Ach, seien Sie doch still», gab Goethe zurück.

«Morgen ist also der große Tag! Rietschel, morgen werden wir gegossen.» Und dann konnte er es nicht lassen, sich selbst zu zitieren, mehr oder weniger korrekt:

«Fest gemauert, in der Erden,
Steht die Form, aus Lehm gebrannt.
Heute muss der Schiller werden.
Frisch, Gesellen seid zur Hand […].
Soll das Werk auch Goethe loben,
Braucht es Segen noch von oben.»

Goethe richtete den Blick auf den hochaufgeschossenen Schiller und stammelte: *«Riesengroß! Hoffnungslos!»*

«Na, immerhin wissen Sie noch, wovon ich rede», sagte Schiller.

«Ich werde nie zu betrunken sein, um Ihre mickrigen Verse zitieren zu können, von Schiller!» Goethe war wirklich übel gelaunt, denn jetzt, wo das Denkmal tatsächlich kurz vor seiner Vollendung stand, war ihm erst aufgefallen, dass er neben Schiller um einige Jahrzehnte älter wirkte, was Schiller lapidar mit «Ein früher Tod muss sich schließlich auch einmal bezahlt machen» kommentiert hatte.

«Ich hoffe nur, von Miller erledigt seine Aufgabe morgen gut.»

Rietschels Gesicht war von Sorgenfalten ganz zerfurcht.

«Er macht das ja nicht zum ersten Mal», sagte Schiller. «Und was soll schon Schlimmes passieren? Am Ende kommt ein hohler Kopf mit Goethes Antlitz dabei heraus.»

«Ihrer ist auch hohl!», lallte Goethe.

«Gewiss, mein Freund, und dennoch wiegt er schwer, mein Schädel, so ganz in Bronze. Da gewinnt doch das ganze Dichterdasein im Nachhinein plötzlich an Gewicht.»

«Gewicht? Wer redet von meinem Gewicht? Ich bin nicht dick, Herr Schiller!»

«Herr *von* Schiller, mein Lieber, und keiner hat behauptet, Sie seien dick. Obwohl ich mir sicher bin, dass von Miller morgen an Material sparen könnte, wenn Rietschel Ihren Doppelkinnansatz wegretuschiert hätte.»

«Der spart schon genug an Ihrem fehlenden Rückgrat. Soweit mir bekannt ist, wird auch der Torso hohl gegossen.»

«Und wenn die Herren nicht endlich den Mund halten und mich schlafen lassen, werde ich von Miller bitten, beim Zusammensetzen der Figurenteile Ihre Köpfe direkt auf Ihre Hintern montieren zu lassen», unterbrach Rietschel den Disput.

Plötzlich gewahrten die drei, Rietschel, Schiller und Goethe, eine vierte Gestalt im Raum.

«Zur Hölle, was ist das für ein Spuk?», rief Schiller aus.

Auch Rietschel und Goethe wirkten erschrocken. «Zeig dich, Geist!», befahl Goethe.

Da zeigte die Erscheinung ihr Gesicht.

«Ich glaube weniger, dass wir es mit einem Geist zu tun haben als mit einer Phantasterei unseres jungen Freundes», sagte Schiller. «Rietschel, was haben Sie sich dabei gedacht? Noch haben Sie den Auftrag zum Wormser Lutherdenkmal nicht in der Tasche. Ein kleiner Anflug von Größenwahn?»

Rietschel, selbst vollkommen überwältigt, schüttelte nur ungläubig den Kopf und sah den Mann in der Mönchskutte an.

«Wer seid ihr? Dämonen? Gespenster der Nacht? In welchen Höllenkreis bin ich geraten?», rief Luther aus.

«Willkommen in unserer Welt», sagte Goethe und wollte Luther einen Becher Wein reichen, den dieser jedoch brüsk von sich stieß, was einen gut sichtbaren Rotweinfleck auf der Zimmertapete hinterließ.

«Ist das pathologisch bei Ihnen?», fragte Goethe.

«Wovon redet er?», wollte Luther mit einem Blick auf Rietschel wissen, doch der brachte vor lauter Staunen zunächst keinen Ton heraus.

Da breitete Schiller die Arme aus und rief: «So nehmt uns zum Genossen an: Ihr seid, gewährt uns die Bitte, in unserem Bunde der Dritte!»

Luther wirkte völlig verwirrt.

«Geben Sie es auf, von Schiller, der Mann ist rund zweihundertfünfzig Jahre länger tot als Sie. Er hat noch nie von Ihnen gehört. Und, ganz nebenbei, wir sind deren vier! Auch wenn einer von uns noch unter den Lebenden weilt.»

«Noch», sagte Rietschel. «Wenn das hier so weitergeht, muss ich wohl ernsthaft an meinem Verstand oder meiner irdischen Existenz zweifeln. Vielleicht bin ich schon tot und im Himmel?»

«Das wäre wohl nicht das Schlechteste, im Tode mit Goethe, Luther und meiner Wenigkeit vereint zu sein. Andere würden dafür morden!», sagte Schiller.

«Ein Mörder wird wohl kaum in den Himmel eingehen», gab Luther zu bedenken. «Es sei denn, er erfährt die Gnade Gottes.»

«Na, sieht das hier etwa wie im Himmel aus?», fragte Goethe.

Luther, der sich langsam fing, antwortete: «Das kommt ganz auf den Wein an.»

«Gut gesprochen», sagte Goethe und reichte ihm erneut einen Becher. «Aber nicht wieder an die Wand werfen», bat er.

«Worauf wird getrunken?», fragte Luther.

Schiller räusperte sich und hob sein Glas: «Auf überlebensgroße Geister! Mögen sie, in Bronze gegossen, alle Wetter Deutschlands überdauern!»

9

Der Guss war gelungen. Nach und nach kamen alle Teile aus ihrer Form, und nirgends waren grobe Mängel zu erkennen, oder besser: fast nirgends. Als Schillers Torso aus der Form geschlagen wurde, konnte man deutlich sehen, dass die Knöpfe seiner Weste falsch gereiht waren – während oben ein Knopf übrig war, blieb am unteren Ende der Weste ein Knopfloch frei.

«Er sieht aus, als wäre er beim Ankleiden besoffen gewesen», flüsterte einer der Gießer einem Kollegen zu, als man das Stück begutachtete.

Da die Form aber ansonsten vollkommen und die Zeit

äußerst knapp war, fuhr man fort, Goethe und Schiller zusammenzusetzen.

Kietz und Rietschel planten, bei der Ziselierung selbst Hand anzulegen, um die Arbeit möglichst schnell voranzutreiben. Bis es so weit war, sollte Kietz den Fortgang der Arbeiten überwachen, während Rietschel nach Dresden zurückzufahren gedachte. Leider kam ihnen ein verdorbener Schweinsbraten dazwischen, den Kietz in einem Münchner Biergarten zu sich nahm. Er zog sich eine Vergiftung zu – wieder einmal.

«Ich kann mir nicht helfen, das Ganze erinnert mich fatal an Sizilien», sagte Rietschel.

«Dieser Teil der Reise zählt nicht unbedingt zu meinen liebsten Erinnerungen», gab Kietz zurück, während er mit grünem Gesicht und stark schwitzend in seinem Bett lag, einen Kübel für das Erbrochene neben sich und einen mehr amüsierten als mitleidigen Meister vor sich.

«Deine Vorliebe für verdorbene Speisen ist schon außergewöhnlich», stellte Rietschel fest.

«Es tut mir so leid», sagte Kietz.

Rietschel winkte ab. «Ich bleibe noch einen weiteren Tag bei dir. Danach gebe ich dich in die Obhut von Millers.»

«Gut. Ich reise dir nach, sobald ich kann und sobald die Arbeiten hier abgeschlossen sind», sagte Kietz matt. «Und das mit den Knöpfen …»

«Welchen Knöpfen?», fragte Rietschel, obwohl er wusste, worauf Kietz hinauswollte.

«Ich kann es mir nicht erklären, Ernst», sagte er.

«Sei ganz ruhig, du hast damit nichts zu tun. Es war … wie soll ich es am besten ausdrücken? Das Ergebnis einer seltsamen Nacht. Einer sehr seltsamen Nacht.»

Kietz sah nicht im Mindesten beruhigt aus, da er sich aber erneut übergeben musste, ließen sie es auf sich beruhen. Am übernächsten Tag reiste Rietschel in Richtung Dresden ab.

10

Dresden, München, Weimar

Die Tage waren weiterhin mit viel Arbeit ausgefüllt, und, ja, er war aufgeregt und wartete ungeduldig auf Nachrichten von Kietz, der ihn über die Fortschritte am Denkmal alle paar Tage mittels Briefen aus München unterrichtete, aber tatsächlich fühlte er sich auch von einer großen Last befreit. Da es immer noch kalt war, musste er nach wie vor auf sich achten, doch je näher der Frühling kam, desto mehr gewann er an Kraft. Er beendete seine Arbeit an einer Porträtbüste von Rauch, verbrachte mehr Zeit mit den Kindern und suchte auch Friederike wieder zu entlasten. Zudem schlief er besser, denn nach seinem letzten Traum in der Nacht vor dem Guss hatten ihn die Dichter nicht mehr heimgesucht. Hin und wieder verirrte sich Luther in seine Träume, aber der Auftrag für sein Denkmal war noch lange nicht erteilt.

Zudem hellte ein familiäres Ereignis das Gemüt Rietschels auf: Adelheids Hochzeit wurde im großen Kreis gefeiert, und die Hochstimmung, die an diesem Tag herrschte, hielt über mehrere Wochen an. Er freute sich aufrichtig für seine Tochter und Rhode und wünschte den beiden von Herzen alles Glück der Erde.

Erst im Sommer 1857 kehrte das Denkmal in Rietschels Leben zurück, denn er reiste ein zweites Mal nach München, um mit Kietz zusammen von Miller und dessen Männer bei der Ziselierung zu unterstützen. Damit waren auch die alten Sorgen wieder da. Sie arbeiteten Tag und Nacht, um den Transport rechtzeitig zu schaffen, und tatsächlich traf das fertige Denkmal am 31. August 1857 in Weimar ein.

Am Morgen des 2. September hielt es Rietschel nicht lange in seinem Bett aus, und er machte sich, ohne gefrühstückt zu haben, auf den Weg zum Theaterplatz, wo er den Sockel noch einmal prüfen wollte, bevor man das Denkmal dort zur Aufstellung brachte. Er war nicht der einzige Spaziergänger zu dieser frühen Stunde. Als er den Theaterplatz erreichte, stand vor dem Sockel eine Gestalt, die ihm den Rücken zuwandte und, in die Inschrift vertieft, sein Kommen offensichtlich nicht bemerkte. Erst als sich Rietschel direkt neben ihn stellte, gewahrte der Mann, dass er nicht allein war.

«Guter Gott, Ernst, was hast du mich erschreckt!», sagte Förster.

«Das war nicht meine Absicht», entschuldigte sich Rietschel und fügte hinzu: «Schön, dich zu sehen.»

«Gleichfalls. Nun, was sagst du zu alldem hier?» Förster breitete die Arme aus und drehte sich einmal um die eigene Achse. Um sie herum waren schon die Tribünen errichtet und festlich geschmückt worden. Der ganze Platz schien in freudiger Erwartung zu sein.

«Ich hoffe, es wird alle zufriedenstellen», antwortete Rietschel ausweichend.

«Das wird es und mehr als das.» Förster neigte den Kopf nun in Richtung des Sockels. «Und die Inschrift? Wie findest du sie?»

«Nun, die Inschrift war ein Wunsch des Denkmalkomitees. Sie entspricht nicht ganz dem, was ich mir vorgestellt hatte.»

«*Dem Dichterpaar Goethe und Schiller. Das Vaterland*», las Förster laut vor. «Das ist vielleicht ein bisschen patriotischer, als wir es ursprünglich geplant hatten.»

«Ein bisschen», stimmte Rietschel zu.

Förster lächelte. «Wie ich höre, darf man dir demnächst zu einem Titel gratulieren. Man sagt, Carl Alexander werde dir auf Anraten Ludwigs ein Adelsprädikat anbieten. «

«Sollte er dies wirklich tun», erwiderte Rietschel, «dann werde ich ablehnen.»

Förster zog die Augenbrauen hoch. «Du wirst *ablehnen*?»

«Ja, ganz recht. Ich finde nicht, dass ein ‹von› vor meinem Namen mich zu einem besseren Bürger macht. Im Gegenteil: Ich bin lieber ein angesehener Bürger als ein Mann von niederem Adel ohne nennenswerten Rang.»

«Du überrascht mich, Ernst», rief Förster aus. «Zwar hältst du als Sachse deinem König die Treue, aber wenn dir der Adel den Arm bietet, verweigerst du ihm die Hand. Spricht das nun für einen freien Geist oder dafür, dass du frei von Verstand bist?»

«Für keines von beidem. Ich betrachte mich als einen freien Bürger, und der gedenke ich auch zu bleiben.» Rietschel wollte gerade gehen, da hielt ihn Förster zurück.

«Ein Wort noch: Morgen Abend wird ein Festbankett im Schloss stattfinden, aus Anlass der Feierlichkeiten am 4. September.»

«Davon weiß ich nichts», sagte Rietschel.

Förster wirkte fast erleichtert, als er das hörte. «Nun, ich nehme an, dass man bei Hofe ohne Adelsprädikat zu solch einem Anlass nicht erscheinen darf. Daher hat man dich wohl auch nicht eingeladen. Vielleicht solltest du dir doch noch einmal überlegen, ob du den Titel ablehnst, bevor man erneut zu Ehren eines deiner Kunstwerke ein Essen gibt, und du bist nicht geladen.»

Rietschel blickte ihm ins Gesicht. «Ob du es glaubst oder nicht: Es interessiert mich einen Kehricht, wessen Bankett das ist. Wenn übermorgen das Denkmal steht, dann wird die Welt sehen, was ein freier Bürger zu leisten imstande ist. Gehab dich wohl.»

Und damit ließ er Förster auf dem Theaterplatz zurück.

Wenige Augenblicke später machte sich Förster in die entgegengesetzte Richtung auf. Ganz in Gedanken wollte er eine Straße überqueren, als ihm ein Kutscher im letzten Moment ein «Zur Seite, Mann!» zubrüllte. Förster schreckte hoch und blieb noch rechtzeitig am Rinnstein stehen. Er warf seinen Blick auf die Kutsche und gewahrte darin Carolyne zu Sayn-Wittgenstein. Auch sie richtete im Vorbeifahren den Blick auf Förster. Sie grüßten sich nicht. Dann rollte die Kutsche vorbei, hinaus aus Weimar.

II

Weimar

«Du willst wirklich dort hingehen?», fragte Friederike.

«Ja, das will ich. Und ich gehe allein», antwortete Rietschel.

«Aber warum? Was hast du mit diesem Mann zu schaffen?»

«Gar nichts. Aber er hat mich eingeladen, also gehe ich auch hin.»

«Und ich sitze derweil hier und drehe Däumchen.»

«Ich bin sicher, dir fällt etwas Besseres ein, als Däumchen

zu drehen. Außerdem sind die Carus'schen in der Stadt. Schließ dich ihnen an, ich bin ohnehin in zwei Stunden zurück.»

Als Rietschel das Gasthaus betrat, hörte er bereits an der Tür von Fallerslebens durchdringenden Bariton und steuerte zielsicher auf ihn zu.

«Rietschel!», rief der über zehn Köpfe hinweg. In Windeseile scharten sich zahlreiche Menschen um ihn und gratulierten ihm zu seinem Erfolg. Erst Minuten später hatte es von Fallersleben zu ihm geschafft.

«Da sehen Sie, mein Freund, wie viel den Leuten Ihr Denkmal bedeutet! Und dabei ist es noch nicht einmal enthüllt.»

«Richtig.» Rietschel lachte. «Der Applaus kommt etwas zu früh, aber da er von Herzen kommt, freue ich mich.»

«Das sollten Sie auch», sagte von Fallersleben. «Kommen Sie, wir trinken etwas, und dann entführe ich Sie in die Bibliothek.»

«Die Bibliothek?», fragte Rietschel erstaunt.

«Ganz genau. Man hat von dort einen Ausblick, den Sie nicht verpassen sollten.»

«Wer wird noch dabei sein?»

«Nur wir beide. Kommen Sie, trinken wir auf Ihr Wohl!»

Der Wein tat ihm gut, er entspannte ihn, sodass er gut gelaunt an von Fallerslebens Seite in den Abend hinausspazierte, auf direktem Wege zur Schlossbibliothek. Sie traten ein. Von Fallersleben hatte eine hohe Leiter parat gestellt, auf die er Rietschel nun bat hinaufzuklettern.

«Und was werde ich da oben zu sehen bekommen?», fragte er belustigt.

«Nun, ich würde sagen, einen Blick in die Zukunft oder

einen in die Vergangenheit, je nachdem, wie Sie es sehen wollen», antwortete von Fallersleben.

Rietschel stieg also die Leiter hoch und schaute am oberen Ende durch ein kleines Fenster, das jedoch nicht nach draußen führte, sondern den Blick in einen Festsaal freigab, in dem sich eine erlesene Runde gerade über ein enormes Festbankett hermachte. Rietschel verweilte dort eine Minute, dann kletterte er wieder herunter.

«Danke», sagte er zu von Fallersleben.

«Nichts zu danken. Und? War es der Blick in Ihre Zukunft?», fragte er.

«Nein, ich denke, das gehört der Vergangenheit an», antwortete Rietschel.

«Dann werden Sie also tatsächlich den Titel ausschlagen und als Bürgerlicher weiter der Kunst und Ihrem Vaterland dienen?»

«Der Kunst in jedem Fall», antwortete Rietschel.

Von Fallersleben trat auf ihn zu und schloss ihn fest in die Arme. «Alles Gute, Rietschel.» Dann ging der Riese mit großen Schritten aus dem Saal der Bibliothek hinaus und verschwand in den nächtlichen Straßen Weimars.

12

«Wieso muss ich diese dumme Schleife tragen?», fragte Georg, den sein Halsschmuck ganz offensichtlich kratzte.

«Weil das nun einmal dazugehört. Steh wenigstens einen Augenblick lang still, sonst erwürge ich dich noch mit dem Ding», riet ihm Wolfgang. «Selbst Hermann kann sich seine Schleifen schon alleine binden. Wieso kannst du das nicht?»

Hermann, sichtlich stolz ob dieses unerwarteten Lobes durch den großen Bruder, richtete sich zur vollen Größe auf, um auch einen Blick in den sehr gefragten Spiegel zu werfen.

«Gertrud? Wo habt ihr die Kleine gelassen?», fragte Friederike, die auf der Suche nach ihrer Jüngsten in das Zimmer der Buben sah.

«Die hockt unterm Tisch», sagte Hermann.

«Dann hol sie hervor. Sie soll ihr Kleidchen anziehen. Wir sind spät dran.»

Pflichtbewusst hob Hermann die Tischdecke hoch und blickte unter das Möbelstück. Gertrud saß, eine Karotte kauend, unter der Tischplatte und blätterte in einem Bilderbuch.

«Raus da, du sollst dich hübsch machen», forderte er sie auf.

«Will nicht», gab Gertrud zurück.

«Wenn du nicht herauskommst, sage ich Andersen, wo du deine Süßigkeiten versteckst», drohte Hermann.

Das wirkte. Gertrud krabbelte aus ihrem Versteck und sah ihren Bruder böse an.

«Husch», machte dieser. «Lauf zur Mama!»

Gertrud tat, was der Bruder sagte, doch noch im Hinausgehen konnte man sie rufen hören: «Mama, der Hermann will Andersen meine Bonbons geben!»

«Unsinn», erscholl es aus dem Nebenzimmer.

«Doch, das hat er gesagt», beharrte Gertrud.

«Und wenn schon, dann hättest du nächstes Jahr wenigstens noch Zähne im Mund!», entgegnete Johanna, die gerade dabei war, Friederike beim Ankleiden zu helfen. «Die Leute schenken dir ohnehin zu viel von dem Zeug.»

«Gar nicht!», widersprach Gertrud.

«Und ob! Mir scheint, unter Weimars namhaften Persönlichkeiten ist ein Wettbewerb ausgebrochen: Wer stopft zur Feier des Tages am meisten Zucker in die Rietschel-Kinder hinein?»

«Lass sie nur», sagte Friederike. «Ich sammle die Süßigkeiten nachher ein, und dann werden sie unter den Carus-Enkeln und unseren Kindern gerecht verteilt.»

«Wunderbar», erwiderte Johanna. «Lasst uns halb Weimar damit verkleben!» Sie schnappte sich die protestierende Gertrud, wischte ihr das Gesicht sauber und steckte sie in ein Rüschenkleid, das sie eigens zu diesem Anlass genäht hatte. «Und ich rate dir, Kind: Mach es nicht gleich in den ersten zehn Minuten dreckig.» Dann rief sie die Jungen, und gemeinsam zogen sie hinunter in die Eingangshalle, wo sich Andersen auf eines der niedrigen Sofas gesetzt hatte. Seine Knie berührten beinahe seine Ohren, und als er aufsprang, überragte er die anwesenden Gäste um gut einen Kopf.

«Wass für eine sschöne Familie!», rief er aus. «Welche der Damen darf ich auf meine Sschultern ssetzen?»

Gertrud kicherte, und Andersen ergriff, ohne dass Johanna Zeit blieb zu protestieren, das vor Freude quiekende Kind und hob es einfach auf seine Schultern.

«Da hasst du den bessten Blick», teilte er Gertrud mit.

«Danke, dass Sie uns begleiten», beeilte sich Friederike zu sagen, bevor Johanna den Mund aufmachen konnte.

«Immer gern», sagte Andersen. «Betrachten Ssie mich alss Ihren perssönlichen Glückssbringer. Ihr Mann ist sschon da, nehme ich an?»

«Ja, er ist schon ganz zeitig heute Morgen aufgebrochen. Wir werden ihn wohl kaum zu Gesicht kriegen.»

«Warum müssen wir eigentlich schon so früh da sein?», fragte Georg.

«Wegen der Plätze. Ich für meinen Teil will von der Feier etwas sehen», sagte Johanna. «Und mit euch vier Trödlern muss man ja so früh aufbrechen, um auch nur halbwegs rechtzeitig da zu sein. Also los jetzt!» Dann stupste sie die Kinder in den Rücken und trieb sie weiter zur Eile an.

«Adelheid hat wirklich Glück, dass sie in Dresden bleiben konnte», maulte Georg, woraufhin Wolfgang ihm drohte, ihn das nächste Mal mit seiner Schleife zu erwürgen.

Rietschels Aufregung steigerte sich von Stunde zu Stunde. Am Morgen hatte man ein offizielles Frühstück bestritten, bei dem ihm viel Lob entgegengebracht wurde und er sich der zahllosen Glückwünsche kaum erwehren konnte. Dann hatte man zum Aufbruch gedrängt.

Als sich der Theaterplatz endlich mit Zuschauern füllte, war von Goethe und Schiller nichts zu sehen. Kietz hatte das Denkmal, zusammen mit einigen anderen Schülern Rietschels, die gleichfalls den Weg von Dresden nach Weimar auf sich genommen hatten, mit einem Tuch verhüllt. Die Festrede zog sich hin, die Menge wurde immer ungeduldiger, wie Rietschel von einer der Zuschauertribünen aus, auf der man ihm seinen Platz zugewiesen hatte, sehen konnte. Dann aber gab der Redner endlich das Zeichen, und Kietz und die anderen zogen mit einem kräftigen Ruck an dem Tuch, sodass ein Raunen durch die Menge ging. Die Menschen begannen Beifall zu klatschen, immer lauter, und mit anerkennenden Pfiffen und Rufen ihrer Freude Luft zu machen. Offensichtlich erfüllte das Denkmal ihre Erwartungen.

Auf der Festtribüne konnte man Herzog Carl Alexander ausmachen, der sich selbstzufrieden im Glanze des nunmehr enthüllten Kunstwerks sonnte. Und dann begann die Menge

Rietschels Namen zu rufen. Der Herzog blickte um sich und gewahrte offenbar erst jetzt, dass Rietschel nicht auf der Ehrentribüne präsent war. Nach einigen Augenblicken schien er ihn unter den Zuschauern zu entdecken. Er hob beschwichtigend die Hände, um das Volk zu einem kurzen Moment der Stille zu bewegen, und rief ihm in der kurzen Atempause des Jubels zu: «Rietschel, kommen Sie herauf! Man will Sie sehen!»

Dieser kam der Aufforderung nach und bahnte sich einen Weg durch die Menge. Da durchfuhr es ihn wie ein Blitz. Er sah auf sein Denkmal, und er sah all die Mängel, die zu beheben keine Zeit geblieben war. Er sah die fehlerhafte Ziselierung an einigen Stellen selbst aus der Entfernung, die mäßig gelungene Ausrichtung des Denkmals auf dem Platz, den Sockel, der ihm zu klobig erschien, und Rietschel wurde von einem Gefühl tiefsten Unglücks erfasst. Ganz gegen seinen Willen liefen ihm Tränen übers Gesicht. Dennoch musste er weitergehen und kam schließlich bei Carl Alexander an, der ihm freundlich die Hand reichte und der Rietschels feuchte Wangen offenbar als ein Zeichen tiefster Rührung deutete.

«Ich gratuliere Ihnen, Rietschel. Was für ein Triumph! Mögen Sie noch viele so schöne Tage in Weimar verleben wie den heutigen.»

Der Jubel um sie herum fand kein Ende, und der Herzog, offenbar äußerst zufrieden mit sich und der Welt, applaudierte mit der Menge mit.

«Hoch Goethe!»

«Hoch Schiller!»

«Hoch Rietschel!»

Rietschel wischte sich verstohlen die Tränen von der Wange. *Schöne Tage in Weimar* – so konnte man es auch ausdrücken. Verschwommen nahm er wahr, wie Liszt, Gasser, von Miller, Förster und andere Persönlichkeiten des Weimarer Lebens auf ihn zukamen. Sie alle schienen plötzlich das Bedürfnis zu haben, ihm die Hand zu schütteln und wohlmeinende Worte an ihn zu richten, die er aufgrund des enormen Lärms nur halb verstand.

«Das ist Ihr Verdienst», rief ihm Liszt zu. «Und ich bin glücklich, mit meinem Faust zu Ihrem Ruhme beitragen zu können.»

«Ich freue mich darauf», antwortete Rietschel, denn er wollte Liszt das Kompliment gern zurückgeben. Am nächsten Tag sollte die Uraufführung der Faust-Symphonie stattfinden. Doch Liszt lächelte nur und deutete ihm durch eine Geste an, dass er ihn gleichfalls kaum verstehen konnte.

Rietschel blickte nun wieder auf das Denkmal und auf die fröhlich feiernde Menschenmenge unter ihm. Dann, einen kurzen Augenblick lang, konnte er weit drüben auf der anderen Seite des Platzes einen großen Mann ausfindig machen, der ein kleines Mädchen auf den Schultern hatte. Das Kind schien ihm eifrig zuzuwinken, und Rietschel erkannte, dass es sich um Andersen und seine Jüngste handeln musste. Friederike und die Jungen konnte er in der Menge nicht ausmachen, aber sie mussten ganz in der Nähe der beiden stehen.

Morgen wird das alles vorbei sein, dachte Rietschel und begann trotz der warmen Septembersonne zu frösteln.

Nachwort der Autorin

Sie hingen jahrelang über unserem Klavier, in kleinen, filigranen Rahmen: meine Ahnen. Darunter war auch ein Porträt von Ernst Rietschel sowie, ein Stück weit entfernt an ebenderselben Wand, die Bilder seiner Eltern. Irgendwann wurde die Wand neu gestrichen, danach verschwanden die Gesichter meiner Vorfahren in den elterlichen Schubladen, mit Ausnahme der Porträts von Rietschels Mutter und Vater. Und dennoch blieben sie gegenwärtig, immer, bis heute.

Eine andere Wand, ein anderes Haus, das Elternhaus meines Vaters. Auch dort, im Wohnzimmer über der Anrichte, ein Bildnis. Diesmal ist es ein Bildnisrelief, ein Abguss des Reliefs von Maria Hand, Ernst Rietschels dritter Ehefrau, meiner Ururgroßmutter, gefertigt von ihm.

Wer mit so vielen Ahnen um sich herum aufwächst, der nimmt die Gesichter irgendwann als vertraut wahr, so als gehörten sie immer noch dazu. Der Tod ist nicht zwangsläufig ein Makel im Verwandtschaftsverhältnis. Es war eine einfache Rechnung: Je toter, desto mehr «Uren». Die zählte ich als Kind gerne: Ururgroßvater, Ururgroßmutter, drei «Uren» waren es. Es kommen weitere dazu, in der nächsten Generation. Hätte er sich vorstellen können, wie viele Generationen es werden? Und wie viele Nachkommen?

Die Rietschels führten und führen seit Generationen das

Erbe Ernst Rietschels fort. Dieser Familienkult kann zuweilen bizarre Züge annehmen, etwa wenn meine eigene Großmutter, eine geborene Rietschel, anmerkte, wir, die Falks, wüssten ja gar nicht mehr, wie es sei, diesen «gottgleichen Namen» Rietschel zu tragen. Sie meinte das «gottgleiche» durchaus positiv, denn Ernst Rietschel wurde und wird in der Familie verehrt. Alle Jubeljahre finden Rietschel-Familientreffen statt, auf denen die Großsippe zusammenkommt.

Ich fühle mich aufgehoben. Ich kenne die Geschichte meines Urahnen, ich forme sie, ein langgehegter Gedanke, zu einem Text.

Ein Roman muss nicht den wirklichen Ereignissen folgen, aber er kann es. Dieser hier tut es in manchen Punkten, doch das Erzählen gewinnt eine eigene Dynamik, und ich entferne mich oft weit von den wahren Ereignissen und Personen. Beispielsweise wurde die besagte Widmungstafel, über die sich Rietschel und Förster im Roman unterhalten, erst zwei Jahre nach der Aufstellung des Goethe-Schiller-Denkmals angebracht, nicht zuletzt deshalb, weil der Sockel, auf dem das Denkmal heute steht, bei der Enthüllungsfeierlichkeit noch gar nicht fertig war. Das Denkmal wurde auf einem provisorischen, bemalten Holzsockel eingeweiht.

Die Goethe-Schiller-Gruppe war auch nicht das einzige Denkmal, das an diesem Tag in Weimar enthüllt wurde. Das von Hanns Gasser entworfene und gleichfalls von Ferdinand von Miller ausgeführte Wieland-Denkmal wurde ebenfalls aus Anlass des 100. Geburtstages von Großherzog Carl August am 4. September 1857 in Weimar feierlich der Öffentlichkeit präsentiert, entfachte jedoch nicht ganz so große Begeisterungsstürme wie Rietschels Goethe-Schiller-Doppelstandbildnis.

Des Weiteren wäre Friederike selbstverständlich nicht alleine von Dresden nach Meran aufgebrochen. Dass eine Frau in dieser Zeit allein, d. h. ohne männliche Begleitung, eine derartige Reise unternommen hätte, ist sehr unwahrscheinlich. Dennoch passte es zum unabhängigen Charakter der Figur, und so gewährte ich ihr die Reisefreiheit, die der echten Friederike verwehrt geblieben war.

Zu Rietschels Reisen fehlen viele Details, insbesondere zur Reiseroute von Sizilien nach Dresden. Möglicherweise fuhr er eine weit längere Strecke mit dem Schiff als hier geschildert, und aus früheren Reisebeschreibungen geht hervor, dass er recht seefest gewesen sein dürfte. Ob Rietschel persönlich bei der Pariser Weltausstellung 1855 war, bei der er die Große Ehrenmedaille erhielt sowie zum Ritter der Französischen Ehrenlegion ernannt wurde, bleibt ebenso fraglich.

Auch wenn also viele Details nicht den realen Gegebenheiten entsprechen, bleibt der Text im besten Fall sehr nah an den realen Persönlichkeiten, die hier doch wirken wie Romanfiguren. Und dennoch haben sie, die Ahnen, vielleicht ein Recht darauf, aus den Figuren hervorzutreten und wenigstens an dieser Stelle ihr wahres Gesicht zu zeigen. Es sind freundliche Gesichter, wie ich finde.

Ernst Rietschel wird am 15. Dezember 1804 in Pulsnitz bei Dresden geboren. Sein Vater ist ein armer Handwerker, ein Beutler, später wird er Küster. Rietschel wächst mit zwei älteren Schwestern in sehr kargen Verhältnissen auf. Man hungert nicht, aber der Mangel an allem ist spürbar. Das Kind zeigt schon früh eine große Begabung fürs Zeichnen, doch Papier ist teuer. Malutensilien sparen sich die Eltern buchstäblich vom Munde ab.

Rietschel erlebt als Kind die napoleonischen Feldzüge, die Not wird durch die Kriege nicht geringer, bessert sich auch später kaum. Die Rietschels haben, trotz ihres äußerst sparsamen Lebensstils, Schulden. An eine künstlerische Laufbahn des Knaben ist nicht zu denken. Man steckt das Kind daher in eine kaufmännische Lehre. Doch Zahlen sagen ihm nichts. Todunglücklich und krank darf er nach Hause zurückkehren. Ein Gönner findet sich, der Weg zur Dresdner Akademie scheint frei, auch wenn Not und Mangel an Kleidung und Essen Rietschels ständige Begleiter werden. Er friert winters in seinen unbeheizten Stuben ganz erbärmlich, schnorrt sich an den Mittagstischen der Verwandten und Gönner durch, aber er genießt die Aussicht, aus seinem Talent etwas machen zu dürfen, schließt Freundschaften, gewinnt Fürsprecher und schließlich Stipendien und Preise.

Das Bürgertum in den 1830er Jahren hat sich den unteren Schichten noch nicht verschlossen. Rietschel nutzt diesen Umstand nach Kräften, arbeitet sich hoch, unterstützt die Eltern, so gut er kann. Der Vater wird die Erfolge des Sohnes nicht mehr miterleben.

Rietschels Begegnung mit Goethe ist verbürgt, er hält sie in seinen «Jugenderinnerungen» fest. Tatsächlich trifft er den Geheimrat sogar zweimal, einmal allein und einmal in Begleitung seines Meisters, Förderers, Lehrers und schließlich Freundes Christian Daniel Rauch. Doch der junge Mann ist schüchtern, und Bemerkungen über Goethes Leibesfülle dürften Rietschel dem Geheimrat gegenüber wohl kaum über die Lippen gekommen sein.

Rietschel lernt bei Rauch in Berlin Bildhauerei, ein begabter Schüler, den Rauch fördert und fordert. Er reist als junger Mann nach Italien, findet Venedig nichtssagend, wohingegen

Rom ihn stark fasziniert, vorwiegend aufgrund seiner enormen Verehrung für Bertel Thorvaldsen, dessen Atelier sich in Rom befand und dessen Locke er zu Lebzeiten in seiner Taschenuhr verwahrte.

Mit nicht einmal dreißig Jahren kehrt er aus Berlin zurück nach Dresden an die Akademie, wird zum Professor berufen. Als er seine persönlichen Verhältnisse geordnet hat, hält er um die Hand seiner ersten Frau, Albertine Trautscholdt, an. Sie stirbt, als Erste in einer tragischen Reihe, am Kindbettfieber. Rietschel bleibt mit der Tochter Adelheid, geboren 1833, zurück. Ein paar Jahre später heiratet er erneut, Charlotte Carus, die Tochter von Carl Gustav Carus, einem bekannten Arzt und Künstler. Auch sie stirbt, Monate nach der Geburt des Sohnes Wolfgang 1837, an den Folgen des Kindbetts. Es vergehen wieder einige Jahre, dann folgt die dritte Ehe mit Maria Hand, aus der zwei Söhne hervorgehen, Georg Christian, geboren 1842, und Hermann, 1847. Wenige Wochen nach Hermanns Geburt stirbt auch sie. Und dann, wie durch ein Wunder, begegnet er noch einmal einer Frau, die er lieben und heiraten wird, jetzt ein Witwer mit vier Kindern. Friederike Oppermann wird den Kindern eine liebevolle Stiefmutter sein und ihren wesentlich älteren Mann um vier Jahrzehnte überleben. Sie bringt Stabilität in das Familienleben der Rietschels. Die vier Stiefkinder danken es ihr, verfassen viele Jahre später liebevolle Nachrufe auf Friederike und widmen ihr sogar ihre Werke, wie etwa Wolfgang seine Dissertation der Stiefmutter zueignet.

Im Jahr 1853 wird Gertrud geboren, das jüngste von Rietschels Kindern. Da ist der Vater bereits schwer krank, hat eine zweite Italienreise, diesmal zur Kur nach Sizilien, hinter sich, mit mäßigem Erfolg. Rietschel leidet an einer Lungenkrankheit, der Bronchiektasie. Wahrscheinlich hat er mehrere schwere Bronchialinfekte und eine Lungenentzündung in früheren Jahren nicht vollständig auskurieren können. Die Lunge bleibt dauerhaft beschädigt und versagt nach und nach ihren Dienst. Am 21. Februar 1861 stirbt Ernst Rietschel in Dresden. Sein Luther-Denkmal konnte er nicht mehr zur Gänze vollenden.

Natürlich kann man sie an dieser Stelle alle aufzählen, die vielen Denkmäler, Reliefs und Büsten, die aus seiner Hand hervorgingen. Die Brunonia und das Lessing-Denkmal in Braunschweig, der Bautzener Theatergiebel, schließlich das Luther-Denkmal in Worms und, natürlich, das Goethe-Schiller-Denkmal in Weimar. Besonders berührt hat mich die Büste Felix Mendelssohn Bartholdys, die unglaublich lebendig wirkt. Er hat sie nach Mendelssohns Totenmaske angefertigt.

Was bleibt, sind auch die Spuren Rietschels im öffentlichen Leben, seien es die Rietschelschule, die Rietschelstraße, das Rietschelgeburtshaus, das Rietscheldenkmal aus der Hand seines Schülers Kietz, der Ernst-Rietschel-Kulturring und, ja, auch das, der Rietschelkuchen in und aus der Pfefferkuchenstadt Pulsnitz. Rietschelstraßen finden sich zudem in den Städten Dresden, Leipzig, Bautzen, Braunschweig, München, Wiesbaden, Worms und Gersdorf. Dann das Rietscheldenkmal in Dresden, auf der Brühl'schen Terrasse, dort wo einst sein Atelier stand. Einige der Nachkommen nennen es liebevoll «Rietschel am Stiel», weil seine Büste auf einer hohen Säule montiert ist. Wer das Albertinum in Dresden betritt, der wird in einem eigenen Saal, dem Rietschelsaal, vielen seiner Werke begegnen. Selbst der Asteroid Nummer 20016 aus dem Hauptgürtel unseres Planetensystems trägt seinen Namen.

Das Goethe-Schiller-Denkmal in Weimar dürfte sein

berühmtestes Werk sein, so berühmt, dass es gleich mehrfach in die Welt exportiert wurde. Heute steht das Weimarer Wahrzeichen auch in den USA in Cleveland, Milwaukee und San Francisco sowie, in einer Kopie als Brunnenfigur, in der Stadt Anting in der Nähe von Shanghai.

Und die Kinder? Die Mädchen heiraten, Adelheid bekommt sechs Kinder, Gertrud drei. Eigene berufliche Wege sind nicht vorgesehen. Haben sie die Brüder darum beneidet? Ich weiß es nicht. Sehr wahrscheinlich haben sie ihr Dasein als Ehefrauen und Mütter nicht in Frage gestellt, denn sie kannten es nicht anders. Adelheid stirbt 1907, Gertrud dreißig Jahre später, 1937.

Wolfgang, der älteste Sohn, wird Arzt und Vater von vier Kindern. Er stirbt früh, 1874, an Tuberkulose, und wird nur 37 Jahre alt. Georg Christian, mein Ururgroßvater, wird Theologe und Professor, zeitweilig sogar Rektor, an der Universität Leipzig. Er wird Vater von sechs Kindern, der Älteste, Siegfried, wird mein Urgroßvater. Georg stirbt 1914.

Und schließlich Hermann, der, während ich den Roman beginne, so alt ist wie mein eigener Sohn und dessen Züge vielmehr meinem Kind gleichen als ihm. Hermann wird Ingenieur, ein Vorreiter im Heizungsbauwesen, Wegbereiter der Fernwärme und ein höchst erfindungsreicher Geist. Die Hermann-Rietschel-Medaille wird ihm zu Ehren heute noch verliehen, an der TU Berlin existiert ein Hermann-Rietschel-Institut. Er stirbt in demselben Jahr wie sein Bruder Georg, 1914.

Und die Geschichte – hat sie sich so zugetragen? Rietschelkennern wird aufgefallen sein, dass in diesem Roman vor allem eine historische Figur fehlt, nämlich Andreas Oppermann, der Bruder Friederikes, der beste Freund Ernst

Rietschels und sein Chronist. Bei der Wahl des Figureninventars habe ich ihn zugunsten von Rietschels Assistenten Gustav Adolf Kietz herausgestrichen. Kietz trägt daher auch die Züge von Andreas Oppermann, mit dem zusammen Rietschel tatsächlich die geschilderte Reise nach Sizilien unternommen hatte.

Kietz war nicht Rietschels einziger Assistent. Schilling, von dem auch das besagte Rietscheldenkmal auf der Brühl'schen Terrasse stammt, war für die Fortführung seiner Arbeiten mindestens ebenso wichtig wie Kietz und war gleichfalls an der Ausführung des Goethe-Schiller-Doppelstandbildes beteiligt. Auch ihn habe ich in die Figur des Kietz einfließen lassen.

Den großen Geistern, umtriebigen Künstlern und Herrschern seiner Zeit ist Rietschel tatsächlich persönlich begegnet: Franz Liszt, Carolyne zu Sayn-Wittgenstein und August Heinrich Hoffmann von Fallersleben traf Rietschel mehrfach in Weimar. Er war auch auf der Altenburg zu Gast, und von Fallersleben ließ für ihn einen Abend des Neu-Weimar-Vereins ausrichten. Das Medaillon von Franz Liszt hat er tatsächlich gefertigt sowie eine Büste von Carolynes Tochter Marie. Von Carolyne zu Sayn-Wittgenstein gibt es kein Medaillon aus Rietschels Hand. Geheiratet haben die Fürstin und Franz Liszt nie. Das Paar lebt sich auseinander und geht ab Anfang der 1860er Jahre schließlich getrennte Wege.

Die Neudeutschen dürften Rietschel tatsächlich stark befremdet haben, auch wenn er Hoffmann von Fallersleben im persönlichen Umgang nicht ganz unsympathisch fand. Doch die politischen Verhältnisse jener Zeit waren nicht ganz so wie im Roman geschildert. Zwar versuchte König Maximilian II. Joseph von Bayern deutsche Kleinstaaten stärker an sich zu binden, um sich gegen die Übermacht Preußens und Österreichs im Deutschen Bund besser behaupten zu können, die Souveränität Bayerns wurde dabei jedoch nicht in Frage gestellt. Sein Vater, Ludwig I., dürfte nach seiner Abdankung 1848 bei diesem Kampf um Macht und Einfluss keinerlei Rolle mehr gespielt haben.

Ernst Förster war im wahren Leben lange nicht so karrieristisch und skrupellos wie hier dargestellt, und ich tue ihm sicher unrecht, wenn ich ihn als eine Art Hofschranze und Intriganten darstelle. Er war zwar in Künstlerkreisen nicht überall beliebt, jedoch immerhin ein Freund Ernst Rietschels. Die zwei duzten sich.

Hans Christian Andersen besuchte Sachsen auf seinen Reisen sehr häufig, allerdings nicht in den Jahren 1852 bis 1856. Erst zur Enthüllungsfeier des Goethe-Schiller-Denkmals in Weimar 1857, die als Ereignis unter anderem dank Andersen selbst gut dokumentiert ist, befand er sich wieder auf damals sächsischem Boden. Er wird bei dieser Gelegenheit auch Rietschel vorgestellt worden sein, eine persönliche Freundschaft verband ihn jedoch nicht mit der Familie Rietschel, wohl aber mit Carl Alexander von Sachsen-Weimar-Eisenach. Allerdings war das Verhältnis in den 1850er Jahren bereits deutlich abgekühlt. Andersens Märchen «Die alte Kirchenglocke» entstand aus Anlass der Errichtung des Schillerdenkmals nach einem Entwurf Bertel Thorvaldsens in Stuttgart 1839.

Christian Daniel Rauchs Beziehung zu Ernst Rietschel wurde umfangreich dokumentiert, unter anderem durch einen zweibändigen, publizierten Briefwechsel der beiden Männer. Ich konnte diesen Briefen viele Anregungen entnehmen, habe mich jedoch dagegen entschieden, die Originale eins zu eins im Text zu zitieren, weil der Stil dieser Korrespondenzen aus dem 19. Jahrhundert sich zu stark vom übrigen Text abgehoben hätte. Die im Roman zitierten Briefe sind daher allesamt frei erfunden oder wenigstens in Teilen nacherzählt.

Rauch war bei der Enthüllung des Goethe-Schiller-Denkmals in Weimar persönlich nicht anwesend, da er zu diesem Zeitpunkt bereits schwer krank war. Er starb wenige Monate später in Dresden. Sein Tod war Ernst Rietschel ein immenser Verlust.

Die Figur der Johanna ist frei erfunden, obwohl ich sicher bin, dass es im Hause Rietschel eine gute Seele gab, die Ernst Rietschel während seiner Witwerjahre in der Kindererziehung und im Haushalt unterstützt haben wird. Ihr Name ist nicht überliefert.

Unterstützung erfuhr er dagegen vorwiegend durch die Familie Carus, die gleichfalls in Dresden wohnte und auch nach dem Tode von Charlotte Carus, Rietschels zweiter Ehefrau und Mutter von Wolfgang, enge Beziehungen zum Schwiegersohn pflegte. Carl Gustav Carus blieb Rietschels Leibarzt und Freund bis zu seinem Tod.

Das Goethe-Schiller-Denkmal haben viele Personen und Institutionen im Laufe der letzten 155 Jahre für ihre Zwecke genutzt, durch alle politischen Systeme und Diktaturen hindurch, von Weimar bis Berlin, vom deutschen Bildungsbürgertum bis zu den deutschen Auswanderern in den USA. Jeder hat in diesem Denkmal etwas gesehen oder sehen wollen, was seinen Interessen am nächsten kam, so unterschiedlich diese auch waren. Es hat sie bis heute alle überdauert.

Ich möchte an dieser Stelle den Nachkommen der Familie Rietschel für die vielen wertvollen Informationen und Anregungen, die zum Entstehen dieses Romans beigetragen haben und ohne die mir viele wichtige Details verborgen geblieben wären, großen Dank aussprechen. Ganz besonders danke ich Christian Rhode, Martin Rietschel und natürlich meinen Eltern, Arndt und Heidrun Falk, für viele wichtige Quellen und Gespräche.

Der Firma Groschky verdanke ich anregende kulinarische Stunden und die Erkenntnis, dass wir so etwas wie eine familieneigene Mozartkugel besitzen, nur dass die nicht rund und aus Marzipan, sondern eckig und aus Pfefferkuchen ist.

Meinem ältesten Sohn danke ich für die vielen Anreize, die mir sein Spiel, sein Witz, sein Einfallsreichtum und auch sein Temperament beschert haben.

Und zu guter Letzt denke ich an ihn, meinen Urururgroßvater Ernst Rietschel, dessen Leben zur Vorlage dieses Romans wurde und das doch in vielen Punkten so anders war als hier geschildert. Ob es ihm gefallen hätte, zur Romanfigur zu werden? Er war ein sehr bescheidener und in hohem Maße selbstkritischer Mensch. Wahrscheinlich hätte es ihn schockiert, für so wichtig gehalten zu werden, dass sein Leben einen ganzen Roman füllen konnte. Und dennoch: Ich bin mir sicher, er hätte es lächelnd hingenommen, wenn es denn den Nachkommen etwas nützte. Letztlich verdankt meine Familie ihm mehr, als er sich vielleicht hat träumen lassen: den Aufstieg ins Bürgertum und damit die Chance auf Bildung und ein weitgehend selbstbestimmtes, geistig unabhängiges Leben. Ich bin mir sicher, nichts hätte er sich für seine Nachkommen mehr gewünscht als das.

Mit großem Dank,
Susanne Falk

FSC
www.fsc.org
MIX
Papier aus verantwortungsvollen Quellen
FSC® C083411

Das für dieses Buch verwendete FSC®-zertifizierte Papier *Munkenprint Cream* liefert Arctic Paper Munkedals, Schweden.